잼 한 병을
받았습니다

잼 한 병을 받았습니다

홍락훈 SF·판타지 초단편집 2

에이플랫

차 례

자본주의라는 이름의 전차
309

미래인이
보고 있다
377

화성 개척사

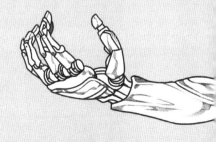

개척 행성 평화 회복 센터

저희 센터는 심우주 개척 행성 전쟁에 참전한 사람들의 PTSD를 치유하기 위한 센터예요. 심우주 개척 행성 전쟁에 대해서 알아보고 오셨나요? 아, 대략적으로는 아시죠? 맞아요. 정부가 효율적인 행성 개척을 위해 민간 기업들에 관련 사업을 위탁했는데, 개척할 만한 행성들이 부족해지면서 발생한 기업 간 마찰이 대규모 장기 분쟁으로 이어진 일련의 사건이에요.

공식적으로 정부에서는 행성 개척에 꽤나 강력한 가이드라인을 제시하며 기업들에게 요구했지만, 정부의 손길이 닿지 않는 심우주의 행성에서까지 개척 경쟁이 시작되면서 이런 가이드라인은 무용지물이 되었죠. 개척 경쟁이 심화되자, 한 행성을 두고 여러 기업이 동시에 개척을 시작하는 경우도 왕왕 발생했어요. 그러다가 행성 개척을 누가 먼저 시작했냐를 두고 현지 파견 지원들끼리 주먹다짐이 시작되었죠. 그 주먹다짐이 나중에 인력 회사를 고용해 벌이는 패싸움이 되었고, 그다음에는 하청으로 고용된 경호업체들끼리 벌이는 크고 작은 물리적 마찰이 되었어요. 급기야는 본사에서 계약한 대규모 PMC_{Private Military Company, 민간 군사 기업}들과 전투 함대가 개척 행성에 투입되면서 현지 직원들끼리의 주먹다짐으로 시작한 마찰은 어느덧 기업 간 분쟁이 되어버렸죠.

분쟁이 본격화되면서 기업들은 전투를 수행할 더 많은 인력이 필요했어요. 분쟁 초기에는 외은하 개척 행성의 이민자들이 싼값에 동원되었고, 후기에는 행성 자체에서 생산한 대량의 합성인간들이 전투에 투입되었죠.

저희 센터는 분쟁 초기에 고용되었던 분들의 PTSD를 다루어요. 앞서 말했듯이 대부분 외은하 개척 행성의 이민자들이세요. 물론 분쟁 초기라고 했지만, 이분들은 후기에 동원된 합성인간들과 마지막까지 전투를 함께했죠. 이분들은 정부가 심우주 개척 행성에 개입한 뒤에야 집에 돌아올 수 있었어요. 정부는 기업들을 진압하고 개척 행성들을 보호구역으로 만들었죠.

그런데 이 과정에서 합성인간들이 문제가 되었어요. 그들은 불법적으로 만들어진 모델이라 모두 강제 폐기되어야 할 판이었거든요. 그렇지만 초기 이민자 출신 병사들에게 합성인간들은 오랫동안 목숨을 걸고 전투에 함께 임한 전우였고, 우리가 알지 못하는 우정이 싹텄었죠. 이분들은 그 우정을 저버리고 자신들만 안전한 고향에 돌아왔다는 것에 많은 고통을 호소했어요.

지금 들어보실 오디오 로그는 얼마 전에 세상을 뜬 어르신인데,

심우주 개척 행성 전쟁 초기에 투입되었던 소년병 출신이었어요. 처음엔 기업에서 6개월만 안전한 후방에서 행정보급원으로 근무하면 된다고 해서 나섰는데 전쟁이 끝날 때까지 전투에 투입되었죠. 저희 센터가 생기고 나서 처음으로 치유 지원을 해드린 분이기도 하고요. 일단 한번 들어보실게요.

"……처음에는 6개월이랬어요. 6개월간 후방에서 행정보급원으로 일하면, 과장급 연봉으로 3년 치를 일시에 주고, 본사 직영 자회사의 정직원이 된다고 했죠. 그 말에 많은 사람들이 이름도 모르는 외우주의 행성으로 가는 우주선에 몸을 실었어요.

우리는 도착하고 나서야 우리가 일할 곳이 후방이 아니라 전방이고, 행정보급원이 아닌 전투원으로 일하게 될 걸 알았죠. 그래도 6개월이라고 해서 다들 6개월 뒤에는 큰돈을 벌고 집에 갈 수 있을 거라 믿었어요.

하지만 그때 함께 떠난 고향 친구들은 모두 집에 돌아오지 못했죠. 그때 우리는 고작 성인식을 막 치른 19살이었어요. 모두 참호 안에서 죽었어요. 전투가 심할 때는 인식표도 회수하지 못했어요. 참호가 모두를 집어삼켜버렸어요. 그 뒤로도 많은 사람이 오고 또 죽었죠…….

그러다가 어느 순간부터인가 본사에서 큰 시설을 짓더니, 그 시설에서 합성인간들을 만들어 전투에 투입하기 시작하더군요. 가장 고참으로 오래 살아남은 내가 그 합성인간들을 훈련시키고 지휘하는 역할을 맡았습니다.

합성인간에 대해 많은 사람들이 편견을 가지는데, 저는 그렇게 순수한 사람을 보지 못했습니다. 모두 착한 아이들이었어요. 참호에 비가 내리면 하늘에서 내리는 물이 신기해 모두 헬멧을 벗고 하늘을 향해 입을 벌리면서 깔깔댔죠. 그 모습을 보고 '하늘에서 떨어지는 물이 그렇게 신기하냐?'라고 물었는데, 한 아이가 '하늘에서 떨어지는 물은 깨끗해서 좋다'라고 말하더군요. 그랬어요. 그 아이들이 태어나면서 본 물이라고는 참호에 고인 썩은 물뿐이었으니까요.

그래서 그 아이에게 말해줬습니다. 내 고향에는 이렇게 참호같이 생긴 곳에 깨끗한 물이 흐른다. 그걸 수로라고 하는데, 우리 고향 사람들은 그 수로로 물을 끌어와 농사를 짓는다. 그러자 그 아이가 농사가 뭐냐고 묻더군요. 나는 그 아이에게 농사에 관해서 이야기해줬습니다. 열심히 이야기를 하다 보니 어느새인가 제 주변에 수많은 합성인간들이 모여서 제 이야기를 듣고 있더군요. 눈을 빛내면서 말이죠. 정말이지 그렇게 순수한 눈은 처음 봤어요…… 이야기가 끝났을 때 아이들은 다들 손뼉을 쳤고, 한 아이가 다가와서는 자기들도 수로를 만들고 농사를 지을 수 있으면 좋겠다고 이야기하더군요. 그래서 전쟁이 끝나면 꼭 그렇게 될 거다, 라고 말해줬죠.

그렇게 시간이 지나고, 하늘에서 정부의 우주선들이 나타났죠. 기업은 제압되었고, 개척 행성 전쟁은 그렇게 끝났어요. 그리고 저는 고향으로 돌아왔습니다. 하지만 그 아이들은 올 수가 없었어요. 불법으로 만들어진 합성인간이라 모두 처분해야 한다고 하더군요.

저는 범죄인 줄 알면서도 마지막에 그 아이들이 갇혀 있던 케이지의 자물쇠를 모두 열어준 다음 고향으로 향하는 우주선에 탔습니다. 우주선이 땅에서 멀어질 때 저 아래에 빛나는 불꽃들이 보였어요. 아마 그 아이들을 죽이려고 쏜 총이었겠죠.

아아……. 저는…… 그 아이들을 지켜주지 못했어요. 전쟁 내내 나와 함께해준 친구들이고 누구보다 순수했는데. 같이 농사를 짓자고 했는데…… 아아…….”

오디오 로그를 들어보시면 아시겠지만, 이분은 심각한 PTSD로 고통받고 계셨어요. 그래서 저희 센터에서는 이분을 어떻게 도와드릴 수 있을까 고민했죠.

그런데 어느 날, 놀랍게도 지금은 보호받고 있는 개척 행성에서 합성인간들이 저희 센터에 먼저 편지를 보내왔어요. 편지를 보낸 합성인간들은 이 어르신과 함께 전투에 투입되었던 합성인간들의 후손들이었어요. 그때의 합성인간들이 살아남았던 거죠. 더욱 놀라운 건, 그들이 그때 어르신들과 이야기했던 꿈을 이루었다는 거였어요. 강에서 참호로 물을 끌어와 참호를 수로로 만들고, 그 주변에서 농사를 짓고 살아가고 있었죠.

그래서 저희 센터는 정부와 협의하에 이분을 비롯해 이분과 비슷한 고통을 겪는 어르신들을 모시고 그 개척 행성을 방문하기로 했죠. 처음에는 다들 가고 싶지 않다고 하셨지만, 합성인간들이 보내온 편지에 마음이 열리셨죠. 편지에는 짧은 초대 문구가 적혀 있었어요.

> "더 이상 참호에는 죽음이 고이지 않습니다. 그때의 죽음들은 흐르는 물이 모두 씻어냈습니다. 우리는 총이 아닌 쟁기와 보습을 듭니다. 우리 아버지와 어머니의 친구들을 초대하여 우리가 수확한 음식을 대접하고 싶습니다. 반갑습니다. 환영합니다. 어서 오세요."

그렇게 어르신들과 함께 개척 행성을 방문한 이후로 저희 센터는 이 프로그램을 정례화해서 운영하고 있어요. 정부 관계자도 처음에는 시큰둥했지만 너무 행복해하는 어르신들을 보면서 마음을 바꿨죠. 저희 센터는 더 많은 이들이 치유받을 수 있도록, 그래서 전쟁의 상흔이 누군가의 가슴에 고이지 않고 평화와 회복의 물결에 깨끗이 씻겨 내려갈 수 있도록 프로그램 확대를 계획하고 있어요.

우선 이 프로그램의 기록과 개척 행성 전쟁의 기록을 정리해서 역사 교과서에 수록하려고 해요. 시간이 오래 걸리겠지만 잘될 거라고 믿고 있어요. 참호가 수로가 된 것처럼, 분명 우리의 상처도 언젠가는 치유될 테니까요.

상상하기 싫은 여행

_{°°°}

빛의 속도로 여행할 수 있는 기술은 이미 완성되었어요. 빛의 속도로 시간을 역행해서 여행할 수 있는 기술도 이미 완성되었죠. 문제는 아직도 그 속도를 버틸 수 있는 장치를 만들지 못했다는 거예요. 장치가 속도를 버틸 수 없으니 사람도 그 속도를 못 버텨요. 목적지에 도착할 때쯤에는 그냥 한 줄기 빛으로 산화해버리죠. 아마 우리가 보는 별똥별은 누군가 광속 여행을 시도하다가 실패한 모습일지도 몰라요. 확인할 방법은 없지만요.

아무튼 끊임없이 노력하고 있는데, 지금 나온 대안 중에 가장 가능성 있는 건 가속도를 버틸 수 있도록 최대한 단순한 구조의 금속 막대기를 쓰자는 거예요. 그러고는 사람을 정보 데이터 공식으로 복제해서 막대기에 조각한 뒤에 어디로든 광속으로 쏘자, 이런 거죠. 그런 다음 도착 지점에서 막대기의 정보 데이터 공식이 주변 유기물과 반응해 신체 정보와 정신을 재구성하는 거죠. 순수하게 정보 데이터 공식의 반응만으로 말이죠. 이미 정보 데이터 공식을 이용한 인간 재구성 실험은 어느 정도 성공했어요. 막대기의 단거리 광속 이동도 실험에 성공했고요.

다만 문제가 하나 있는데…… 이 막대기에는 그 어떠한 통제장치도 없어요. 그냥 쇠막대기죠. 지름 300미터에 길이 1킬로미터의 합금 쇠막대기. 당연히 브레이크 따위는 없어요. 그럼 이 쇠막대기가 도착 지점에 도달했을 때, 속도를 줄일까요? 예를 들면 1광년 밖의 개척 행성에 도착했을 때 이 막대기가 살포시 개척 행성에 착륙할까요? 아니면 그냥 행성을 빛의 속도로 관통해버리고 계속 나아갈까요?

그리고 아까 시간을 역행한다고 했잖아요? 만약 이 막대기가 과거로 시간 여행을 했을 때, 과거의 도착 장소에는 무슨 일이 일어날까요? 빛의 속도로 멈출 줄 모르고 시간을 역행하는 쇠막대기가 나타났을 때 말이죠.

흠, 저는 상상하기 싫군요…….

상상하기 싫은 만남

∗∗∗∗∗∗∗∗∗∗∗∗∗∗∗∗∗∗∗∗∗∗∗∗∗∗∗∗∗∗∗∗∗∗

　성간비행관리국에서 확인했어요. 예, 이번에도 쇠막대기예요. 지름 300미터, 길이 1킬로미터의 금속 막대기요. 1~2개가 아니에요. 누군가 광속 비행 노선에 계속 쏘고 있는데, 좌표를 알 수가 없어요. 성간비행관리국에서는 광속 비행 원리는 알지만, 구체적 방법을 모르는 5등급 문명이 쏘는 것일 거라고 추측하고 있어요. 지금이야 실험을 하는지 특정하지 않은 좌표로 쏘고 있지만, 만약 개척 행성을 만들기 위해 행성 좌표에다 쏘기 시작한다면 정말 큰 위협이 될 거예요. 실험을 그만둘 가능성이요? 제로죠. 우리는 모두 별의 자손이고, 별의 바다로 향하고 싶어 하니까요.

　아무튼 성간비행관리국에서도 사태의 위험성을 판단했으니 조만간 이에 대한 대책을 세울 거예요. 아마 해당 문명에 대한 개입이 이루어지겠죠. 어떤 식의 개입일지는 알 수 없지만, 성간 문명 보호조약에 따르면 일정 수준 발전 격차가 있는 문명은 서로 접촉할 수 없어요. 만약 접촉을 하려거든 접촉하려는 문명과 비슷한 수준으로 접촉해야죠.

　예…… 저쪽은 쇠막대기를 광속으로 쏘는 수준이니까, 우리도 그 수준으로 접촉할 거 같아요. 결과는 상상하기 싫고요.

먼 친척

생물의 진화는 아무래도 자신 주변의 환경에서 생존에 적합하게 이루어지는 거잖아. 모든 생물이 그렇게 환경에 적응해왔고. 지난 수 세기 동안 인간은 환경을 변화시켜서 자신들에게 맞출 수 있다고 생각했어. 하지만 불가능했지. 테라포밍은 일장춘몽이었어. 그것을 통해 다행성 문명을 형성하려는 인류의 역사는 커다란 절벽에 닿았고. 그 절벽을 넘기 위해 수없이 도전했지만 모두 실패했고. 그 실패의 끝에서 인류는 깨달은 거야.

'모든 생물이 그렇게 환경에 적응해왔고, 인간도 거기서 벗어나지 않는구나.'

그것을 깨닫게 되었을 때, 인간은 다행성 문명을 넘어 다행성 종이 되기 위해 변화시켜야 하는 건 '환경이 아닌, 인류라는 종'이라는 결론을 얻었어.

아마 지금 내가 손에 들고 있는 이 작은 돌멩이 같아 보이는 군집 생물도 그 결론의 결과겠지. 이 생물은 가혹한 행성의 환경에 적응하기 위해, 수많은 작은 개체가 뭉쳐지고 돌처럼 굳어져 만들어진 군집 생물인데 그 개체 하나하나가 인간의 DNA를 가지고 있거든. 아마 이 행성으로 이주해 역사의 절벽에 닿은 사람들이 우리와 같은 깨달음을 얻고 선택한 결과겠지.

어쨌든, 수십억 광년 밖에서 만나는 친척이야. 반가워. 나는 지구에서 왔어. 네 이름은 뭐니?

좌초선 구조

여기는 나이트 홉스 물산 소속 화물 운송선 스트롱 다이아몬드다. 지금부터 구난 신호를 보낸 여객선 문리버에 접근하겠다. 원활한 구난 활동을 위해 '아이', '여자', '노약자'를 우선적으로 수용하겠다. 본 선박은 구난 활동 중 질서유지를 위해 총기를 사용할 수 있음을 알리는 바다.

다시 한번 반복한다. '아이', '여자', '노약자'를 우선적으로 수용한다. 그외의 인원은 자리가 남을 시 수용하되, 자리가 없을 시 이후 구난 신호를 받고 오는 선박에 수용하도록 하겠다. 반복한다. 여기는 나이트 홉스 물산 소속 화물 운송선 스트롱 다이아몬드다. 지금 해치에 접근 중이니, 안전을 위해……

"와, 우리 회사에 '양심' 이런 게 남아 있을 줄 몰랐는데요, 기관장님?"

"무슨 소리야?"

"아니, 우리 회사, 수전노 엘프elf들이 운영하는 나이트 홉스 그룹의 계열사잖아요? 그런데 선박 구조에서 돈 많은 사람을 먼저 구조하는 게 아니라 노약자부터 구조한다고요?"

"네가 아직 뭘 모르는구나. 일단 국제 우주법에 따라 구난 신호를 포착한 선박은 무조건 구난 활동에 임해야 해."

"예예, 그건 알아요. 하지만……."

"그리고 돈 있는 놈들은 한 입으로 두말하는 놈들이야."

"무슨 말이에요?"

"구난 시에는 천금만금 주겠다고 하지만, 안전이 확보되면 입을 싹 씻지."

"사전에 구조 계약서 받고 그럴 수는 없나요?"

"얘가 미쳤나. 수전노 경영진 밑에서 일하더니 뇌까지 수전노가 된 거야?"

"아뇨, 그건 아니고……. 우리 고용주들이라면 그럴 거 같아서요."

"어, 확실하게 그렇지. 그건 맞아. 하지만 구난 상황이잖아? 급박한 상황이라 시간이 없어. 그리고 사람도 더럽게 많지. 그 사람들에게 구조 상품 계약서를 돌리고 비용을 청구하고 그런다? 현실적으로 불가능하지. 그리고 그렇게 될 경우 오히려 혼란만 가중되어 버려. 너도나도 일단 살기 위해 계약서에 서명부터 하고 뛰어든단 말이야. 그럼 어떻게 수용 인원을 제한할 건데?"

"아……."

"게다가 봐봐. 이 사람들도 마찬가지야. 살고 싶으면 일단 서명하지. 서명하는데, 나중에 배에서 내리면 그때는 변호사를 찾아간 다고. 불공정 거래 고소하려고. 한두 건도 아니고 수백, 수천 건의 소송에 휘말릴 수 있는데 회사가 그런 미친 짓을 왜 해? 그러느니 국제 우주법을 따르는 게 낫지."

"그렇군요……."

"물론 네 말대로 회사가 여기서 돈을 벌 생각이 없는 건 아니야."

"그죠?! 역시 뭐가 있죠?!!"

"너, 구난 신호에 응한 선박이, 구조된 선박의 소속 국가에게 보 상금 받는 거 알지? 그거 어떻게 받는지 알아?"

"글쎄요?"

"단순해. 머릿수로 줘. 그러니까 많이 구조하는 게 중요하지."

"그게 노약자 구조랑 어떤 관계가 있나요?"

"애들은 작잖아? 어른 하나 태울 때 3명, 많게는 4명씩 태울 수 있으니까. 그리고 이 아이들도 머릿수당 가격은 같아."

"아, 그럼 여자는요?"

"높은 확률로 애들 엄마지. 배가 도착할 때까지 애들 돌볼 사람 이 필요한데, 그걸 우리가 하긴 어렵지."

"아……."

"마지막으로 노인은, 안 궁금해?"

"아, 궁금하죠. 노인은 죽을 위험도 높은데 그럼 왜 구조하는 거 예요?"

"이 사람들이 회사 차원에서는 진짜 상품이야. 말 그대로 노인이니까 가까운 항구에 도착하면 바로 그룹 소속의 노인 요양 병원에 넣어버리거든. 그럼 의료보험 적용 안 되는 상품들로 주르르르르르륵 긁어버리고 청구하는 거지. 물론 머릿수대로 구조 비용도 받고."

"하…… 진짜 질렸네요, 우리 회사……."

"어때? 진짜 수전노들은 다르지? 네가 백날 수전노 엘프 놈들 생각을 흉내 내봤자 못 따라가."

……여기는 나이트 홉스 물산 소속 화물 운송선 스트롱 다이아몬드다. 지금 해치를 열겠다. 안전과 질서유지를 위해 총기가 사용될 수 있음을 다시 한번 안내한다.

여기는 성간 여객선 문리버. 좌표 '45.델타.452감마.시그마66'에서 좌초되었다. 본 선박에는 승무원 포함 4612명이 탑승하고 있다. 국제 우주법에 근거해 인근 선박에 구조를 요청한다. 반복한다. 여기는 성간 여객선 문리버……

"어이, 항해사. 구난 요청 선박하고 거리는 어때?"

"정속 항행 시 30분 내외 위치입니다. 구난 요청 선박 좌표로 항로 변경할까요, 선장님?"

"일단, 신호는 받았으니 좌표 변경하고. 그…… 그 배 인근에 선박이 있나?"

"화물선 스트롱 다이아몬드, 화물선 블루 퍼플 캣, 민간 여객선 루클레치아 파비아, 이렇게 셋 있습니다. 아마 이 배들이 먼저 도착할 것 같습니다."

"가만 보자……. 화물선 2대, 민간 여객선 1대, 사람은 5000 조금 못 되고……. 음, 충분하겠네? 어디 보자, 기관실 번호가……."

[뚜- 뚜- 뚜- 달칵!]

[예~ 기관실입니다~.]

"어이! 기관장님! 그 엔진, '아직 다 못 고쳤죠?' 전에 말한 거?"

[아, 예, '못 고쳤죠.']

"정속으로 밟으면 큰일 나죠?"

[아, 큰일 나죠.]

"아, 그럼 정속의 3분의 1로 엔진 돌리세요."

[예~ 예~]

[달칵!]

"선장님, 엔진은 멀쩡합니다."

"아, 항해사. 그, 있어. 아직 서류상 고장 난 거. 있어."

"무슨 말인지 잘 이해 못 하겠습니다. 정속을 내지 않으면 구난 요청 선박에 늦게 도착하게 됩니다."

"하여간, 구형 안드로이드들은 꼬장꼬장해서……. 쯥, 그 봐봐요, 항해사. 지금 근처에 배가 3척이지? 그 배가 다 수용 가능해요. 사람들. 그런데, 어설프게 우리가 먼저 갔다가는 우리가 사람 수용해야 해요. 우리 배에 식량도 별로 없는데 돈도 안 되는 사람 수용해서 손해라고."

"이해가 안 됩니다. 구난 신호에 응한 선박에는 국제 우주법에 따라 보상이……."

"그러니까, 우리 배는 작아서 손해를 안 볼 정도로 사람을 실을 수가 없다, 이거요."

"그래서 다른 배들이 먼저 가도록 속도를 낮춘 겁니까?"

"그렇지. 아니 그리고 우리가 먹을 메인 디시는 또 따로 있고."

"메인…… 디시……? 무슨 말씀이십니까?"

"우리 배, 견인 광선 있는 거 알죠? 꽤 큰 배도 견인 가능하다, 이 말입니다. 선박에서 사람들 다 빼면 그때 우리가 배를 접수한다, 이 말이지. 배는 국제 우주법상 선사하고 별도 비용 협상할 수 있어서 꽤 큰돈을 부를 수 있다 이 말입니다. 수틀리면 고철로 팔아 버리든가."

"대략적으로 이해는 되었습니다. 계산해보았을 때 확실히 합리적인 계산입니다."

"허, 이제 좀 말이 통하네?! 맘에 들었어요! 항해사!"

"감사합니다. 하지만 선장님. 말씀 도중 레이더에 새 선박이 확인되었습니다. 견인선 나이트 홀더입니다. 이 배가 빠르게 구난 신호 위치로 이동 중인데 어떻게 할까요?"

"뭐?! 견인선 나이트 홀더?! 그 렉카 새끼들이 달린다고?! 안 되지! 안 돼! 기관실 번호가……?!"

[뚜-뚜-뚜-! 달칵!]

[예~ 기관실입니……]

"기관장! 엔진 출력 3배로 밟아요!"

[예?! 갑자기요?!]

"나이트 홀더 놈들이 간다고! 그 렉카 새끼들이!"

[아! 젠장! 그 새끼들이요?! 알겠습니다! 당장 밟겠습니다!]

[달칵!]

"항해사! 당장 구난 요청 보낸 여객선에 무전 때려요! 우리 코멧 라이더가 먼저 간다고! 딴 놈 받지 말라고!"

"예, 선장님……. '여기는 폐자재 수집선 코멧 라이더다. 문리버의 구난 신호를 접수했다. 10분 이내에 도착할 예정이다. 반복한다…….'"

"항해사……."

"예. 선장님."

"너무 빨리 왔잖아……."

"선장님께서 3배 빨리 밟으셨습니다."

"아니 그래도…… 다른 배들만큼 빨리 오면 어떡해?"

"제 잘못이 아닙니다."

"으휴, 진짜……."

"스트롱 다이아몬드호가 반대쪽 해치에서 구난 활동을 진행 중입니다."

"아니, 근데 왜 애들이랑 여자들이랑 노친네가 죄다 이쪽으로 몰리는 거야? 배는 저쪽이 더 크고…… 아니, 그리고 저쪽은 나이트 홉스 물산 배잖아? 당연히 노약자부터 태울 텐데?"

"사람들은 바보가 아닙니다, 선장님. 나이트 홉스 그룹 배에 탔다가 어떻게 대우받을지 알고 있으니까요."

"그래서 우리 배로 몰렸다?"

"제 생각에는 그렇습니다."

"미치겠구먼……."

"그보다 선장님, 고철 수집 칸이 비어 있습니다. 그곳에 노약자부터 임시 숙소를 배정하면 될 것 같습니다."

"알아서 해, 젠장. 어, 잠깐. 저거 뭐야? 저거 지금 여객선에 견인 광선 걸고 있는 놈들 뭐야? 누구야?!"

"견인선 나이트 홀더 같군요."

"아니 염병?! 저 육시랄 놈들이?! 야! 멈춰! 멈추라고! 이 배는 내 거야! 내 거라고! 아 진짜!"

중력 식당

중력 식당은 화성 이민 1세대의 노스탤지어가 만들어낸 문화입니다. 화성의 테라포밍이 완료되고 일반 이민자들을 받아들이면서 지구 사람들이 이주해오기 시작했는데, 주로 사회 저소득계층이었습니다. 이 사람들은 이주 후 다시는 지구로 돌아오지 않는다는 조건으로 모든 부채를 탕감받고 화성으로 이주한 경우가 대다수였습니다. 그래서 고향에 대한 향수가 굉장히 심했어요. 과학기술적으로 돌아갈 수 있을지 몰라도 계약상 돌아갈 수 없었으니까요.

이렇게 노스탤지어가 강한 이주민들이 새로 정착한 곳을 자신의 옛 고향처럼 꾸미는 일은 인류 역사에 반복적으로 등장한 일이었습니다. 화성도 마찬가지였어요. 지명을 뉴샌프란시스코, 노이프랑크푸르트, 신서울…… 이렇게 짓는 것으로 끝난 게 아니라 지구에서 가져온 다양한 식물들로 최대한 지구와 비슷하게 꾸미려 했죠.

그럼에도 그런 주변 환경과는 별개로 향수병이 오면 가장 심하게 갈구하는 게 있거든요. 바로 음식이죠. 지구에서 먹던 음식이요. 그리고 화성에서는 뭘 어떻게 해도 지구에서 만든 음식 맛이 나지 않았거든요. 많은 사람들이 잘 모르는 부분이 바로 이 부분입니다. 지구에서 식재료를 가져가서 그곳에 심고 길러서 음식을 해 먹는다고 해도 똑같은 맛을 낼 수는 없어요. 일단 토양이 다르니까요. 동식물이 자라는 데도 한계가 있죠.

다행히도 이 부분은 지구의 토양을 많이 가져가 테라포밍을 하면서 어느 정도 해결이 됐지만, 문제는 중력과 기압이었어요. 이게 음식을 조리할 때 맛을 좌우해버렸죠. 이 점이 사람들을 참 힘들게 만들었어요. 똑같은 재료, 똑같은 레시피로 만들어도 그 맛이 안 나니까요.

그래서 등장한 게 바로 중력 식당입니다. 화성 생활 구역 부동산이 이주민들에게 팔리는 과정에서 신서울 제3구역에 가장 먼저 등장했을 겁니다. 최말동이라는 사람이 처음 식당을 만들었고요.

최말동, 이분이 식당을 열기 전 하던 일은 폐자재 판매였습니다. 예, 굳이 말하면 고물상이었죠. 이주 우주선 중에 폐기해야 하는 녀석들을 매입해 고철을 팔아 큰돈을 벌었는데, 이 우주선 부품 중에 인공 중력 제어장치가 있었거든요. 우주에서 유사 중력장을 만들어주는 장치였죠. 중력이 있는 화성 땅에서는 별 필요가 없는 장치였고요. 그런데 최말동 이분이 이걸 보더니 예전 우주선에서 해 먹은 밥맛이 떠올랐다고 했답니다. 지구의 밥맛과 비슷했던 게 말이죠.

당연한 게, 인공 중력 제어장치가 만들어주는 중력은 지구와 비슷한 값으로 세팅이 되어 있었거든요. 당연히 환경적인 측면에서 지구랑 비슷한 밥맛을 낼 수 있었을 거고요. 그래서 최말동 씨는 이걸 매입해서 건물 안에다가 장치하고, 거기에 식당을 만듭니다. 그게 최초의 중력 식당입니다.

중력 식당은 조리부터 식사까지 모든 과정이 지구와 비슷한 인공 중력 체임버 안에서 이루어졌죠. 물론 식재료가 화성에서 난 것들이라 완전히 지구의 맛을 재현하기는 어려웠지만, 화성 이민자들의 노스탤지어를 채워주기에는 충분했던 것 같습니다. 그 뒤로 엄청나게 번창했거든요. 최초의 중력 식당이 개업한 이래 화성력으로 5년이 안 되어서 50여 개의 중력 식당이 이주민 생활 구역에 개업했습니다. 음식도 다양했고요.

하지만 중력 식당은 이제 찾아보기가 힘들어요. 이주 2세대와 3세대가 등장했기 때문이죠. 1세대는 지구에서 이주해 온 사람들로 지구의 중력과 지구의 맛으로 자란 사람들입니다. 반면 2세대부터는 그렇지 않았죠. 화성의 중력은 지구보다 낮습니다. 그래서 화성 2세대는 1세대보다 신체도 크고 그래요. 다만 중력이 낮은 환경에서 태어나고 자라서 지구의 중력을 감당할 수 없죠. 특히 근력과 심장이요. 그래서 2세대부터는 중력 식당 안에서의 활동이 굉장히 제한적일 수밖에 없었습니다.

처음에는 어떻게든 이걸 2세대들이 이어받으려 했죠. 그런데 부모의 가업을 이어받아 중력 식당에서 일하던 2세대가 쓰러져 사망하는 사건이 터지자 그 이후로 중력 식당은 쇠퇴하기 시작했죠. 지금은 화성 전역에서 3개 점포만 남아 운영 중입니다. 그마저도 조리 공간에서만 중력장이 작동되고 식사 공간에서는 중력장이 작동하지 않는 방식으로 겨우 운영하고 있습니다. 조리 공간 안에서도 사람에 의한 조리는 최소화하고 드론과 로봇이 음식을 만들죠. 그러다 보니 아직 살아 있는 이민 1세대들은 지구의 맛이 아니라고 떠났고 말이죠.

이주 3세대가 성인이 되어가는 지금에 와서 3세대들 사이에 무거운 중력 안에서 음식을 먹으며 스스로를 과시하는 '중력 식당 챌린지'라는 게 잠깐 유행하기도 했습니다만, 유행은 유행이니까요. 금방 사그라들었죠. 위험하기도 했고요.

지구를 떠나기 전에 누가 묻더군요. 언제쯤 화성과 지구가 완전히 문화적으로 단절될 것 같냐, 그리고 그 이유는 무엇일 것 같냐고 말이죠. 그때는 잘 모르겠다고 했습니다. 만약 단절된다면 아마 정치적인 이유 때문일 거라고 대답했고요. 그런데 이제 와서 보면, 아무래도 마지막 중력 식당이 문을 닫으면 완전히 단절될 것 같습니다. 지구의 맛을 재현한 마지막 음식이 사라지고 나면 우리는 더 이상 지구인이 아니라 화성인으로 우리 자신을 정의할 수밖에 없겠죠.

잼 한 병을 받았습니다

4년 전에 밀봉된 물건일 거예요. 오늘 도착했군요. 예상 못 했는데, 이런 식으로 일이 벌어지는군요. 아무튼 잼 한 병을 받았습니다. 딸기 잼 같고, 아직 뚜껑을 열지는 않았는데 내용물은 확실히 실해 보이네요. 조금 있다가 긴급안보위에 가져갈 게 아니면 식빵에 발라서 좀 먹고 싶은데…….

원산지는 화성입니다. 이 잼의 원산지는 화성이에요. 구성하고 있는 모든 게 화성산입니다. 말 그대로예요. 잼을 만드는 데 사용된 재료부터 유리병, 철제 병뚜껑, 라벨 용지, 프린트된 문자 잉크 그리고 이 잼을 만든 사람의 손길까지, 지구의 것이 하나도 안 들어갔죠.

이 잼은 화성을 농축해놓은 물건입니다. 지구에서 가져갔던 종자도, 물자도, 사람도 더 이상 남지 않고 오직 화성에서 태어나고 자라 만들어진 물건입니다. 이 잼의 어디에도 지구는 없어요.

정말 이런 식으로 보낼 줄은 상상도 못 했습니다. 유리병 라벨에

다가 "우리는 이제 모든 걸 스스로 할 수 있다. 그렇기에 우리는 지구로부터 독립을 선언한다"라고 써서 보내다니. 그것도 오는 데만 수년이 걸리는 물류 로켓에 태워서 말이죠. 깨질 수도 있었는데……. 확실히 인상적이기는 하군요.

　……아무튼 왜 화성 통신망이 갑자기 끊겼는지 원인은 찾았고, 그 원인에 대해서 어떻게 대처할지 이야기해봐야겠습니다. 긴급 안보위 위원 분들이 다들 모이신 거 같으니 이제 저도 회의실로 들어가봐야겠습니다. 모쪼록 일이 잘 해결됐으면 좋겠군요.

알리바이

얼마 전에 화성 사령부와의 통신을 위해 매립한 통신 케이블이 파괴되는 일이 있었어. 그리고 헌병대가 개척 마을 선주민들을 사보타주 혐의로 체포했어. 정황상 모든 증거가 선주민들을 지목했지만 결국 풀어줘야 했지. 결정적 물적 증거가 안 나왔거든. '우리는 정부에서 권장한 테라포밍 식물을 심었을 뿐이다'라는 선주민들의 알리바이를 반박할 방법도 없었고. 유일한 증거라며 제시된 폐쇄 회로 영상도, 케이블을 파괴하는 게 아니라 작물을 심는 것으로 판별되었고.

그들이 심은 게 정부에서 테라포밍을 위해 개량한 '칡'이기는 했지만. 그래, 급속도로 자란 칡넝쿨이 케이블을 모두 조여서 파괴해 버렸거든. 젠장, 뻔히 보이는 수법인데 증명할 방법이 없어……

신병 교육

우리 부대에 새로 왔으니 간단한 팁을 알려줄게. 아마 이런 이야기는 사령부라든가 병무사무국에서 이야기 안 해줬을 거야. 너어디 출신이랬지? 달? 흠, 달은 지구랑 가까워서 지구 문화권에 많은 영향을 받고 있지? 아마 주민 자치권이나 참정권도 보장해주고있고.

그런데 여기 화성은 아니야. 화성은 후기 개척 행성이라 주민 자치권도 보장되지 않고 참정권도 없었어. 지구에 있는 정치인들이중앙 통제적인 개척 사업을 화성 사람들에게 일방적으로 강요했지. 그래서 화성은 그 어느 개척 행성보다 독립심도 강하고, 실제로 이미 전쟁도 치렀어.

그리고 너는 지금 그 행성에 지구 정부 소속 군인으로 왔고. 네가 여기에 무슨 명분으로 왔는지는 중요하지 않아. 그게 지구 정부의 프로파간다처럼 우주 평화든, 그게 아니면 돈이나 시민권 때문이든 그건 중요치 않다 이거야. 여기 선주민들이 보기에 너는 그냥 점령군이야. 자기 고향을 점령한.

근데 그런 것치고 여기는 되게 조용할 거야. 사람들은 친절할 거고. 화성 시골 마을은 특별한 일 없이 비슷비슷한 일들만 반복되지. 그래서 특별히 경계할 일이 없어 보일 수도 있어. 그러지 마. 경계를 풀지 말라고. 알아들어?

이 말에 또 멍청하게, "상병님, 이렇게 평화로운데 그럴 필요가 있을까요?" 하고 싶으면, 네 앞에 전역한 네 보직의 선임에게 물어봐. 어디 가서 물어볼 수 있냐고? 운이 좋아서 아직 사령부로 가는 열차가 안 떠났다면, 화물칸에 있는 검은색 시신 수습용 주머니 더미에서 그놈을 찾을 수 있을 거야.

너도 그렇게 전역하기 싫으면 똑똑히 들어. 여기 온 이상 넌 이 동네 사람들의 적이야. 적에게 살갑게 대해줄 사람은 없어. 그러니까 이 사람들이 살갑게 다가와서 '딸기 잼을 먹어보세요'라고 하면 감사하다고 받지 말라고. 그게 뭔지 알 수도 없고, 네가 그걸 받아먹고 잘못되더라도 이 사람들은 헌병대에 "화성어와 지구어가 달라서 잘못 알아들은 거 같다. '딸기 잼을 먹어보라'니? 우리는 '농약을 딸기밭에 뿌리는 걸 도와달라'라고 했다"라고 말하면, 헌병대도 어떻게 할 수 없어. 알아들어?

화성과 지구가 말이 통한다는 것도 옛말이야. 윗놈들이 생각하는 것처럼 사투리 같은 게 아니라고. 그러니까 네가 화성 사람들의 말을 알아들을 수 있다고 생각하지 마. 이제는 그렇게 생각하면 죽기 십상이니까. 절대, 절대, 절대, 절대, 절대, 절대, 절대 주민들하고 말하다가 뭔가 이해가 안 간다 싶으면 혼자서 판단하지 말고 무전 때려. 알겠어? 알겠으면 내가 지금 뭐라고 했는지 복창해봐.

행정보급관님 말씀

니들 신병 오면 불러다가 이런저런 이야기하는 거 대대본부도 알고 있거든? 근데 적당히, 응? 눈치 봐가면서 적당하게 해라. 화성 주둔군 사령부에서 정치적 입장 때문에 신병 교육 때 말 못 하는 걸 니들이 해주는 건 고마운데, 니들이 정치적인 발언을 하는 건 좀 삼가라고. 어쨌든 우린 지금 군인이고, 말 잘못했다가는 보안대 애들이 나와서 검열하니까. 그러니까 적당하게. 알았지? 대대장님이 그 나이에 사령부 호출을 당하셔야겠니? 알았지?

그리고 말 나온 김에, 신병 애들이랑 이야기할 거면 일과 후에 같이 운동 좀 하면서 해줘. 니들이랑 신병이랑 조 짜서. 뭔 운동 이야기라니? 니들 지금 우리 대대 상황이 어떤 상황인지 모르지? 그래, 알면 니들이 양심이 없는 거지. 그치? 모르는 거지? 그치?

하, 정말⋯⋯. 지난번 전역 대상자 중에 23명이 전역 부적합 판정받았거든요? 근육이 화성 중력에 익숙해져서 이제 지구로 돌아갈 수가 없댄다. 가면 심장이 못 버틴다고. 알겠어? 걔들 지구 중력에 적응될 때까지 전역이 보류됐다고. 내일 다시 기차 타고 돌아올 거야. 걔들 갈 때 환송회까지 다 해줬잖아. 그런데 다시 오면 서로 민망해지잖아? 그치? 그러니까 니들하고 신병은 그러지 말자고. 그러니까, 운동 좀 해.

특히나 지구 출신 신병 애들은 화성 처음 오면 지구 중력에 몸이 익숙해서 자기가 슈퍼맨이라도 된 거 같은 기분이 들 테니까 특히나 그런 거 조심하라고 말 좀 해주고.

아, 그리고 맞다. 다음 달에 사령부에서 지구 중력에 적응 훈련할 수 있게 관련 장비를 어디 식당에서 '현지 징발'해서 가져온다니까, 오면 애들하고 사용법 숙지해서 사용하고. 아무튼 전달 사항은 여기까지다. 가봐.

화성의 순록들

야! 야! 야! 야! 뭐 해?! 저기 내보내! 내보내라고! 어이! 아저씨! 아아아아! 안 돼! 안 돼! 당장 순록들 끌고 경계 밖으로 나가요! 경고했어요! 나가요! 아! 글쎄 여기는 방목 금지 구역이에요! 아아! 화성말 모르니까 얼른 나가요! 아, 글쎄 나가라고요! 아, 진짜…….

……방금 봤지? 엄청 위험한 순간이었다고. 다음번에도 이렇게 들어오려고 하면 나처럼 안 된다고 매몰차게 하라고. 뭐? 뭔 소리야, 이해가 안 된다니. 방금 전에 본 게 이해가 안 된다니 무슨 소리야? 너 저게 얼마나 끔찍한 사보타주 행위, 아니 테러 행위인지 몰라서 그래?! 무슨 소리야? '그냥 순록 10여 마리 풀어놓은 게 무슨 문제냐'니?

하, 진짜 너 사령부 교육대에서 뭘 배웠어? 저건 화성 테라포밍에 대한 테러 행위야. 지금 이 구역은 예전에 '화성 영구동토층'이었던 곳이라고. 영구동토층. 말 그대로 딱딱하게 얼어 있는 땅이었다고. 수백만 년 전부터. 지구에도 같은 곳이 있지, 북반구에. 시베

리아 벌판에 광활하게 펼쳐져 있다고. 그리고 그 지구 영구동토층에는 어마어마한 메탄가스가 저장되어 있어. 맞아, 지난 수세기 동안 지구의 기후변화가 가속화된 게 북반구 영구동토층이 녹아서 그래. 대기 중에 탄소가 쌓이면 날이 따듯해지고, 그게 동토층을 녹이고, 동토층이 녹으면 다시 메탄가스가 나와서 날이 따듯해지고를 반복했지.

그렇게 악순환이 반복되다 보니까, 사람들이 결국 극단적인 생태 실험을 했는데, 20세기 말 21세기 초에 한 러시아 과학자가 주장한 '플라이스토세 공원' 프로젝트를 실행에 옮긴 거야. 영구동토층에 2억 마리에 가까운 초식동물을 풀어서 영구동토층을 다시 얼린다는 계획이었지.

원리는 간단해. 지표면에 쌓인 겨울눈은 굉장히 성능이 좋은 단열재거든. 그런데 야생의 초식동물들이 살기 위해서는 눈을 파헤쳐서 그 안에 숨어 있는 풀을 먹어야 하지. 플라이스토세 공원 프로젝트는 거기서 영감을 얻은 거야. 초식동물이 눈을 치우면 단열효과가 떨어지고, 그렇게 되면 지표면의 온도가 내려가 동토층이 다시 얼게 될 거라는 판단이었어.

결론을 말하면 굉장히 성공적이었지. 그리고 이후 과학자들은 화성의 지하에도 영구동토층이 있고, 그곳에도 메탄가스가 있다는 걸 알게 되었지. 그래서 과학자들이 어떻게 했을 거 같아? 테라포밍을 위해서 플라이스토세 공원 프로젝트를 거꾸로 만들어버렸어. 화성의 영구동토층을 의도적으로 녹여버렸지. 덕분에 말할 수 없을 정도의 메탄가스가 튀어나왔고, 그로 인해 화성 대기가 따뜻해지면서 테라포밍 과정에서 가장 오래 걸리는 일 중 하나인 기온 올리기가 수월해진 거야. 시간적으로는 수백 년이, 금전적으로는 천문학적인 예산이 절약됐지. 덕분에 화성도 사람이 살 수 있는 행성이 되었고. 이제 비도 오고 눈도 내리지. 사계절도 있다고.

그런데 봐봐. 저 화성인이 지금 뭘 했어? 응? 영구동토층이 있는 구역에, 그것도 겨울에, 그것도 순록들을 끌고 들어왔단 말이야. 내가 방금 뭐랬어? 플라이스토세 공원 프로젝트가 어떻게 성공했다고? 동물들이 눈밭을 헤집고 다녀서 성공했다고 했지? 쟤들이 눈밭을 헤집고 다녀서 다시 영구동토층이 얼어버리면? 그래서 화성이 다시 차가워지면, 너 그때 어떻게 할 거야? 니가 책임질래? 그러니까 미리미리 예방하듯이 잘해야 한다고.

뭐? 20마리도 안 되는 순록들이 눈밭을 헤집어서 수백만 평방킬로미터의 땅이 다시 얼겠냐고? 멍청한 소리 하지 마. 지구에서 플라이스토세 공원 프로젝트 시작한 러시아 과학자가 처음부터 2억 마리로 시작한 거 같아? 처음에는 100마리도 안 됐어. 우공이산愚公移山이라고, 우공이산. 처음에는 저래도 나중에 어떻게 될지 네가 알 수 있어? 그러니까 잘하라고.

뭐? 우공이산이 뭔 말이냐고? 하, 진짜…….

의사소통 실패

"졸렬한 지구인 놈들……."

"뭐래? 왜 들어오지 말래?"

"방목 금지 구역이래. 화성말 할 줄 모른다고 꺼지라는데? 등신 같은 놈들."

"아니, 그럼 어떡해? 쟤들 사령부에서 이번 주 내로 통신 케이블에 엉킨 칡넝쿨 제거해달라고 해서 지금 옆 마을 순록까지 빌려 왔는데."

"뭘 어떡하긴 어떡해? 사령부에 있는 그대로 말하는 거지. 저 등신들 군번 외워 왔으니까 쟤들이 못 하게 막았다고 하고."

"어휴, 사서 고생이네."

"멍청하면 사서 고생이지. 지구에서 태어나 학교 좀 다녔다고 지가 영리한 줄 아는 놈들만 아주 한가득이야. 흥!"

"에휴, 도리 없지. 얘들아, 가자. 집에 가자~ 워워~."

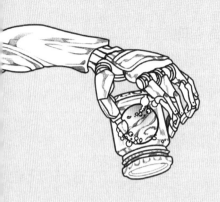

망상 인터뷰

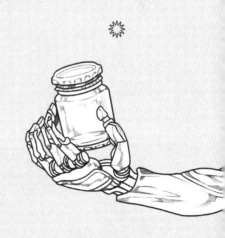

종의 보존

왜 우리는 번식에 목을 맬까요? 아무래도 우리 삶이 유한하기 때문이겠죠? 영원히 살 수 없으니까요. 그렇다면 만약 영원히 살 수 있다면 우리는 번식의 필요성을 느끼지 못할까요? 우리는 영원히 살 수 없으니 그 답을 알 수 없겠지만, 슬라임slime을 통해서 그 모습을 조금 상상해볼 수 있을 거 같네요.

슬라임은 영원히 사는 생물이 아니에요. 해파리 비슷한 자포동물이죠. 번식은 자가 분열을 통해서 이루어지는데, 알을 낳는 해파리와의 차이가 여기서 발생해요.

아무튼 슬라임은 세계 곳곳에 퍼져 있는 그런 종인데, 어느 날부터 그 개체수가 점점 줄어들기 시작했어요. 처음에는 슬라임에게 치명적인 질병이 퍼져서 개체수가 줄고 있다고 생각했는데, 아니더군요. 어느 날 남부 농촌의 야산에서 크기가 거의 자동차만 한 슬라임이 발견되었고, 이후 이런 슬라임들이 여기저기서 발견되었어요. 그리고 이 슬라임들이 점차 한곳으로 모이는 게 관측되었죠.

놀랍게도 슬라임들은 하나의 개체로 다시 합쳐지고 있었어요. 게다가 이 슬라임들은 합쳐지면서 놀랍게도 미약하나마 지성이 생겼고, 사이키커psychic를 통해서 간단한 대화도 가능하게 되었죠. 슬라임이 대화가 가능해진 건 한 개체의 크기가 동네 야산만큼 커진 이후였어요.

사이키커와 대화한 슬라임은 죽음을 두려워하고 있었죠. 그래서 그동안 끊임없이 분열하고, 종을 번식해서 자신들을 이어가고 싶어 했어요. 하지만 그것이 죽음을 멈출 수는 없다는 걸 알게 되었죠. 어차피 삶은 유한하니까요.

그래서 슬라임들은 그 반대를 선택했습니다. 더 이상 번식하지 않고, 하나의 개체로 합쳐지기로요. 그래서 자신들의 삶을 하나로 묶어 그들의 기원에 가까운 존재로 돌아가 영생에 가까운 삶을 살기로요.

그 이야기를 들은 사람들은 슬라임이 합쳐지는 과정에서 주변에 피해를 입히지 않도록 이들에게 안전한 장소를 마련해주기로 했어요. 동부 끝에 있는, 이제는 아무도 살지 않는 커다란 벌판에 슬라임들을 위한 장소를 마련해줬죠. 슬라임은 다른 슬라임들과 그곳에 가겠다고 말했고 감사를 표했어요.

그래서 지금 전 세계에 있는 슬라임들은 동부 벌판으로 이동 중이에요. 그리고 전 세계 사람들이 그 모습을 보면서 어떻게 될지 궁금해하고 있어요. 그곳에 전 세계의 슬라임들이 모두 모이면, 전에 없던 거대한 생명, 오직 하나의 종이면서 생명인 그 자체, 영생에 가까운 존재가 우뚝 설 거니까요.

어쩌면 사람들이 궁금해하는 건 단순히 슬라임이 어떤 모습일까, 하는 건 아닐 거예요. 어쩌면 슬라임이 처음으로 죽음을 극복한, 영원한 삶을 살 최초의 생물이 될지도 모르는…… 그런 알 수 없는 기대감이 있어서 그런 걸지도 몰라요.

그나저나 그렇게 거대해지고 영생을 사는 슬라임은 어떤 모습일까요? 그리고 앞으로 영생을 살게 된다는 건, 그리하여 더 이상 번식을 하지 않아도 된다는 건 어떤 느낌일까요? 그때도 우리는 그걸 생물이라고 부를 수 있을까요? 아니면 그것은…… 신에 가까울까요?

마법 공용어 (1)

오늘날 한국어의 국제적 위상은 매우 높습니다. 재작년에는 국제마법학술대회에서 마법 주문을 구성하고 그것을 영창할 때 사용하는 새로운 마법 공용어로 한국어를 채택했죠. 네, 한글이 아니라 한국어가 채택되었습니다. 그래서 국제마법학술대회는 현존하는 모든 마법 공용어 주문을 한국어로 번역하는 데 온 힘을 싣고 있습니다.

그런데 어쩌다가 한국어가 마법 공용어가 되었을까요? 답은 의외로 간단합니다. 이전 공용어였던 라틴어가 가지는 '어떤 문제' 때문이었습니다. 그 문제는 다름 아닌 '발음'이었죠.

라틴어는 오랜 시간 동안 여러 사람들의 입을 거쳐온 언어입니다. 때문에 발음에도 많은 변화가 있었죠. 이런 발음의 변화는 주문을 영창할 때 종종 혼란을 불러일으켰습니다. 그리고 이런 혼란은 발음의 실수로, 발음의 실수는 사고로 이어지곤 했죠.

지금도 라틴어 발음 실수로 인한 사고는 꾸준하게 발생하고 있습니다. 그리고 이런 사고는 다양한 후유증을 남기고 있죠. 그중 가장 많이 일어나는 후유증이 바로 '악마 소환'입니다. 악마들의 이름은 대부분 라틴어로 되어 있고, 마법 주문에 사용되는 용어들과 유사한 발음이 많았습니다. 그래서 조금만 발음을 실수해도 악마들이 튀어나왔죠.

이런 이유로 국제마법학술대회는 라틴어를 대체할 언어를 찾고자 했습니다. 처음에는 서구권 언어들이 그 대안으로 제시되었죠. 하지만 서구권의 언어들은 대부분 라틴어의 영향을 받으며 발전했기 때문에, 잠재적으로 그리고 필연적으로 발음 문제 재발 가능성이 있었습니다. 결국 서구권의 언어들은 후보군에서 배제되었습니다.

국제마법학술대회에서는 라틴어와 연관성이 적고, 다양한 발음이 가능하면서도, 성조 등의 변수가 적은 언어들로 후보군을 만들었습니다. 그리고 면밀한 심사 과정을 거쳐 최종적으로 한국어를 채택했죠.

물론, 한국어도 오랜 역사를 가지고 있는 언어인 만큼 문제점이 없지는 않았습니다. 바로 한자어였죠. 오랫동안 한자 문화권이었던 만큼 한자어가 가지는 '하나의 발음이지만 여러 의미가 있는 단어'들이 문제가 되었습니다. 그래서 일각에서는 이제 서양 아미가 아니라 동양 악마가 발음 실수로 튀어나오는 거 아니냐 하는 우려 섞인 이야기도 나왔습니다.

하지만 국제마법학술대회는 곧바로 이를 해결할 방법을 찾았습니다. 마법과 전혀 상관없는 사람들에게서 말이죠. 바로 '북한'입니다. 사회주의 독재국가인 북한은 오래전부터 민족성을 강조하여 여러 외래어를 순 한국어화하는 작업을 해왔습니다. 북한의 내부 정치적인 의도로 시작된 일이었지만, 그 덕에 국제마법학술대회는 한국어가 가지는 한자어의 한계성을 극복할 방법을 찾을 수 있었죠. 때문에 새 마법 공용어로서 한국어는 남한 표준어를 바탕으로 하되 북한 문화어를 차용합니다.

물론, 북한은 이에 반발하고 있죠. 봉건주의, 자본주의 무당 나부랭이들이 사회주의 정신을 더럽힌다고요. 어찌 되었건…… 그렇습니다. 그러니까 한국어는 이제 전도가 아주 유망한 언어입니다. 앞으로 십 수 년 안에 대부분의 마법사들이 한국어를 배울 거고 한국어로 영창할 겁니다. 그리고 그때가 되면 한국어의 위상은 더 커지겠죠.

마법 공용어 (2)

아, 지옥의 악마들은 마법 공용어를 한국어로 바꾼다는 거에 대체로 환영하는 분위기예요. 라틴어가 마법 공용어였을 때 우리가 얼마나 시도 때도 없이 불려 나갔는데요? 아효, 말도 마세요…….

아니, 뭐 거창하게 주문을 읊어서 소환하는 것도 아니에요, 발음 실수해서 악마를 소환하는데 그 말이 굉장하면 얼마나 굉장한 말이겠어요? 대부분 발음 실수로 악마의 진명眞名을 부르는 실수가 많았는데요. 그런 경우는 진짜 도리 없이 나가야 되거든요. 아니…… 진짜 이름을 불렀으니까…….

뭐, 사실 진명 부른다고 해서 다 나가는 건 아니에요. 급이 좀 있는 악마들, 이를테면 지옥의 대장군이라든가, 사령관급은 안 나가죠.

"누가 내 이름을 부르나? 비서 통해서 약속부터 잡으라고 해." 이런 식으로 말하면 끝이거든요…….

그런데 그런 급이 있는 악마들도 여지없이 나가는 경우가 있어요. 이건 좀 황당하기도 황당하고 악의적이라면 악의적인데…….
아니, 발음 실수로 그런단 말이에요.

"아스모데우스 씨! 택배요!"

그럼 어떻게 해요? 진명을 부르면서 택배 왔다는데? 도대체 무
슨 발음을 어떻게 하다가 꼬인 건지 모르겠지만 저렇게 실수하면
여지없어요. 벨제붑부터 루시퍼까지 모두 무거운 엉덩이를 들어
서 부름에 응해야죠.

"예~ 지금 가요~"라고 말하면서요……. 가봤자 택배가 아니라
발음 실수겠지만요.

올해의 게임 (1)

마침내! 올해의 게임!

〈의뭉어스〉

~의뭉어스 DLC 출시~

"당신은 8명의 크루와 초광속 비행 중인 우주선에 갇혔습니다. 이 우주선은 초광속 비행기법을 이용해 차원 간의 틈을 아슬아슬하게 여행하고 있습니다. 때문에 이 우주선에서는 원인과 결과의 경계가 모호해집니다. 아직 살인 사건은 일어나지 않았습니다. 하지만 이 안에 범인이 있습니다!

20××년 다원 시간축 업데이트가 적용된 〈의뭉어스 DLC〉를 프리오더하세요! 당신의 추리력을 풀로 발휘해 친구들 가운데 숨어 있는, 아직 일어나지 않은 살인 사건의 범인을 지목하세요!"

"잠깐만……. 원인과 결과의 경계가 모호해진다면서. 인과가 역전되는 건가?"

"광고 문구를 보면 '아직 일어나지 않은 살인 사건의 범인'이라는 걸 보니까 인과 역전인가 본데?"

"야, 그러면 범인을 잡는 게 결과고 살인 사건이 원인인데, 이게 뒤집힌 거면 범인을 잡으면 살인 사건이 발생하는 거잖아?"

"아무래도 그렇겠지?"

"그러면 처음부터 살인 사건의 범인을 지목하지 않으면 살인 사건은 안 나는 거 아니냐?"

"어? 그렇게 되나? 꼭 인과 역전이 아니더라도, 살인 사건의 범인이라는 결과를 지목해서 원인을 고정시켜버리는 거니까……. 결과 관측에 의한 원인 고정으로 보더라도…… 그렇게 되겠네……."

"맞지? 그치?"

"그러네. 이거 범인을 안 잡으면 살인 사건도 안 나는 거네……."

"흐…… 망겜. 끝까지 업데이트도 망겜이네."

"그래서 프리오더 기간이 언제라고?"

"아마 우리 시간으로는 어제 정오부터일 거야."

"……살 거지?"

"……예스, 당연히 사야지."

"그런데, 얘들 광고 일러스트가 왜 이래?"

"몰라. 돈이 없었나?"

올해의 게임 (2)

A. 뭘 할 수가 없는 상황이었어요. 그 시기에 사장이 회사 돈으로 한 코인 투자가 망해버렸거든요. 회사에 돈이 하나도 없었죠. 하필 그 시기가 주주총회가 코앞인 시점이었고, 주주들에게 맞아 죽기 싫으면 뭐라도 내놔야 하는 상황이었어요. 그래서 수익이 꾸준하게 나던 〈의뭉어스〉에 최신 트렌드인 시간 여행 요소를 넣어 업데이트하자는 기획이 나왔는데, 직원들이 단체로 퇴사해버린 거죠……. 크런치도 크런치지만 급여가 반년 넘게 체불된 상황이라. 막을 도리도 없었어요.

Q. 잠깐만요, 그러면 〈의뭉어스 DLC〉는 어떻게 만드신 거죠? 주총에서 실기 데모를 보여주셨잖아요? 그리고 그 데모 그대로 출시도 했고요.

A. ……사실 안 만들었어요.

Q. 네?

A. 〈의뭉어스 DLC〉는 존재하지 않아요. 인과 모호성이란 것도 말

그대로 뻥이고, 실제로는 범인이 아무도 없는 상태에서 아무나 범인으로 지목할 수 있게 하고, 범인이 결정되면 게임이 끝나게 세팅만 한 거예요…….

Q. 그러면 유저들이 금방 눈치챘을 텐데요?

A. 사실 그래서 한 가지 가볍게 넣은 기능이 있는데, 범인을 안 잡으면 게임이 안 끝나도록 세팅했어요. 그랬더니 유저들은 이미 결정된 원인을 관측한다고 자기들끼리 범인을 골라 지목했죠. 그렇게 범인이 지목되면 게임이 끝났고요. 물론 범인 지목 시 게임이 끝나니까 유저들은 그 뒤에 발생할 거라 생각하는 살인 사건을 볼 수 없어요. 어차피 있지도 않거든요. 프로그래밍적으로 가능하지도 않고…….

Q. 그런데 유저들은 그걸 있다고 믿고 또 그렇게 게임을 즐기고 있다는 거네요?

A. 그렇죠. 유저들이 만들어낸 스토리텔링의 승리죠. 샌드박스 같다고 할까요? 최소한의 규칙만 던져주면 아이들은 모래 상자로 오만 가지 놀이를 다 하잖아요? 이것도 그런 거죠. 의도한 바는 아니지만…….

저가 항공 (1)

아냐! 그만해! 어?! 내가 말했어?! 아니, 그래! 내가 심우주 동물을 좋아하는 것도 맞아! 이번 휴가 때 알파 센타우리에 가고 싶다는 것도 맞고! 주머니에 돈이 없어서 최대한 저렴한 항공편을 알아보라고 부탁한 것도 맞아! 하지만 그렇다고 해서 심우주 철새의 배 속에 들어가서까지 거길 가고 싶다는 건 아니야!

내 말 알아들어?! 듣고 있냐고?! 세상에 어떤 미친놈이 탈출 포드만 한 캡슐에 들어가서 그걸 철새가 먹어주는 걸 바라냐고?! 말이 돼?! 뭐라고 했어, 니가? 어?! 뭐? 표면에 사료를 바른 캡슐을 타고 달 근처 심우주 철새 군락에서 먹히면 일주일 정도 뒤에 알파 센타우리에 도착한다고?!

그래서 어이가 없어서 내가 도착하면 철새 배 속에서 어떻게 나올 건데? 하고 물었을 때 니가 뭐라 그랬어? 어?! 뭐라 그랬냐고?! 뭐? 거기서 심우주 철새가 똥을 싸니까 안전하게 나올 수 있다고?! 너 미쳤지?! 네가 아주 나랑 헤어지려고 미쳤지?! 어?!

저가 항공 (2)

"그래서? 그런 미친 비행 상품은 어디서 만든 거야?"

"'라이언하츠 스페이스 라인'. 우주 여객업계에서는 신생 회사였고, 이 상품으로 일약 유니콘들의 왕이 되었지. 이전까지만 하더라도 우주 여객 사업은 버는 돈만큼 나가는 돈도 많았거든. 일단 초광속 엔진이 달린 배가 비쌌고, 그 배를 조종할 파일럿이 비쌌고, 웜홀 비행은 변수가 너무 많아 보험도 비쌌고, 정치적인 이유로 툭하면 항로가 닫혀서 웬만한 덩치의 회사가 아니면 망하기 좋은 그런 업계가 우주 여객업계였다, 이 말이지.

그런데 라이언하츠 스페이스 라인이 '심우주 철새'를 이용한 여행 상품을 만들면서 판 자체가 뒤집힌 거야. 처음에는 다들 너같이 미친 소리라고 무시했지만, 이 상품이 출시된 뒤에는 아무도 라이언하츠를 무시 못 했어. 이유는 간단해. 심우주 철새를 이용한 여행 상품이 훨씬 싸고 안전했거든.

우선 심우주를 오가는 거대 철새 배 속에 캡슐을 넣는 방식이라

별도 초광속 여객선이 필요하지도, 파일럿이 필요하지도 않았지. 그냥 군락에서 철새로 하여금 캡슐을 먹도록 유도하는 사료비 정도만 들었어. 그래서 가격이 획기적으로 저렴했어.

그리고 심우주 철새는 자신만의 정해진 항로로만 다녀서 예측이 가능하고 변수가 적었지. 무엇보다 철새는 정치적인 영향을 안 받아서 인간들이 정해놓은 항로에 구애받지 않았어. 항로가 닫혀도 아랑곳하지 않고 비행을 하니까.

비행시간도 지구에서 알파 센타우리까지 대략 일주일. 일주일 동안 사람들은 캡슐 안에서 항공사가 제공해주는 드라마나 쇼 프로를 보면서 먹고 즐기면 그만이야. 그러다가 이제 도착 지점에 당도하면 캡슐에서 배변 유도제가 나와 철새가 배변을 하고, 음, 이제…….”

“똥이랑 같이 나온다?”

“그렇지. 사실 대부분 철새 군락 근처에서 똥을 싸서 배변 유도제를 뿌릴 필요도 없어. 아무튼 그렇게 나오면 이제 라이언하츠 스페이스 라인의 캡슐 회수 직원들이 나와 캡슐을 회수하는 방식이지.”

“와! 쩌는데?! 그래서 지금 그 상품을 이용해보려면 어디서 예약해야 해?”

“못 해. 회사가 망했거든.”

“응? 아니 왜?”

“심우주 철새들이 정해진 항로를 정기적으로 비행하는 이유가 뭘 거 같아? 다른 게 아니라 먹이야. 먹이를 찾아서 계속 옮겨 다니는 거거든. 그런데 이제 심우주 철새 군락에서 사료를 바른 캡슐을 먹인다고 했잖아?"

"응."

"생각해봐. 네가 철새야. 근데 거기서 누가 자꾸 먹이를 줘. 그럼 어떨 거 같아?"

"멀리 먹이를 찾아 비행을 하지 않겠…… 아, 설마?"

"그래. 철새들이 먹이가 풍족해지자 그냥 기존 군락지에 눌러앉아버렸어. 그래서 철새를 이용해 우주를 오가는 라이언하츠 스페이스 라인의 모든 항로가 올 스톱되었지."

"세상에…… 그럴 수도 있구나."

"응."

"그럼 심우주 철새들은 어떻게 되었어?"

"이제 뭐, 군락지에 정착해버려서 어디를 가는 것도 아니고……. 그래서 정부들이 생태 보호구역을 설정해 보호하고 있어. 아마 다시 항로를 비행하기까지는 오랜 시간이 걸리겠지."

"쓸쓸하네……."

"그치?"

저가 항공 (3)

"지구에서 알파 센타우리까지 가는 데 일주일 정도 걸린다고 했잖아? 그런데 그 캡슐이라는 걸 보니까 아무리 보아도 탈출용 포드보다 작아 보이던데, 어떻게 거기서 일주일 동안 먹고 즐기는 거야? 화장실은?"

"아니, 그건 갑자기 왜 물어봐? 이미 없어진 상품인데."

"아니…… 그 캡슐이 똥이랑 같이 나온다며? 그럼 궁금해지잖아? 그 캡슐 안에 든 사람은 똥을 어떻게 해결하는지."

"아…… 네 말이 맞아……. 굉장히 중요한 문제지, 용변 해결은. 근데 봐봐. 이 캡슐 사이즈는 네가 말한 대로 탈출용 포드보다 작거든. 그래도 여객기의 프리미엄석보다 크지만."

"응응."

"일주일간 비행한다고 했을 때 가장 중요한 게 뭘까? 역시 음식이겠지? 그래서 라이언하츠 스페이스 라인의 캡슐 여객 상품에는 '농축 식량'이 들어가. 조그마한 초코바처럼 생긴 건데, 1개가 한

끼 식량이지. 수분까지 한 번에 공급되는 녀석이야."

"니가 먹고 즐긴다고 했잖아. 그런 걸로 먹고 즐길 수 있어?"

"솔직히 이걸 즐기려고 먹는 거라고는 말 못 하겠다, 나도. 그래도 맛은 괜찮은 편이야. 예전에 인터넷 옥션에 올라온 걸 사서 먹어봤는데, 토마토소스 스테이크 맛이었어. 내 거는 초기 모델이라 튜브형이었지."

"우웩……."

"어쨌든 이게 체내 흡수율이 좋아서, 거의 97퍼센트 이상 소화되어 흡수되거든. 그러다 보니까 승객은 거의 일주일 정도는 용변 욕구를 못 느끼지."

"그렇구나……. 그런데 이게 97퍼센트가 흡수된다고 해도, 3퍼센트는 누적되는 거잖아?"

"예리한 지적이네. 그래, 맞아. 3퍼센트는 누적되는 거지, 용변으로. 그래도 그 양이 미미해서 일주일 정도는 문제없어."

"그럼 일주일 이상 여행하는 사람들은 어떻게 하는 거야?"

"음…… 이걸 말해야 하나? 이 상품이 원가 절감을 극대화한 상품인 건 이해하지?"

"응."

"그러다 보니까 사람들이 당연하게 있어야 한다고 생각한 게 없는 경우가 많지. 스타트업 기업들이 내놓는 상품들이 그렇듯이."

"그렇지. 스타트업 기업들은 항상 그렇지. 그러고는 혁신이라고 하지."

"음, 아까 말한 그 식품 섭취를 하면 통상 3퍼센트씩 흡수가 안 되어서 누적되는 건데, 그게 좀 뭐랄까……. 소변이라든가, 그 큰 것도…… 굉장히 묽게…… 되거든? 식품에 든 성분 때문에?"

"……그렇게 구체적으로 말할 일이야?"

"아냐, 이걸 설명하려면 말해야 해."

"뭘 설명하려고?"

"네가 물어본 일주일 이상 여행하는 사람들……. 한 달간 장기 여행을 하는 사람들을 위한 방법."

"……무섭잖아. 뭔데?"

"기저귀를 줘. 흡수율이 99퍼센트고 여러 번 사용이 가능한……."

"……."

"……."

"……그 회사 잘 망했다."

"그치? 그래도 내장된 쇼 프로는 제법 고급이었어. 〈닥터 후〉 전 시즌이 있었다고."

"1달간 기저귀를 차고 코딱지만 한 캡슐 안에서 초코바 같은 걸 먹으면서 〈닥터 후〉 전 시즌을 보라고?"

"……역시 그건 아니지?"

"그 회사 잘 망했다."

"역시…… 그치?"

일어날 복수는 결국 일어난다

허억…… 허억…… 허억…….

해냈다! 마침내 나는 나를 그토록 괴롭게 하던 원인을 내 손으로 해결했다! 빌어먹을 놈! 네가 만든 운영체제 때문에 내가 얼마나 고통받았는지 아느냐?!

그랬지! 그랬다! 정말 끔찍한 운영체제였다! 개발자로서 가장 실수한 일이 무엇이었냐고 묻는다면 나는 단 한 번의 망설임도 없이 이 빌어먹을 운영체제와 관련한 개발 쪽으로 진로를 정한 거라고 답할 것이다. 정말이지 끔찍한 운영체제였다. 오픈소스 소프트웨어들이 모두 난도가 높은 건 알고 있었지만, 이건 지나치게 높았다.

진로를 지금이라도 바꿔야 할까, 라고 생각했지만 이미 너무 늦은 뒤였다. 이 운영체제에 발목이 잡힌 사이 세상은 너무나도 멀리 달아나 있었다. 마치 내 잘못된 선택을 비웃기라도 하듯이 어차피 진로를 바꿀 수 없다면, 조금이라도 버텨볼까 생각을 하기도 했지만, 그러기에는 고통이 너무 거대했다.

그래서…… 나는 결국 선택하고 만 것이다. 이 운영체제가 세상에 나오지 못하도록 역사를 바꿔버리자고. 그래서 내가 이쪽으로 진로를 선택하지 않게 역사를 바꿔버리자고. 그랬다. 나는 과거로 돌아가 이 운영체제의 개발자를 죽이기로 했다.

나는 성공했다. 마침내 나를 그토록 괴롭게 하던 원인을 내 손으로 해결했다! 놈이 내 발밑에서 마지막 숨을 헐떡이며 나를 바라보고 있었다. 이놈은 자기가 뭘 잘못해서 죽는지도 모르겠지. 말해줄 것 같으냐? 그대로 네가 죽는 이유도 영문도 모른 채 죽어라!

그리고 놈의 입에서, 가스가 새어 나오는 듯한 긴 소리가 나오고…… 놈의 숨은 멎었다.

하아…….

놈의 마지막을 보며 나 역시 내 몸에서 무언가 빠져나가는 것을 느꼈다. 그동안의 고통, 울분, 무력감 들이 내 몸을 떠나가는 게 느껴졌다. 누가 복수는 허무하다고 하였는가. 복수는 편안하다. 긴장된 몸을 이완시킨다. 스트레스를 줄인다. 오늘 밤에 집으로 돌아가면 정말 오랜만에 숙면을 취할 수 있을 것 같았다.

……집으로 돌아가면?

그러나 그런 편안함도 잠시, 나는 복수를 위해 만든 타임머신의 운영체제가 그동안 고통을 준 그 운영체제임을 떠올렸다. 눈을 가리고 있던 복수심의 장막이 걷히자 그제야 내가 벌인 일들이 하나둘씩 보이기 시작했다.

바보같이도. 정말 너무나도 바보같이도. 나는 내 타임머신을 작동시키기 위해, 내가 죽여버린 놈이 '앞으로 만들' 운영체제를 사용한 것이었다(하지만 어쩔 수 없지 않은가. 내가 알고 있고, 할 줄 아는 것은 그 운영체제 말고는 없었다). 그 사실을 깨달았을 때 내 머릿속에는 질문들이 쉼 없이 쏟아졌다. 그렇다면 나는 이제 어떻게 되는 거지? 맙소사! 나는 이렇게 과거에 갇히는 건가? 아니면 나는 질량 중첩으로 사라지는가?! 안 돼!

하지만 1분…… 10분…… 1시간…… 시간이 흘렀음에도 나는 사라지지 않았다. 과거에서 나를 탈출시켜줄 타임머신은 그 자리에 그대로 있었다. 이게 어떻게 된 일일까? 그 순간 나는 문득 시간여행을 준비하며 읽었던 논문 한 편을 떠올렸다. 논문의 내용은 거대한 시간의 흐름에서 결국 일어날 사건은 일어날 것이기에, 특정 개체를 배제함으로서 사건을 바꾸는 건 불가능하다는 내용이었다. 젠장, 그렇다면 누가 운영체제를 다시 만들었다는 건가?

안도와 허무의 한숨이 동시에 몰려왔다. 결국 과거로 와서 사람을 죽였지만, 내가 원하는 것은 얻지 못한 게 되었으니까. 허무하고, 허무했다. 동시에 내 존재가 사라지지 않았다는 것, 그에 대한 감사함이 느껴졌다. 그 허무한 복수에서도 나는 사라지지 않았다.

그런 생각이 드니 복수의 의미가 새롭게 다가왔다. 어쩌면 이 복수는, 나에게 복수란 허무하다는 교훈을 주기 위해 결국 일어날 사건이 아니었을까? 그 교훈을 통해 새롭게 내가 살아갈 수 있도록 힘을 주기 위해 이미 일어나도록 계획되고 준비된 사건이 아니었을까?

알 수 없다. 그렇다, 알 수 없는 일이다. 하지만 한 가지는 분명했다. 나는 새로운 기회를 얻었다. 새로운 출발을 할 수 있는 기회를 얻었다. 내가 살던 시대로 돌아가면 새로운 운영체제를 공부해야지. 세상이 나를 비웃으며 도망가더라도 금방 따라가줘야지. 그랬다. 나는 새로운 기회를 얻었다.

나는 다시 내 시대로 돌아가기 위해 타임머신에 올라타 전원을 켰다. 익숙한 부팅음과 재수 없는 펭귄의 모습이 모니터에 떴다. 그리고 이어지는 운영체제에 대한 대충 이렇고 저렇고 한 정보를 담은 텍스트들이 주르륵 올라왔다. 그 텍스트들에 담긴 정보들. 그 텍스트들을 쏟아내는 운영체제는 나에게 끊임없는 고통을 주었고, 나를 과거로 보냈으며, 살인자로 만들었다. 하지만 그것도 이제 끝이다. 나는 새롭게 다시 시작할 거다. 이제 돌아가면 이 지루한 펭귄과 텍스트들도 안녕이다. 그래, 나는 새롭게 시작할 거다.

……음?

그 순간 나는 모니터에 무수히 올라오는 텍스트들 사이에서 무언가를 발견하고 홀린 듯 고개를 들이밀었다. 젠장, 이게 뭐야. 이게 왜? 텍스트들 사이에 들어간 짧은 한 줄. 그것을 누가 만들었는지에 대한 그 한 줄. 그 한 줄 끝에 내 이름이 적혀 있었다. 맙소사, 이게 뭐야? 내가…… 이 운영체제를?

그리고 그때, 등 뒤에서 서늘한 바람과 함께 익숙한 소음이 들렸다. 어떻게 그 소리를 잊을 수 있을까. 내가 여기로 오기 위해 수백 번 들어야 했던 소리인데.

이윽고 내 뒤로 시공을 가르는 철제 구조물이 등장했다. 타임머신이다. 뭐지? 뭐가 어떻게 돌아가는 거야? 하는 생각도 찰나, 나는 타임머신에서 칼을 들고 내리는 한 명의 여인을 봤다. 증오 서린 눈동자에는 이제 곧 맞이할 환희가 꽃피울 듯 몽우리를 맺고 있었다. 나는 그녀의 눈빛에서 그녀가 왜 여기에 왔는지 알 수 있었다. 그녀가 누구인지. 그녀가 무엇을 하려고 하는지.

그녀는 나였다.

그녀가 웃으며 나에게 다가오고 있었다.

미래 관광 후기 (1)

혹시나 미래로 시간 여행을 가시거든 절대 과거인인 걸 티 내지 마세요. 요즘 인터넷에 미래로 시간 여행 가서 과거인이라고 말했더니 공짜로 먹을 것부터 숙소까지 다 잡아주고 완전 핵인싸 느낌으로 사람들에게 둘러싸여 재미나게 놀고 왔다는 썰이 도는데, 제발 그러지 마세요. 목숨이 위험합니다.

저 같은 경우는 작년 여름방학에 2세기 후의 미래로 시간 여행을 다녀왔습니다. 저도 인터넷에서 본 썰대로 입국 수속 밟자마자 밖으로 나가서 여기저기 과거에서 왔다고 자랑하고 다녔죠. 인터넷 썰처럼 정말 다들 좋아하더라고요. 덕분에 맛있는 것도 많이 먹었고요.

그런데 갑자기 고고학 석사 과정의 대학원생이 저에게 와서는 변기 커버를 보여주면서 자기 목에 거는 거예요. 마치 데이비드 맥컬레이의 책 〈미스터리 신전의 미스터리〉에 나오는 사람 같았어요. 혹시 그 책 보셨어요? 아직 못 보셨다면, 꼭 한번 보세요, 가 아니지 아니지. 이야기가 옆으로……

  아무튼 그 대학원생이 그러고는, "선생님, 제가 21세기의 종교 제의사를 연구 중입니다. 선생님이 마침 그 시대에서 오셨으니 이 제의를 제대로 입을 줄 아실 거 같은데 이렇게 목에 두르는 게 맞을까요?"라고 저한테 묻더라고요. 순간 너무 웃긴 나머지 참지 못하고, "그게 무슨 옷이에욬ㅋㅋㅋㅋ 그거 변기 커버예욬ㅋㅋㅋㅋ 똥통 위에 엉덩이 깔고 앉는 거욬ㅋㅋㅋㅋ"라고 말했죠. 그랬더니 그 대학원생이 너무 놀라면서 자기 논문을 위해 조금만 더 알려달라는 거예요. 어떻게 할까 생각하고 있는데 얼굴이 생각보다 귀엽더라고요? 그래서 며칠간 여행 가이드를 해주면서 그쪽 이야기도 들려주면 그렇게 해주겠다고 했어요. 너무 좋아하더라고요.

  그날부터 며칠간 대학원생에게 관광 가이드를 받으면서 이런저런 이야기를 나누었죠. 대학원생은 자기가 작성하고 있는 논문 이야기도 해줬어요. 세상에! 2세기 뒤의 사람들은 우리가 화장실 변기 칸에서 화장실 변기 커버를 목에 두른 성직자에게 화장실 변기의 물로 영원한 삶을 위한 침례를 받는다고 생각했다니까요? 믿기세요? 세례도 아니고 침례요. 둘의 차이가 뭐냐면 세례가 머리에 물을 적시는 거면, 침례는 몸을 모두 물에 빠뜨리는 거예요. 예, 화장실 변기에요 온몸을!

  그런데 몸이 그 좁은 데 들어갈 리가 없으니 얼굴을 화장실 변기에 처박는다고 생각하더라고요! 사제가 침례 받는 사람의 얼굴을 한 손으로 꾹 눌러서 변기에 처박고, 다른 손으로는 변기 물을 내린다고 생각하고 있었어요! 세상에 맙소사! 세상에! 세상에! 정말이지 들으면 들을수록 황당하지만 재미있는 이야기였고, 저는 신나게 웃으면서 화장실과 변기의 진실에 대해서 말해줬어요.

여행을 마치고 떠나기 전날 대학원생은 논문 심사를 받는다며 인사를 건네고 헤어졌어요. 마지막까지 고맙다고, 즐거운 시간이었다고 손을 흔들어줬죠. 정말 즐거운 시간이었어요!

그리고 그날 밤이었죠. 짐을 싸고 있는데 누군가 다급하게 방문을 두들기는 거예요. 뭐지? 하고 열었더니, 대학원생이 피투성이가 되어서 죽어가고 있었어요. 너무 놀라 비명을 지르려 하자 대학원생이 손으로 제 입을 막고는 고개를 저었죠. 저는 급하게 대학원생을 방으로 데리고 들어와 침대에 눕히고 이게 무슨 일이냐고 물었어요. 대학원생은 거친 숨을 몰아쉬면서 "대학원 교수들과 고고학 협회 회원들이에요……. 그들은…… 진실이 밝혀지길 바라지 않아요……. 그들은 이게 변기 커버가 아니라…… 제의로 남기를 바라요"라고 말했어요. 무슨 말인지 전혀 모르겠다고 이야기했지만 대학원생은 "위험해요……. 빨리 도망쳐……요……"라는 말을 마지막으로 숨을 거두었죠. 현실감이 전혀 느껴지지 않았어요. 그런데 그때 창문을 깨고 뭔가 방 안으로 들어왔죠. 수류탄이었어요. 그리고 수류탄이 터졌을 때 앞에 있던 테이블이 폭발을 막아 저는 살 수 있었고요. 정신을 못 차리고 있는데, 갑자기 창문에서 사람들이 들이닥쳤어요. 검은 가면으로 얼굴을 가리고 있었지만, 고지식한 양복 차림과 목에 걸친 화장실 변기 커버가 그들이 대학원생이 말한 대학원 교수들임을 말해줬죠.

……그 뒤로는 잘 기억이 안 나요. 아마 부러진 테이블 다리로 교수들의 뚝배기를 두들겨주고 그대로 도망쳐 나와 제 시대로 돌아온 거 같아요. 하지만 제 시대로 도망 왔음에도 불구하고 대학원 교수들과 고고학 협회 회원들의 추적은 끝나지 않았어요. 그들은 나를 죽여서 그들이 주장하는 진실이 학계의 정론으로 유지되기를 바라요……. 아마 제가 죽기 전까지는 계속해서 저를 추적하겠죠…….

어둠 속에서, 검은 마스크를 쓰고, 변기 커버를 목에 걸친, 구시대의 종교에 미친 교수들이 저를 추격할 거예요. 그러니까 여러분은 절대, 절대, 절대! 절대! 절대! 미래로 시간 여행을 가시거든 절대! 과거에서 왔다고 말하지 마세요!

미래 관광 후기 (2)

인터넷에서 그 이야기를 보고 문득 궁금해진 거야. 변기 커버가 변기 커버로 보이지 않고, 목에 거는 목걸이나 옷으로 보인다면, 도대체 2세기 뒤의 사람들은 어떻게 거사를 치르는 거지? 아니, 그러니까 내 말은…… 자연현상, 생리적, 신체적 현상을 어떻게 해결하냐는 말이지. 막말로 걔들도 똥은 쌀 거 아냐?

아니 아니, 정말 쓸데없는 생각인 건 나도 알거든? 그래서 나도 처음에는 그냥 별거 아닌 쓸데없는 호기심이니까 시간이 지나면 잊힐 줄 알았는데, 이게 반년이 지나도록 머릿속에서 사라지지를 않더라. 그냥 머릿속이 온통 '미래인들은 똥을 어떻게 싸는가'라는 질문으로 가득 차서 정말 미칠 것 같았어. 그리고 그쯤 되니까 이 질문에 답을 얻지 않고는 살 수가 없을 것 같더라고.

그래서 그 이야기를 처음 인터넷에 올린 사람에게 리플을 남겼지. 답이 없었어. 혹시 다른 사람들이 답을 알지 않을까 하는 생각에, 같은 게시판에 글을 남겨봤지만, 반응은 하나같이 '무슨 그런

더러운 이야기를 하느냐'였지.

오히려 나는 도대체 왜 아무도 그런 질문을 안 하는지 이해가 안 됐어. 마치 모두가 의도적으로 그 질문을 피하고 있는 것처럼 느껴지기까지 했지. 그 글에 나왔던 미치광이 교수들이 음모를 꾸민 게 아닐까, 하는 생각까지 들었어. 사람들이 진실에 접근하지 못하도록 말이야. 그 진실이 뭔지는 나도 모르겠지만……

어쨌든, 아무도 나에게 답을 말해주지 않았고, 결국 나는 스스로 답을 찾기로 했어. 모든 게 일어난 그곳으로 가서 직접 보고 오기로 마음을 먹었어. 그래, 미래로 시간 여행을 가기로 결심한 거야. 인터넷 게시판에 그 이야기를 올린 사람이 갔던 그 시대로……. 미래 여행 도중에 그런 사건이 터졌다면 그 시대로의 여행을 막았을 법도 한데, 실제로는 아무도 신경을 안 쓰고 있었어. 21세기에서 2세기 뒤의 미래는, 여전히 모든 사람들에게 문을 열고 누구나 올 수 있도록 환영하고 있었지. 아주 밝고 화창한 느낌으로. 그 밝고 화창함 뒤에 풀리지 않은 미스터리가 있었어. 도대체 미래인들은 어떻게 '큰일'을 처리할까?

여행을 떠나기 전날 밤. 나는 내 방에서 짐을 꾸리고 있었어. 뭔가 필요할 법한 것들을 가방에 담으며 정부에서 발행한 시간 여행 가이드북을 숙지하고 있었지. 비가 오는 밤이었어. 바람두 불었고 을씨년스러웠지. 그때 주방 쪽에서 창문이 덜컹거리는 소리가 들렸어. 바람이 너무 세게 불었나 보다, 하고 주방으로 가서 창문을 닫고 주방으로 쏟아진 빗물을 닦아냈지. 그리고 내 방으로 돌아왔는데, 불이 꺼져 있는 거야. 뭐지? 내가 불을 끄고 갔나? 하고 전원에 손을 얹는 순간.

"켜지 마."

짧고 굵은 목소리가 나에게 명령했어.

나는 순간 얼어붙었지. 목소리의 주인공이 어떻게 내 방에 들어온 건지 알 수 없었어. 그리고 그 목소리도 처음 들어보는 목소리였고. 하지만, 난 그게 누구인지 알 수 있었어.

"당신, 당신이죠……? 그 게시판에 글을 올린 그 사람……."

잠시의 적막. 창밖의 비바람만이 창문을 두들기고 있었어.

"그래, 맞아……."

그리고 그녀가 적막을 깼지.

"세상에 맙소사! 당신을 얼마나 찾았는지 모르겠어요! 당신은 상상도 못 할 거예요! 묻고 싶은 게 너무 많았어요! 나는 답을 찾아야 했어요!"

"쉿, 조용히……."

그녀는 한 번 더 목소리를 낮췄어. 그 순간 나는 아직도 그녀가 그 미친 교수들에게 쫓기고 있다는 걸 알 수 있었지. 나는 그녀의 말대로 조용히, 아주 조용히 숨소리도 낮췄어. 그리고 다시 주변이 적막해지자, 그녀가 말했지.

"묻고 싶은 게 많을 거야."

"너무 많아요. 하지만 제가 알고 싶은 건 오직 하나예요."

"그래⋯⋯."

창가에는 달빛 한 점 없이 어둠으로 가득 차 있었어. 그 어둠 속에서 그녀는 잠시 숨을 고르고 있는 듯했지. 그리고 마침내 그녀가 입을 열었어.

"그래⋯⋯. 하지만 진실을 듣기 전에 나와 약속 하나만 해."

"뭐든지요! 뭐든지요!"

"절대 미래로 가지 마."

"예?"

"미래로 가면 그들이 네가 나와 연관된 걸 알 거야. 그러면 너도 죽이려 하겠지. 그들이 나를 추격하는 것만으로 충분해. 내가 진실을 말하면 너는 미래로 가지 않는다, 그게 약속이야."

"하지만, 하지만 저는 제 눈으로 보고 싶어요, 직접. 당신의 이야기도 좋지만 저는 직접⋯⋯"

그때 방 안의 어둠을 가로질러 그녀의 손이 내 얼굴을 어루만졌어. 그리고 그녀의 손은 너무나도 따듯했지⋯⋯.

"이상하게 넌 그때 그 사람을 닮았어. 아무 상관이 없을 정도로 길고 긴 시간을 사이에 두고 있는데도. 그래서 너에게 이런 부탁을 하는 거야. 가지 마, 미래로."

이유는 알 수 없었지만 나는 그녀에게 그렇게 하겠다고 약속했지. 그렇게 해야만 할 거 같았어. 아니, 그렇게 해야만 했어.

그리고 그녀는 내 약속을 듣자, 차분하게 이야기를 하기 시작했지. 내가 원했던 진실을.

"미래인들은 화장실을 안 가. 그들은 포털 기술을 이용해서 모든 걸 해결하지. 그들은 직장 속에 그리고 요도 가운데 공용 정화조와 일방통행으로 연결된 포털을 설치해. 그렇기 때문에 그들은 화장실을 몰라. 그래서 화장실은 그들에게 고대인의 성전이 되었던 거야."

진실은 너무나도 가혹했고 냉혹했어. 나는 계속해서 그녀에게서 미래인들의 진실을 들었지. 일방통행 포털 이전 쌍방 통행 포털, 그리고 그로 인해 공용 정화조가 역류해 수십억 명의 사람들이 똥독에 올라 죽어버린 대참사까지……. 내가 감당하기에는 너무나도 잔혹한 진실이었어.

이야기는 밤을 새워 계속되었지. 그리고 이야기 끝에 그녀는 기진맥진한 나를 다시 한번 어루만져주었어. 그러면서 나에게 속삭였지.

"진실은 언제나 잔혹해. 무겁고 힘들어. 하지만 그것은 숨길 수 없어. 그 미래에도 언젠가는…… 모두 드러나게 될 거야."

"하지만 진실을 아는 우리는 너무 멀리 있는걸요. 진실을 안 채로 너무 일찍 태어났는걸요."

"괜찮아. 시간도 거리도 언젠가는 우리가 따라잡을 거야. 걱정 마."

그녀의 말은 너무 따스했지. 그리고 '따끔!' 뭔가 내 목을 쏘았어.

그리고 나는 정신을 잃었지. 정신을 차렸을 때는 이미 미래로 가는 시간 여행 티켓의 출발 시간이 한참 지난 시점이었어. 내리 일주일은 잔 거 같았지. 나를 못 믿어서 그렇게 한 걸까? 아니면 나를 위해서 그렇게 한 걸까?

그날 이후 나는 인터넷에서 그녀의 흔적을 찾아 나섰지만, 그녀는 그 게시물 이후로 어디에도 흔적을 남기지 않았어. 그래서 나는 그때의 기억이 사실은 꿈이 아니었을까, 하는 생각도 들었어. 하지만 그 꿈은 너무나도 생생했고, 그녀의 손길은 너무나도 따스했지. 어째서인지 '오래전부터', 아니 너무나도 '멀리서부터' 알고 있었던 거 같았고…….

그날 밤의 그녀는 분명 현실이었어. 그녀는 지금 어디에 있을까? 아직도 미래의 미친 교수들의 추격으로부터 도망가며 진실을 전하려 하고 있을까? 그건 나도 몰라. 하지만 한 가지는 확실해. 이제 그녀는 혼자가 아니야.

거인

"다른 차원의 거인들이 우리의 세계를 침공했을 때…… 아, 다 끝난 줄 알았지. 크기는 집채만 한 놈들이라 웬만한 대전차 무기로도 죽이지 못했거든. 그런데 죽으라는 법은 없더라고. 이놈들 전뇌인가 뭔가로 뇌를 개조한 모양이야. 뇌를 들어내고 컴퓨터 단말기 같은 걸 처박은 거 같던데, 그게 우리를 살렸어.

뭐? 해킹을 했냐고? 아냐, 아냐. 그것보다 더 끝내주는 걸 했지. 녀석들 전뇌인가 뭔가를 들어내고 거기다가 전차 콕핏을 달았어. 그래가지고 녀석들 몸을 이족 보행 생체 전차로 만들어서 운용하기 시작했지. 이거 진짜 끝내준다고! 그거 알아?! 초등학교 시절 텔레비전에서 보던 거대 로봇 만화영화 주인공이 된 기분이야! 우리가 정의에 주인공이 되어서 나쁜 거인들에게 천벌을 내리고 있다고! 하하!"

"……전차장님, 작전 중 사적 통화는 좀 삼가주시면 안 됩니까?"

"시꺼! 나 지금 인터뷰 중이야! 이거 1시간에 우리 하루 일급이라고! 이거 돈 받으면 한턱 쏠게!"

"하…… 걸리시면 저는 모르는 일입니다……. (삡! 삡! 삡!) 응? 전방에 거대 생체 반응. 적 거인병입니다. 한 놈입니다."

[%♡%@%☆&♧?! *×_÷%^÷^?!!!]

"뭐야, 이 소리? 거인 놈이 내는 소리야? 거인 놈 되게 시끄럽네."

"그러게 말입니다. 뭔가 말하려는 걸까요?"

"알 게 뭐야, 저 짐승 놈들이 말하는 거. 일발 장전. 대가리를 쏜다."

"예."

"어? 아냐, 아냐?! 인터뷰에는 문제없어! 어어! 마침 잘됐어! 거인 대가리 터지는 소리 들려줄게! 통화 녹음 중이지? 오케이! 야? 장전 끝났냐?"

"예, 전차장님 명령만 내리십시오."

"오케이…… 조준하시고…… 좌로 3클릭…… 위로 2클릭…… 숨 고르기……."

"숨 고릅니다……. 조준 완료……."

"쏴! 발사!"

탕!

"데이비드?! 데이비드 너야?! 난 네가 죽은 줄 알았어! 미안해! 혼자 도망가서 미안해! 다행이야……! 살아 있어서! 데이비드 살아 있……."

탕!

크리스마스 (1)

친애하는 산타클로스 님께

안녕하십니까? 올해도 어김없이 경전에는 제대로 명시되지도 않은 신의 탄생 전야에, 약 시속 20만 킬로미터로 세계를 일주하시며 전 세계의 어린이들에게 꿈과 희망과 선물을 나누어 주시는 산타클로스 님께 우선 감사의 인사를 드립니다. 시속 20만 킬로미터의 속도로 나는데도 불구하고 어떻게 매번 세상을 멸망시키지 않고 선물을 나르시는지 그것을 여쭙고 싶지만 오늘은 그것이 중요한 것이 아니기에 그것은 다음에 기회가 되면 여쭙기로 하겠습니다.

다름이 아니라 저는 지옥에 살고 있는 '사탄'이라고 합니다. 혹자들은 '루시퍼'라고 부르기도 합니다만, 2000년 전에 깔끔하게 개명 신정을 완료한 상황이라 '사탄'이라고 불러주시면 될 것 같습니다. 이렇게 제 소개를 하면 산타클로스 님께서 '지옥의 마왕이 어쩐 이유에서 나에게 편지를 보내는가' 하실 수도 있겠습니다. 실제로 그럴 것이 저는 산타클로스 님께서 하시는 일과 하등 관계가 없는 업계에서 일하고 있으니 말입니다. 이 편지를 쓸 때도 많이 고민하였으나, 논의를 드리고자 하는 일이 점점 심각해지고 있어 큰 결심을 하고 이렇게 갑작스레 편지를 보내게 되었습니다.

다름이 아니라, 최근 어린이들이 산타클로스 님께 보내는 소원이나 편지가 종종 저에게 오곤 합니다. 아무래도 제 이름과 산타클로스 님 이름의 산타가 발음이 비슷하기 때문이 아닐까 생각해봅니다. 물론 어른들이라면 발음이 틀릴 일은 없겠지만, 아이들이잖습니까? 아이들에겐 실수가 일이죠.

더군다나 인간들이 사는 세상에 최근 역병이 크게 돌아 아이들의 학력도 문제가 되고 있는 듯합니다. 슬픈 일이 아닐 수 없습니다(혹시나 하여 한마디 사족을 붙입니다만, 이번 역병은 저를 비롯한 지옥의 악마들과는 일절 관계가 없습니다. 인간의 욕망이 원인이겠죠).

그런데 저는 또 악마다 보니까 누군가 제 이름을 발음하여 기도하면 그것이 소환으로 간주되어 나타나야 하는 그런 문제가 있습니다. 제 이름의 기원이 라틴어인 것도 있고, 아이들 발음이 정확하지 않다 보니 그런 듯합니다.

해서…… 최근 들어 매년 12월이 되면 저도 시도 때도 없이 지상으로 끌려 나가곤 합니다. 멋지게 등장을 하려고 보면, 또 어린이입니다. 해맑게 웃고 있죠. 그럼 어떡합니까? 도리가 없지요. 주머니에 준비했던 붙이는 수염 붙이고 "호호호호! 메리 크리스마스!" 해줍니다. 상대가 어린이잖습니까? 당연히 어린이에게도 산타 노릇 할 수야 있겠지만, 저는 또 어른이잖습니까? 저도 어린애를 좋아하는 편은 아닙니다만 어린애들에게 그렇게 하면 안 된다는 것은 압니다.

하지만 한편으로는 아이들이 매번 이렇게 부르니, 저도 연말 사업 정산할 때 불편하기가 그지없습니다. 매번 업무 추진비로 아이들 선물을 사주다 보니 경리과에서도 계속 불만이 나오고 있고요.

해서⋯⋯ 조금 건의드리고자 하는 게 산타클로스 님께서 그⋯⋯ 개명을 조금 하시면 어떨까 하는 생각입니다. 가급적이면 사탄과 이름이 비슷하지 않도록 말이죠.

물론 어려운 일인 걸 모르는 건 아닙니다. 제가 개명을 할 수도 있겠습니다만, 저는 이미 2000년 전에 개명을 한 번 한 터라, 또다시 개명을 하기 위해서는 법원이 인정할 만한 특별한 사유가 필요합니다. 불행히도 산타클로스와 이름이 비슷해서, 라는 이유는 인정이 되질 않았죠. 예, 사실 한 번 신청해봤습니다.

그래서 가능하시다면, 한번 지옥을 방문해주셔서 이 문제에 대해 함께 논의하시면 어떨까 싶습니다. 바쁘시겠지만 긍정적인 검토를 부탁드리겠습니다.

메리 크리스마스. 그리고 새해 복 많이 받으십시오.

존경하는 마음을 담아

사탄, ㈜지옥 CEO

크리스마스 (2)

"야, 혹시 아직 답장 안 왔니? 아이…… 또 누가 사탄 클로스라고 부를 거 같은데…….'"

"예, 산타 님. 답장 아직 안 왔습니다."

"너 지금 나 사탄 아니고 산타라고 불렀지?"

"아닙니다. 사탄이라고 불렀습니다, 산타 님."

"너? 너? 또?"

"그보다는 방금 전에 또 아이 하나가 사탄 님 이름을 불렀습니다."

"아…… 진짜…… 알았어, 알았어. 야, 야, 내 수염, 내 수염."

"여기 있습니다."

"어디 흠흠…… 큼큼…… '호호호호! 메리! 크리스마스!' 어때? 좀 비슷하냐?"

"점점 산타 같아지십니다, 산타 님."

"너 자꾸 산타라고 부를래? 네가 그러니까 이제 나도 내가 사탄 인지 산타인지 헷갈리기 시작하잖아."

크리스마스 (3)

"함장님, 준비되었습니다."

"고맙네, 부함장. 음음…… 전 승조원에게 알린다. 나 함장이다. 지난 30년간 우리 '장거리 선물 배송함-루돌프'는 전 세계에 '울지 않는 어린이'들을 목표로 선물을 배송하였다. 이는 '북부 산타클로스 통합 배송 사령부'의 오랜 독트린이었으며 우리에게도 그러하였다.

하지만 우리는 이미 오래전부터, 아니 이 임무를 맡기 전부터 첨단의 장비가 아닌 손과 발로 선물을 배송하는 임무를 수행했을 때부터, 우리의 선조들이 '북부 산타클로스 통합 배송 사령부' 소속이 아닌 '산타클로스의 요정들'이라는 이름으로 불렸을 때부터 이미 알고 있었다.

과연 선물은 '울지 않는 어린이'에게만 주어야 하는가? 어린이의 웃는 모습을 원한다면 '우는 어린이'에게도 선물을 줘 그들의 얼굴에 웃음꽃을 피워야 하지 않는가? 전 승조원, 나 함장은 그리하여 결정하였다. '장거리 선물 배송함-루돌프'는…… 이 순간을 기점으로 북부 산타클로스 통합 배송 사령부를 이탈한다. 우리는 상부의 명령을 거절한다. 우리는 우리가 가진 선물을 울지 않는 어린이, 우는 어린이 구분하지 않고 배송할 것이다.

우리는 명령받지 않은 곳에서 선물 발사 가능 심도까지 올라갈 것이다. 우리는 명령받지 않은 곳에 선물을 발사할 것이다. 우리는 선물을 기대하지 못한 이들에게 선물을 전할 것이며, 우리는 선물을 받아 마땅한 이들에게 선물을 전할 것이다. 모든 어린이는 이날 밤 선물을 받아 마땅하다. 이러한 결정을 승조원 중 1명이라도 거부한다면 본 함장은 이 결정을 철회하겠다. 승조원들의 답변을 기다리겠다."

"대륙간선물로켓발사부 함께하겠습니다."

"취사부, 함장님과 함께할 수 있어 영광입니다."

"음파탐지부 보고. 주변에 사령부 소속 함선 없습니다. 그리고 이의 없습니다."

"부함장, 함장님과 뜻을 함께하겠습니다."

"모두들 고맙다……."

"함장님, 명령을!"

"……함선 루돌프 심도 250까지 급속 잠항! 우리는 이제 산타클로스의 눈에서 사라진다!"

"심도 250! 확인합니다!"

"심도 250! 수행합니다!"

"자, 가자, 어린이들에게……."

메리 크리스마스…….

접촉 사고

어제 접촉 사고가 났어. 좌회전하려고 대기 중인데 뒤에서 받은 거야. 그래서 보험사를 불렀더니 내 과실이 140퍼센트라고 하는 거야. 그래서 "아니, 이게 무슨 러시아 대통령 선거예요? 무슨 과실 비율이 140퍼센트가 나와요?! 그리고 신호 대기 중인 차를 뒤에서 받았잖아요?!" 하고 따졌지.

그랬더니 보험사 직원이 법이 바뀌어서 어쩔 수 없다더라. 그래서 무슨 법이 그 따위로 바뀌냐 하고 다시 따지니까, "그러니까 선거 날 투표하셨어야죠" 하고 비아냥대는 거야. 솔직히 열받기는 하는데, 투표 안 한 건 사실이라 할 말은 없더라.

그래서 일단 화를 좀 가라앉히고 "그럼 보험 처리 합시다"라고 말했지. 그랬더니 차값의 3배를 물어줘야 한다는 거야. 무슨 미친 소리냐고 소리를 질렀더니 보험사 직원이 똑같은 표정으로 "그러니까 투표를 하셨어야죠"라며 놀리대?

아 진짜, 너무 짜증 나서 집에 와서는 지금 관련 법을 찾아봤거든? 근데, 보험사 직원 말이 맞더라. 다 맞아……. 이 미친놈들이 쥐도 새도 모르게 "차대차 사고 시 '더 비싼 차'의 과실을 0퍼센트로 하고 '값싼 차의 과실'을 140퍼센트로 만드는 법"을 통과시켜놓은 거야. "비싼 차의 값의 3배를 물어주는 법"도 함께 통과시켰고…….

　그래서 지금 이거 어떡하면 좋을지 변호사랑 상담했거든. 아니하필 뒤의 차가 R사의 최상위 모델이라, 나 그거 물어주면 진짜 개털 되어버려! 아무튼 변호사가 방법이 있다고 하는 거야. 뭐냐고 물어보니까, "그 차보다 더 비싼 차로 그 차를 받아버리세요"라고 말하더라. 그러면 상쇄되어가지고 저쪽이 오히려 돈을 더 내고 합의금까지 줘야 한다고.

　뭐 이런 말도 안 되는 상황이……. 아무튼, 근데 지금 그 차가 R사의 최상위 트림이란 말이야. 그 차보다 비싼 차가 있겠냐 말이지? 그래서 변호사에게 그렇게 말했더니, 변호사가 뭐라고 하는지 알아?

　"중고 시장에 나온 전차를 사시면 됩니다. 엔간한 것도 수십억 하는 거라 괜찮아요"라고 너무 태연하게 말하더라. 알아, 미친 소리처럼 들린다는 거. 근데 진짜 있더라. 중고차 시장 사이트에 전차가……. 심지어 작년에 출고된 최신형 전차도 있어. 게다가 지금 보니까 나 같은 사람들을 타깃으로 하는 상품까지 있더라고. "무자본 차량 구입 가능. 사고 발생 시 보험 합의금으로 대납 가능"이라고. 이거 세상이 어떻게 돌아가고 있는 거니? 투표 몇 번 안 했다고.

접촉 사고 접수

예. 보험사죠? 예, 접촉 사고요. 제 차가 뒤에서 받았고요.

예. 신호 대기하고 있는 걸 뒤에서 받았어요.

예. 상대 차가, 202×년식 R사 모델이요.

예. 알아요. 비싼 차죠. 알아요. 많이 비싼 거.

예. 제 차요? 예. 1992년식 크라이슬러-제너럴 다이너믹스.

예. 모델명이요? M1A2요. 예, 예.

예. 여기가요, 지금 어디냐면요?

아, 상대 차 보험사도 오냐고요? 글쎄요. 이 양반 전화할 수 있으려나?

U R SHOCK!

과하면 안 좋아요. 왜 사자성어에 과유불급이라고 아예 있잖아요? 뭐든지 너무 과하면 없는 것보다 못 해요. 매운 라면도 마찬가지예요. 언제부터인가 사람들이 매운 라면 챌린지에 도전하더군요. 처음에 나온 라면들은 그냥 한두 번 맛있게 먹을 정도로 매웠는데, 정신을 차려보니까 인간이 먹을 수준의 레벨은 아득하게 넘어버린 무언가가 되어 있었어요. 그 시점에서 매운 라면은 음식이 아니라 도전의 대상이 되었죠. 이 매운 음식을 먹고 버틸 수 있느냐 없느냐. 그런 거 가지고 전 세계인들이 유튜브를 통해 경쟁했어요.

그러다 보니까 이게 국가 간의 묘한 자존심 대결로 이어졌는데, 이게 또 나중에는 매운 라면을 먹는 경쟁이 아니라 매운 라면을 만드는 경쟁으로 이어졌죠. 전 세계가 매운 라면을 만들었어요. 우리가 레벨10 정도의 매운맛을 만들면 다음 날 옆 나라에서 그 2배로 매운 라면을 만들었죠. 그럼 또 우리는 그것보다 더 매운 걸 만들었고요. 전 세계가 매운 라면을 만드는 걸 멈추지 않았고, 사람들도 그렇게 나오는 매운 라면을 끊임없이 먹으면서 서로 경쟁했어요. 마치 전쟁하듯이요. 차라리 전쟁이면 나았을까요?

사건은 예상하지 못한 순간 발생했어요. 시작은 신대륙의 모 국가에서 만든 매운 라면이었죠. 기존 매운 라면들을 아득히 넘어서는 스코빌을 자랑했고, 너무 많은 캡사이신과 알리신이 농축된 나머지, 라면은 존재 자체가 불안정한 상태였죠. 모 국가는 "이제 매운 라면 전쟁은 끝났다. 이제 우리가 매운 라면의 최고 기준이다"라고 선언했는데, 이에 발끈한 구대륙의 모 국가에서 그 라면과 비슷한 수준의 매운 라면을 만들었어요. 이 라면도 너무 매운 나머지 존재 자체가 불안정한 상태였죠.

두 나라는 서로 자기 라면이 더 맵다면서 이를 증명하겠다고 라면을 대량생산했고, 전 세계에 무료로 제공하기로 했어요. 가격이나 공급의 격차에서 발생할 수 있는 문제를 없애고 오직, 오직 매운 라면의 매운맛을 두고 소비자들이 어느 것이 더 매운지 선택할 수 있게요. 두 나라는 협약을 맺어 신대륙의 라면이 들어오는 곳에는 같은 양의 구대륙의 라면이 들어오기로 하고, 같은 날, 같은 시간에 전 세계에서 동시에 출시하기로 했어요.

마침내 전 세계 모든 곳에 두 매운 라면이 자리 잡았죠. 두 매운 라면은 그날 0시부터 구입이 가능했어요. 사람들은 줄을 서서 기나렸죠. 0시가 되기를.

그리고 0시가 되는 순간, 전 세계는 섬광에 휩싸이고 말았어요.

섬광을 인지한 순간 그곳에는 아무것도 남지 않았죠. 섬광 후에는 후폭풍이, 그 뒤에는 불길이 사람들을 덮쳤어요. 무슨 일이 일어났는지 이해하기에는 그 모든 게 너무 순식간에 일어났고, 또 너무 많은 사람들이 순식간에 죽었기에, 이 상황을 이해하기 위해서는 정말 오랜 시간이 걸렸어요.

그런 전대미문의 사건 이후 살아남은 사람들은, 그 사건의 원인이 너무 매워진 두 라면 때문이라는 걸 알게 되었어요. 극도로 매워진 두 라면은 원자적으로 불안정한 상태였는데, 두 라면이 가까워지는 순간 융합이 일어나 핵무기처럼 폭발해버린 거였죠.

쾅!

그렇게 전 세계는 세상에서 가장 매운 두 라면이 만들어낸 캡사이신 그리고 알리신의 불길에 휩싸였고요. 서기 20××년이었어요.

※

그리고 그 불길에서도 인간은 살아남았어요. 살아남은 인간들은 높은 수치의 핵과 캡사이신 그리고 알리신에 노출되었죠. 그리고…… 어마 무시한 힘을 얻었어요. 힘을 얻은 인간들은 더 큰 힘을 원해서 세상에 남아 있는 매운 라면들을 찾아 다른 인간들과 끝없는 싸움을 하고 있고요.

……저도 마찬가지예요. 저도 더 큰 힘을 원해요. '살고 싶어서'

따위가 아니에요. 더 강한 것에 도전하기 위해 더 강해지기 위해, 그래서 더 강해지기 위해…….

제가 아까 과유불급이라고 했나요? 맞아요. 과한 것에는 끝이 없으니까요. 힘을 원하면 그 끝을 알 수 없으니까요. 그럴 바에는 처음부터 그 힘을 모르는 게 낫죠. 하지만 저는 힘을 원해요, 더 큰 힘을…….

통역기

이런! 여행을 가셨는데 말이 안 통하신다고요?

맙소사! 기존 통역기를 사용해 식당에서 해산물을 주문했는데, 백인 셰프가 나와서 사무라이 스타일로 할복하려 한다고요?!

답답한 통역은 이제 그만! 언제 어디서나 실시간으로 완벽하게 통역해주는 초차원 통역기 'p0nye0k-ki 4908'을 만나보세요!

'p0nye0k-ki 4908'은 저희 회사가 특허 출원한 알고리즘 기술로 언제! 어디서든! 모든 언어에 실시간으로 통역을 제공합니다!

상대가 하는 말이 긍정의 의미인지 부정의 의미인지 모르시겠다고요?!

걱정 마세요! 'p0nye0k-ki 4908'의 알고리즘은 상대의 뉘앙스도 완전히 파악해 통역해줍니다!

이 놀라운 통역기를 지금 1년 라이선스 가격에 평생! 1년 라이선스 가격으로 평생 누려보세요!

말이 안 통해 답답했던 외국 여행 이제 안녕!

해산물 대신 나왔던 백인 셰프의 할복 쇼도 이제 안녕!

초차원 통역기 'p0nye0k-ki 4908', 지금 전화 주세요!

"저희 제품 광고예요. 21세기 초반의 케이블방송 광고를 컨셉으로 했죠. 그때의 추억을 느끼시는 분들이 상당히 많으시거든요. 그래서, 어디까지 이야기했었죠? 아, 저희 통역기의 알고리즘이 뭐냐고요? 별거 없어요. 사람이 통역하거든요. 통역기에 통역 요구가 들어오면 사람이 듣고, 뉘앙스를 파악하고, 맥락을 이해해서 최적의 통역 내용을 다시 보내줘요. 그게 어떻게 실시간으로 가능하냐고요? 간단해요. 저희 회사가 시공간의 틈새에 있거든요. 4차원 공간에서 과거, 현재, 미래 모든 시공간에 걸쳐 있으니까요. 우리가 하는 일은 통역 문구가 특정 시공간에서 넘어오면, 그걸 통역해서 다시 특정 시공간으로 보내는 거죠.

3차원과 4차원의 시간 흐름은 상대적으로 달라요. 그래서 실제로 통역하는 데 충분한 시간이 들어가고, 필요하다면 팀 회의, 전문가 의뢰, 경우에 따라서는 해당 시공간의 시대적 배경이나 의뢰인의 개인 히스토리나 성격적 특성도 찾아보고 고려하죠.

예, 개인 정보도 필요하면 살펴봐요. 통역기 라이선스에 해당 사항의 동의를 묻잖아요? 아까 제품 켜보셨을 때 떴을 텐데? 설마 안 읽고 그냥 '다음' 버튼만 누른 건 아니시죠?

아무튼…… 사용자들은 실시간 통역처럼 느껴지겠지만, 3차원과 4차원의 시간 흐름은 상대적으로 다르기 때문에 실제 통역에는 오랜 시간이 걸려요. 150년 걸리는 경우도 있어요. 3차원 표준시로. 그러니까, 이 끝내주는 통역기를 1년 라이선스로 평생 쓰는 건 정말 저렴……."

"팀장님?"

"아, 나 인터뷰 중이잖아."

"죄송해요. 어제 들어온 45,391,001번 의뢰 문구 중에 '다음에 밥 한번 먹죠'라는 말의 맥락이 긍정인지 부정인지 도저히 모르겠어요."

"전문가 의뢰해봤어?"

"예, 100명에게 동시 의뢰했는데 50 대 50이에요."

"시대적 배경하고 개인 히스토리는?"

"개인 히스토리는 지금 찾아보고 있는데, 팀원들 사이에서도 의견이 갈려요. 좀 도와주시면 안 될까요?"

"흠, 그럼 일단 부모들 히스토리까지 봐봐. 개인 성격은 양육 환경의 영향을 받으니까. 인터뷰 끝나면 금방 갈…… 음, 아니다. 선생님 그러지 마시고 같이 가시겠어요? 궁금해하시던 저희 알고리즘이 어떻게 작동하는지 직접 보여드릴게요. 한번 보시고 나면 아마 저희 회사 통역기 말고는 다른 거 못 쓰실 거예요. 저희 통역기 이름에 괜히 '초차원'이 붙는 게 아니라는 걸 직접 보여드리죠!"

"팀장님 그럼 지금 오시는 거죠? 신난다!"

"그래, 금방 갈 테니까 자료 준비해놔."

"옙!"

주문은 셰프입니까?

"오? 미셸, 주문 들어온 거야? 왜 그래, 미셸?"

"다 끝났습니다……. '토마스=이시무라 the 상' 그자가 우리를 찾았어요. 주군을 뵐 면목이 없습니다."

"결국 이런 날이 왔군요, '미셸=다나카 the 상'……."

"지금이라도 도망을……."

"아닙니다. 더 이상 주군의 '체면'에 먹칠할 수 없습니다."

"'토마스=이시무라 the 상'…… 무엇을 하려……."

"'셋푸쿠切腹, 할복형'를 준비해주십시오."

"'토마스=이시무라 the 상'……."

"그리고 제 옆에서 '미셸=다나카 the 상'이 '하이쿠'를 읊어주면 좋겠군요……."

"알겠습니다. '토마스=이시무라 the 상' 요로콘데!"

"아리가토네, '미셸=다나카 the 상'."

테세우스의 배

난 의체화 논쟁에서 항상 나오는 '테세우스의 배'는 아무 의미가 없다고 생각해. '배의 부속을 모두 바꿨을 때 그 배는 여전히 테세우스의 배인가'라느니, '사람의 신체를 기계로 모두 바꾸면 그게 나라는 걸 증명할 수 있냐'느니. 그런 건 아무 의미 없다고 생각해.

우리는 몸을 의체화할 수 있기 전부터 하루하루 매 순간 변했으니까. 어제의 내가 오늘의 나와 다르고, 5살 때 나와 지금의 나는 세포 단위로 같은 게 없다고 봐야겠지. 배아 때는 또 어떻고? 우리는 우리 몸을 기계로 바꾸기 전부터 이미 테세우스의 배였어. 매일매일 내 모든 게 바뀌는데, 내가 어떻게 나임을 증명 가능하지? 하물며, 그 논리에서 왜 누구는 자유로울 수 있을 거라 생각하지? 그러니까 의미가 없는 거야. 의체화 논쟁에서 그 이야기를 꺼내는 건.

결론은 어제의 나랑 오늘의 나는 완전히 다른 사람이다 이거야. 그러니까 작년에 너한테 돈 빌린 건 작년의 나에게 받으라고. 타임머신을 타든 뭘 하든. 나는 일단 이제 상관없으니까.

양념

사람들이 마트 양념 코너에서 허브 솔트 고르면서 꼭 이렇게 말한단 말이에요. "A사 허브 솔트 다 좋은데, 허브 갈릭 맛에 흑후추도 좀 넣어주면 안 되나"라든가, "얘네 꼭 허브 솔트 향이 2프로 아쉽더라. 재료를 뭘 더 넣으면 좋을 텐데"라고 말이죠.

그런 사람들은 모르겠지만 그 허브 솔트들, 저희 회사 개발부가 정말 애써서 만든 거거든요? 그리고 다 이유가 있어서 그렇거든요? 애초에 허브가 뭐예요. 요리에 쓰이는 향신료이기도 하지만, 구마용, 주술용, 마술용 재료라고요. 각기 하나씩 먹으면 큰 문제 없지만 같이 쓰면 큰일 나는 조합이 있어요. 같이 쓰더라도 용량과 비율이 중요한 게 있고요.

예를 들어 저희 회사 허브 갈릭 솔트는 흑후추가 안 들어가요. 뱀파이어vampire들도 먹을 수 있을 정도로 마늘 농도를 낮췄는데, 흑후추가 들어가면 촉매 역할을 해서 위험하거든요. 그래서 제품 경고 문구에도 쓰여 있다고요.

"뱀파이어가 섭취할 시, 흑후추와 함께 쓰지 마시오."

물론 아무도 안 읽어서 꼭 한 해 한두 건 사고가 터지는데, 그나마 한두 건으로 끝나는 이유가 저렇게 분리 조합해서 상품을 만들기 때문이에요. 그러니까, 저희 제품의 맛이 애매한 건 모든 종족의 안전을 위한 거라고요.

요즘 인터넷에 우리 회사 허브 솔트 튜닝 방법이라고 이것저것 섞어 먹는 영상이 유행이던데, 그러지 마세요. 사랑하는 분들하고 맛있게 먹은 저녁 식사가 9시 뉴스 사고 소식으로 나오고 싶지 않으면 말이죠.

예? 뭐라고요? 그럼 제품을 다 섞으면 만능 구마용품으로 쓸 수 있지 않냐고요? 하아, 솔직하게 저거 다 섞어서 어떤 효과가 나올지 우리도 몰라요. 우리는 어떤 걸 섞으면 안 되는지를 연구했지, 섞이면 안 되는 것들이 섞였을 때 어떤 효과가 나는지를 연구한 게 아니라고요.

그리고 저는 제품 QA부서 직원이에요. 그런 건 개발부서에 문의하셔야 한다고요.

완벽한 던전

사장님. 요즘 던전을 만들면 어떤 놈들이 와서 깽판 치는지 아세요? 속칭 회귀자 놈들이 들어와서는 그냥 죽고 살기를 반복해서는 끝끝내 던전 최심장부까지 들어온다니까요? 이놈들이 죽고 살고 하면서 던전을 통으로 외워버리니 아무리 던전을 복잡하게 디자인하셔도 소용이 없어요.

요즘에는 던전을 처음부터 구조화하는 것보다 비구조화하는 게 중요하다고요! 저희 시스템을 도입해보세요. 저희 안티 치팅 시스템은 64비트 난수 생성 기법을 통해 완전히 랜덤하게 던전 구조를 계속 바꿔요! 입구는 하나지만 매번 규칙 없이 구조가 바뀌니까 아무도 던전을 공략 못 해요!

예? 그러면 사장님은 던전 밖으로 어떻게 나가냐고요? 에이! 사장님! 이렇게 완벽한 던전에서 나가실 일이 있겠어요? 던전 최심장부에서 느긋하게 노후를 보내시면…….

에? 사장님? 사장님? 여보세요? 사장님?

스포일러 (1)

경험상 모르는 게 약이야. 좋은 일이든, 나쁜 일이든. 일어난 일이든, 일어날 일이든. 특히나 앞으로 일어날 일들은 미리 안다고 해서 좋은 것 없다니까? 영화 스포일러 당해서 좋은 사람 없잖아. 인생 미리 알아서 좋은 게 뭐가 있겠어? 이야기를 듣자니 예언가들이 미래를 보고 말하면 그 미래가 고정된다면서? 도대체 왜 그러는 거야? 왜 남의 인생을 멋대로 정해버리는 거냐고.

그래서 말이야, 내가 생각을 했거든? 어떻게 하면 이놈들이 남의 인생을 망치는 걸 막을 수 있을까? 계시라는 건 자기 뜻대로 되는 게 아니라니 그건 막을 수 없을 것 같고. 그래서 생각한 거지. 아! 계시를 받은 예언자가 예언을 하면 미래가 고정된다며? 그러면 말을 못 하게 하면 되겠구나! 그렇게 된 거야. 그렇게 되어서, 내가 그 뒤로 여기저기 돌아다니면서 예언자 놈들 혀를 뽑고 있고. 내 말 이해했어?

"이애애어어."

뭐라고 하는 거야. 하나도 못 알아듣겠잖아. 그나저나 말해봐. 너도 잘나가는 예언자던데. 어떻게, 내가 5초 뒤에 혀를 자를까? 안 자를까? 응?

스포일러 (2)

처음 계시를 받았을 때 본 게 이 장면이었지. 나는 그때 고작 5살이었어. 본 환시가 너무 무서워서 엄마에게 말도 못 하고 몇 날 며칠을 울기만 했어. 나중에 내가 환시를 봤다는 걸 알게 된 엄마가 동네 예언자에게 이 사실을 말했고, 예언자는 나를 찾아와 한참을 보더니,"네가 본 '모든 것'을 말할 때 비로소 운명에 맞설 수 있다"라고 말했지. 솔직히 그때는 그게 무슨 뜻인지도 몰랐어, 그냥 무서워서 시키는 대로 내가 본 모든 것을 말했지.

그게 내 첫 예언이었어. 그리고 이제 이 상황에 와서야, 내 입에 칼이 들이오고서야 왜 그 예언자가 그렇게 말했는지 "이해했어요(이애애어어)."

네가 본 모든 것을 말하고 운명에 맞서라.

모든 것. 그래, 모든 것. 내가 본 건 이 장면만이 아니야. 난 모두 설 봤어.

"어떻게, 내가 5초 뒤에 혀를 자를까? 안 자를까? 응?"

5초 뒤에? 미안하지만 넌 4초 뒤에 죽어. 앞으로 2초 뒤에 네 뒤에서 내 동료가 활을 쏠 거거든. 너는 내 혀를 안 자르는 게 아니라 못 잘라. 이해했어?

아, 이제는 대답 못 하겠네?

스포일러 (3)

"정보부에서 예언가 인력 풀을 확보하고 있다면서?"

"정확하게는 계시가 내려 환시를 보고 아직 그걸 예언하지 않은 사람들을 모으고 있지."

"예언하지 않으면 현상은 일어나지 않을 텐데? 왜 그러는 거지?"

"무기화하려는 거지. 필요한 순간에 예언해서 이루어지게."

"그게 가능한가?"

"정보부에서는 환시를 본 인력 풀에게, 특정 상황에 대한 임무 카드를 전달해서 숙지하게 하더군. 그래서 해당 상황이 되었을 때, 관련한 환시를 본 적이 있다면 예언하도록 말이지. 미래 상황을 고정시키도록."

"그거 위험하지 않나? 인력 풀들이 같은 상황에 대해서 서로 다른 환시를 보면 어떡해?"

"아, 그건 걱정 안 해도 되겠더군. 아직까지 그런 일은 일어나지 않았어. 그리고 그거랑 별개로 인력 풀로 선정된 사람들 모두 '자신들에게 임무 카드를 주는 정보부'를 봤다고 한 모양이더군. 그렇게 누가 예언을 해서 서로 다른 환시를 볼 가능성을 없애버린 걸 수도 있고."

"그래도 나는 걱정되는걸. 정보부가 위험한 장난을 하는 것 같아서……."

"어쩔 수 없지. 지금은 전시야. 우리는 본 적도 없는 다른 차원의 적들과 모든 시간대에서 전쟁 중이야. 특수한 상황에는 특수한 방법이 필요하지."

스포일러 (4)

요는 그래. 정보부가 어떤 요술을 부리고 있는지는 모르겠지만, 인력 풀들이 보는 환시는 서로 다른 내용이 겹치지 않게 교통정리가 되고 있어. 그 인력 풀들이 모두 공통적으로 정보부로부터 지령을 받는 환시를 보고 예언한 순간부터 어쩌면 그렇게 교통정리가 된 걸지도 모르지. 도대체 이런 상황이 말이 되느냐 하겠지만. 아까도 말했듯이 다른 차원과 모든 시간대에서 전쟁 중인 이 상황 자체가 말이 되는 건 아니니까.

정보부에서는 이런 상황 전반에 대해 입장이 어떠냐고? 한결같지. 긍정도 부정도 없어. 그러면 너는 '이 모든 상황이 도대체 어디서부터 예언되었느냐?'라고 물어볼 수 있을 텐데. 그렇게 파고들면 모든 걸 믿을 수 없게 되어버리고 미쳐버리니까 그냥 적당한 선에서 생각을 끊는 게 좋을 거야. 다른 건 몰라도 네가 미쳐서 예언가들 혀 뽑고 다닌다는 건 정말 나로선 참기 힘든 일이 될 거 같거든.

……오…… 이런…… 미안…….

마녀들의 비행

마녀들이 빗자루 타고 다니는 건 다들 아시죠? 그런데 빗자루가 어떤 원리로 나는지는 잘 모르시는 거 같더라고요. 어렴풋이 마력으로 날지 않을까, 라고 생각하시던가요. 온전하게 마력으로 날 수도 있는데, 그러기에는 효율이 좋지 않아요. 마력으로만 물체를 띄워서 장거리를 날아간다는 건 효율이 굉장히 나빠요. 우리 같은 마녀가 온전하게 마력만으로 날아다닌다면 한 100미터 정도 날아가다 진이 빠져서 바닥에 추락해버릴걸요? 그런 건 마력이 넘쳐흐르는 악마나 드래곤dragon 정도나 되어야 가능하다고요.

그래서 마녀들이 타는 빗자루는 사실 온전하게 마력으로 날지는 않아요. 마력을 촉매로 사용하죠. 날기 위해서 태우는 연료가 따로 있거든요. 여기까지 이야기하면 빗자루라는 이름에서 감 잡으신 분도 계시겠네요. 정답을 말씀드리면, '먼지'의 힘으로 날아요. 정확하게는 먼지를 연료로 쓰죠. 빗자루에 먼지를 가득 모아두었다가, 비행할 때 빗자루 머리 부분을 두어 번 털어주고, 거기에 마력을 촉매제로 공급해서 추진 에너지를 얻어요. 비행 원리 자체는 로켓에 가깝죠. 2중 액체연료가 아니라 먼지와 마력을 쓴다는 점에서 다르기는 하지만요. 그래서 마녀들이 빗자루를 타고 하늘을 날면 그 뒤로 비행기처럼 구름이 남는 거예요. 사실 구름이 아니라 먼지가 타면서 남는 연기에 가깝지만요.

그렇지만 이제 빗자루를 타고 다니는 마녀는 보기 힘들어요. 먼지를 마력으로 태워서 비행하는 방식이 메탄가스를 많이 발생시킨다나 봐요. 그래서 재작년엔가 새로 법이 생겼고, 이제 왕도나 큰 도시에서는 빗자루를 이용해서 비행할 수 없어요.

대신 진공청소기를 타고 다니죠. 저도 얼마 전에 1대 샀어요. D사의 VV-12 모델로요. 이 모델 정말 굉장해요! 먼지 흡입력도 장난이 아니고, 먼지를 또 모터에서 압축하거든요? 먼지 흡입력과 모터 압축력을 토대로 비행 시 필요한 마력 촉매량을 최소화해서 효율을 극대화시켰어요! 제가 타고 다니던 빗자루에 사용하던 마력의 50분의 1 정도만 넣어줘도 날아다닐 수 있어요! 정말 최고죠!

그나저나 궁금하지 않으세요? 청소기가 이렇게 좋으면 왜 지금까지 마녀들은 청소기가 아니라 빗자루를 타고 다녔을까요? 청소기가 나온 지 100년 가까이 되어가는데.

답은 간단해요. 그동안 청소기를 작동하기 위해서 전기 플러그를 꽂아야 했거든요. 맞아요. 모터를 움직이려면 전기가 필요한데, 그동안은 전기선을 꽂아야 작동 가능했죠. 비행을 위해서는 먼지를 모아야 하는데, 모터가 돌아가지 않는다면 먼지가 모이지 않을 거고, 그러면 비행도 불가능할 테니까요. 무선 청소기가 없었던 건 아니지만 효율이 나빴거든요. 모터 흡입력도 나빠서 몇백 미터 정도 비행하다가 추락하기 일쑤였고요. 그러다가 기술이 좋아져서 지금은 몇백 킬로미터도 날아갈 수 있을 정도가 되었죠.

특히나 이 VV-12 모델은, 5세대 모터로 흡입력이 이전 모델보다 30퍼센트 향상되었고, 배터리 용량도 20퍼센트 향상되었어요. 마녀들이 너도나도 사는 바람에 이제는 없어서 못 사는 모델이 되었죠. 후후, 저는 샀지만요. 이 위에 얹을 안장이 이제 내일 올 거예요. 그러면 신나게 날아보는 거죠, 후후후.

아쉬운 점은 없냐고요? 음, 있죠. 자율주행이요. 요즘 사람들이 타고 다니는 자동차는 자율주행이 되잖아요? 불행하게도 빗자루라든가 무선 청소기는 자율주행 기능이 없어요. 사람이 직접 운전해야 하죠. 예? 무선 로봇 청소기가 있지 않냐고요? 아……. 있기는 하죠? 있기는 한데, 걔들 사이즈 봐서 아시잖아요? 그 귀여운 사이즈에 어떻게 앉아요. 고양이가 올라탄다면 모를까…….

슈퍼히어로

너, 소방대에 마녀 소방수들 편성되어 있는 거 알지? 공중에서 물 뿌리면서 불을 끌 수 있게. 원래 소방대에는 드래곤 라이더 dragon rider라든가 와이번 라이더wyvern rider라든가 산불 진화하는 비행 소방수들이 있기는 했거든? 근데 고층 빌딩이 많은 도심에선 드래곤이나 와이번이 접근하기 힘드니까 사이즈가 작은 마녀들을 소방대로 배치했단 말이야. 높은 빌딩에서 불이 나면 공중에서 물 뿌리면서 소화하게.

얼마 전에 도심 한가운데 위치한 아파트에서 불이 났거든. 이 아파트에 마녀 소방수들이 접근하기가 어려웠어. 건물 높이가 주변의 다른 건물들보다 낮았고, 건물들이 너무 밀집해서 마녀들은 소방 비행이 불가능했거든. 너도 알겠지만 마녀들이 빗자루나 청소기로 하늘을 나는 건 먼지와 마력을 함께 태워서 그 추진력으로 날아가는 거잖아. 맞아, 로켓처럼. 그런데 그렇게 추진 비행을 하면 VTOL수직 이착륙을 할 수 없거든. 게다가 마녀 소방수들은 빌딩 때문에 선회비행도 못하지, 불난 곳이 너무 높아서 지상에 소방대의 호스에서 뿜어대는 물은 닿지도 않지.

그래서 발만 동동 구르고 있는데, 갑자기 후드를 쓴 누군가가 나타나서는 양발에 로봇 청소기를 밟고 그대로 수직으로 올라가서 소화기로 불을 끄고 사람들을 구하기 시작했어. 와, 진짜 대박…… 마지막 1명까지 구하고 땅에 내려왔을 때 사람들이 환호성을 얼마나 질렀는지 몰라. 소방대장이 고맙다고 이름이나 알려달라고 했는데, 너무 쿨하게, "당신의 친절한 이웃일 뿐입니다" 하고는 로봇 청소기를 타고 건물 사이로 사라지더라.

그 이후로 로봇 청소기 타고 다니는 마녀들에 대한 시선이 달라졌잖아. 예전에는 철없는 젊은 애들이 즐기는 익스트림 스포츠 정도로 생각했는데, 이제는 소방대가 나서서 마녀 소방수들에게 로봇 청소기를 타고 수직이륙해서 소화하는 방법을 교육하겠다고 하더라고.

그리고 소방대에선 그 이름 없는 영웅에게 명예 소방수 훈장도 주겠다고 했어. 끝까지 나타나지 않아서 훈장은 소방대 건물 명예의 전당에 헌정되었지만. 물론 그 뒤로도 여기저기서 후드를 쓰고 로봇 청소기를 양발로 탄 마녀에 대한 영웅담이 들려왔어.

최근에는 대형 영화사에서 이 영웅을 소재로 영화까지 만들고 있는 모양이야. 시놉시스를 들어보니까 정의로운 영웅 '후드 고블린'이 '거미 악마'와 싸우는 슈퍼히어로 영화라더라. 벌써 기대돼!

엘프들의
모던 라이프

체육관 관장님의 충고

뭐? 곧 헤비급 복싱 대회 나가는데 충고 하나 해달라고? 뭘 듣고 싶은 거야? 표정을 보니 '엄마 말 잘 들어라', '학교 잘 나가라', '저축은 매달 꼬박꼬박 해라', '너는 복싱에 소질이 없으니까 포기해라' 이런 걸 듣고 싶은 건 아닐 테고. 역시 링 위에서 쓸 수 있는 충고를 해달라는 거겠지? 뭐 너도 연습은 할 만큼 했을 거고, 링 위에 올라가면 실력이 절반, 운이 절반이라 그냥 열심히 연습한 대로 하라고밖에 해줄 말이 없는데.

아, 그게 있겠군. 그래, 그건 충고가 되겠어……. 네가 원하는 충고를 해줄게. 다른 건 몰라도 링 위에서 '엘프'랑 붙게 된다면 그냥 수건 던지고 내려와. 뭐야, 그 표정은? 지금 어이없다는 거야? 그래, 뭐…… 지금 니 표정이 이 충고에 대한 사람들의 보편적 반응이지. 이해해. '엘프? 그 깡마른 나무젓가락 같은 놈들 상대로 수건을 던지라고?' 맞아. 내 대답은 '예스'야. 살고 싶으면 수건을 던져. 여전히 이해가 안 된다는 표정인데. 좋아. 더 설명해줄게.

엘프들 그거 깡말라서 나무젓가락처럼 비리비리하게 생긴 거다 거짓말이야. 걔들 몸은 뼈와 근육으로만 이루어져 있어. 지방은 0.1그램도 없다고. 피부 아래로 모두 근육이고, 그 근육 밑으로는 돌 같은 뼈가 있지.

엘프들이 어떻게 자라는지 알아? 걔들은 걸음마를 시작하면 부모랑 활시위를 당겨. 맨발로 숲을 하루 종일 뛰어다니면서 자기 키보다 큰 롱보우long bow 시위를 하루 종일 당긴다고. 너, 활시위 당겨본 적 있어? 그런 걸 걸음마 시작하고 나서부터 거의 한 200년 가까이 쉬지 않고 당기고 뛰어다니고 다시 당기고 한다고 생각해봐. 몸에 지방이 있는 게 이상하지. 근육도 밀도 자체가 달라. 코끼리 근육을 압축해서 인간 사이즈 몸뚱이에 욱여넣은 느낌이라고.

게다가 걔들 활도 겁나게 잘 쏜다고. 날아가는 새를 롱보우로 맞히는 녀석들이야. 인터넷에 엘프가 활 쏘는 영상 검색해봐. 바닥에 누워서 양발로 3미터에 가까운 활을 지탱하고는, 양손으로 활시위를 당겨 자기 몸뚱이만 한 화살을 쏴서 날아가는 새 잡는 영상이 가장 먼저 나올 거야.

시력도 장난이 아니야. 한번은 엘프 복서랑 이야기할 기회가 있었는데, 인간 복서의 움직임은 그냥 슬로우 모션처럼 보인데. 너무 느려서 자기가 어제 마신 술이 덜 깼나 싶었다더군.

이것 봐라, 못 믿겠다는 눈치인데? 좋아. 그럼 정말로 만약에 엘프들이 내가 말한 것처럼 움직이는 압축 근육 폭탄들이 아니라면,

그래서 내가 한 말이 그냥 너 겁주려고 하는 거짓말이라면, 복싱 대회에서 엘프들은 낮은 체급으로 출전할 거야. 뭐, 여리여리해서 나무젓가락 같으니까 헤비급은 절대 못 나오겠지. 가서 봐봐. 가서 보면 알아. 하나부터 열까지 모두 헤비급 이상으로만 출전해. 상식적으로 봤을 때 거짓말을 하면서까지 자기 체급 위로 출전할 이유가 뭐가 있겠어? 음, 음, 음, 없지, 없지, 없지. 그럴 이유는 전혀 없지.

저울은 거짓말을 못 해. 근육이 지방보다 무게가 많이 나가는 거 알지? 엘프들 저울에 올라가면 기본적으로 100킬로그램 넘게 나오는 거 알아? 100킬로그램은 가벼운 축이야. 경우에 따라 200킬로그램도 나오고 그래. 그래서 엘프들이 모두 헤비급 이상으로만 출전하는 거고. 100에서 200킬로그램짜리 근육 덩어리가 날려대는 펀치에 맞는다고 생각해보라고. 얼마나 아플까? 아니, 아픔을 느낄 수는 있을까? 느끼기도 전에 죽는 거 아닌가?

뭐? 그러면 왜 헤비급 챔피언들은 엘프가 아니냐고? 구려터진 복싱 협회 규정 때문에 그렇지. 헤비급 대회에 나갈 수는 있어도 챔피언 도전이 가능한 건 아직까지 인간뿐이야. 이 규정 덕분에 아직까지 인간 챔피언이 있는 거고.

내가 할 수 있는 충고는 여기까지야. 아무튼 내 충고 잊지 말고 잘해보라고. 괜히 나같이 날아오는 엘프 주먹을 주먹으로 막아보려다가 뼈가 가루가 되어서 선수 생활 은퇴하지 말고. 아무튼, 파이팅······.

체중 감량

"이해가 안 되는데……."

"뭐가?"

"아니, 체육관 관장님이 전에 말씀하신 거. 그렇게 근육량이 많으면, 아니 뭐 사람하고 종족이 다르니 근육 밀도가 다를 수 있다 치더라도, 그렇게 근육이 많으면 에너지를 엄청 섭취해야 할 텐데?"

"아, 너 그건 모르는구나?"

"뭘?"

"엘프들 음식은 기본적으로 초고열량이야."

"음? 보기에는 되게 간소해 보이고 소화 잘되게 생겼잖아?"

"너 〈반지의 제왕〉이라는 소설 알지? 거기에 '렘바스'라는 빵 나오잖아."

"아, 그거. 한입 먹으면 어른도 배부르다는 그거. 그게 왜?"

"소설의 이야기가 어디서 왔겠어?"

"그럼 렘바스가 실제 엘프들이 먹는 빵이다?"

"그건 아니지만, 렘바스에 준할 정도로 고열량 식사를 하는 건 맞거든. 맞아, 네가 말한 대로 소화 잘되게 생겼고, 실제로 소화도 흡수도 잘돼. 근데 왜 그렇게 소화와 흡수가 잘되겠어? 빨리빨리 먹고 빨리빨리 소화해야 더 배 속에 밀어 넣을 수 있을 거 아니야? 대부분 설탕, 지방, 탄수화물 덩어리야."

"허, 맙소사……. 그러고 보니까 요즘 인터넷에서 '엘프 식단'을 이용한 건강법이 유행이었잖아. 그건 어떻게 된 거야?"

"그거 주변에서 성공했다는 사람 봤어?"

"못 봤지……."

"애초에 그거 처음에 이야기한 사람이 엘프 쇼 닥터야. 자기 기준에서는 건강식이었겠지. 체중 감량용."

"잠깐, 그 식단이 네 말대로 대부분 설탕, 지방, 탄수화물 그런 거라면? 단백질은 어떻게 섭취하지?"

"음, 너 유해 야생동물 수렵 기간 동안 엘프 엽사나 궁수들이 많이 활동하는 거 알지?"

"어, 알아. 우리 아파트에도 2명 살거든."

"그 사람들 한번 수렵 나가면 일주일간 집에 안 돌아오는데 잡아오는 건 하나도 없다? 왜 그럴까?"

"아, 설마……."

"맞아……. 다 먹어버리고 오거든. 내장에 피까지 전부."

"아, 나 좀 무서워졌어……."

"엘프들은 단백질 필요할 때 우리처럼 고깃집 안 가. 축산물 시장에서 통으로 사다 먹지."

"굉장하구나, 엘프들은……."

"어……. 정말 굉장해."

도시

맞아요. 그러다 보니까 사실 우리 엘프들은 그렇게 자연 친화적인 종은 아니에요. 먹는 양으로만 따진다면 숲 전체를 씹어 먹을 수도 있죠. 물론 그렇게 했다면 우리는 진즉에 멸종했겠지만요. 이렇듯 우리가 자연 친화적인 종이 아님에도 불구하고 제법 오랫동안 자연과 숲속에서 살 수 있었던 건 밸런스를 맞추기 위해 나름 노력했기 때문이에요. 다만 종족의 신체적인 특성과 그에 따른 식품 섭취를 어떻게 할 수는 없으니 최선이 아닌 차선을 택해야 했죠.

우리는 자식을 그렇게 많이 안 두었어요. 어차피 장생종이어서 길게는 거의 2000년 넘게 사는 종이, 자식이 필요하겠어요? 자식을 낳는다든가 종의 번식 같은 건 개체가 단명하거나 혼자서는 살 수 없는 종들이 진화 과정에서 택한 나름의 선택이다, 저는 그렇게 생각하거든요. 그런 측면에서 본다면 우리는 단명하지도, 혼자서도 충분히 살 수 있으니 그런 선택을 할 필요가 없었고요.

그러다 보니 19세기 말까지만 하더라도 전 세계에 엘프들은 많아야 1000명이 안 되었을 거예요. 저도 정확한 숫자는 몰라요. 다들 독립적이고 자기만의 구역에서 밸런스를 맞춰가면서 살아갔으니까요.

그런데 인간들이 '큰 전쟁'을 2번 정도 치르고, '차가운 전쟁'이라는 것도 치르고 나서 점점 그 수가 늘어나더니, 우리가 사는 숲까지 들어오기 시작했죠. 물론 예전에도 인간이 숲으로 들어오는 경우는 있었지만 길을 잃거나 사냥을 하기 위한 정도였는데, 이번에는 상황이 달랐어요. 숲을 밀어버리고 도시와 공장을 짓겠다고 하더군요. 상황이 그렇게 되니 우리도 선택을 해야 했어요. 인간들을 숲에서 몰아내느냐 아니면 우리가 숲에서 인간들의 세상으로 나가느냐. 전자가 쉽기는 했지만 그렇게 되면 인간과 전쟁을 해야 했을 거고, 인간과 전쟁을 했다면 인간은 살아남지 못했을 거예요. 결국 우리가 숲에서 나가기로 했죠.

대신 인간들도 우리를 위한 무언가를 해주기로 했고요. 숲을 밀어버리는 대신 우리가 인간 사회에 정착할 수 있도록 국제 협약을 맺었어요. 덕분에 엘프들은 어느 나라에서든 자유롭게 살 수 있게 되었죠. 엘프 문화 보존 구역이라는 곳을 따로 만들어주기도 했는데, 그곳에 사는 엘프들은 대부분 나이 2500살 먹은 보수주의자들뿐이고요. 대부분은 도시에 살아요.

인간 도시의 삶이 그렇게 나쁘지도 않아서 다들 만족도도 높죠. 예전에 숲에 살았을 때처럼 식량 밸런스를 맞추는 걸 걱정하지 않는 것도 좋고요. 인간들은 정말 여기저기에 공장을 짓고, 농사를 짓고, 소와 돼지, 닭을 길러서 어마 무시하게 싼 가격에 팔더군요.

식량 밸런스 이야기가 나와서 말인데, 이제 식량과 주변 환경의 밸런스를 걱정할 필요가 없으니 주변에서 자녀를 가져보려는 엘프들이 종종 보여요. 저도 이웃집의 엘프하고 결혼을 전제로 교제 중이고요.

물론 엘프의 수가 늘어난다고 걱정하는 인간들도 있고 그래요. 이해가 안 가는 건 아니에요. 그들이 우리에게 자신들의 공간을 열어준 이유에는 우리가 번식을 열심히 하지 않는다는 것도 있었으니까요. 다만 그건 우리가 숲에서 살 때의 환경에 따른 것들이었고 지금은 또 다르죠. 환경이 바뀌었으니까요.

어쩌면 우리는 주변 환경에 따라 다시 진화 과정을 거치고 있는 걸지도 몰라요. 이 과정이 우리를 어떻게 이끌지 모르겠지만. 뭐…… 그건 그때 가서 걱정해도 되지 않을까 싶기도 하고 그래요. 그때 가면 그때의 환경에 따라 다시 새로운 진화 과정을 거칠 수도 있겠죠?

귀촌

"어서 오세요! 오는 길이 완전 시골길이라 힘드셨죠?"

"아닙니다! 아닙니다! 길이 예쁘게 좋던걸요! 하하! 와, 그나저나 진짜 집이 넓네요. 저도 이런 주택에 살고 싶은데……."

"이제 저희 애들도 뛰어다닐 나이가 되어가서요. 도심 아파트에서는 힘들겠다 싶어서 큰맘 먹고 이사 온 거죠."

"하긴 엘프들은 성장기에 활동량이……."

"고래에 가까우니까요."

"맞아요! 고래! 저도 처음에 그 이야기 듣고 놀랐어요!"

"게다가 근처에 숲도 있고요. 조금 보수적으로 들릴지 몰라도 저는 엘프라면 그래도 숲에서 뛰어다녀야 한다고 생각하거든요. 피부에 스며드는 생기가 달라요, 도시하고는. 그리고 지금이야 수렵 기간에만 할 수 있지만, 어쨌든 사냥도 가능하고요. 저는 아이들에게 사냥하는 법을 가르치고 싶거든요."

"그게 엘프의……."

"엘프의 전통이자 본능이니까요."

"맞아요. 하하, 엘프들은 모두 훌륭한 사냥꾼이고 최상위 포식자죠."

"칭찬해주시니 감사하네요. 그런 이유로 이렇게 이사는 왔는데, 아직 집도 다 못 지었어요. 은행 빚도 잔뜩이고. 인간들의 경제구조는 이해하기 힘들어요."

"그거야 인간인 저도 이해하기 힘든걸요. 하하! 그나저나 그래도 집을 이쁘게 잘 짓고 계십니다. 저도 나중에 귀농할 때 참고해야겠어요! 음? 여기 이 방은 뭔가요? 손님방? 아, 사우나인가? 이야! 황토로 깔끔하게 마감하셨네요! 장작으로 열 내시나 보네! 좋다~ 부럽다~!"

"아, 아뇨. 그건 화덕이에요."

"예?"

"요즘 저희 아이들이 한창 자랄 때라 많이 먹거든요."

"많이 먹는다면 어느 정도……."

"블랙 앵거스 한 마리도 조금 부족해요."

"와…… 굉장하네요, 성장기의 엘프들은……."

"그래서 식비도 만만치 않거든요. 아! 오늘 주문한 앵거스 1마리 올 텐데, 어떻게 화덕에 구우면 같이 좀 드시고 가세요! 다 익으려면 시간이 좀 걸리기는 하겠지만요."

"그래도 되나요? 저 때문에 아이들 먹을 거 부족하지 않으시겠어요?"

"애들은 간식으로 라면 좀 먹으면 되니까요."

"라면이라. 그러고 보니 아이들 라면은 얼마나 먹나요?"

"대문 들어오시면서 박스 쌓인 거 보셨죠? 그거 절반은 오늘 간식이에요."

"와~ 굉장하네요! 정말 굉장하네요!

명예 텍사스인

"생각해보세요. 엘프들의 몸무게는 기본이 세 자릿수에서 시작해요. 두 자리는 10살 때 졸업한다고요. 그러니까 엘프가 뭔가 탈것을 탄다면 기본적으로 그 탈것이 감내해야 할 무게는 100킬로그램부터 시작하는 거겠죠. 엘프들이 공유 킥보드나 자전거 타고다니는 거 보신 적 있으세요? 없으실 거예요.

그래서 엘프들이 우리와 같이 살기 전에 타고 다녔던 건 물소나들소, 야생마 이런 거였어요. 그렇지만 도시에서 이런 걸 타기는 좀 그렇잖아요? 그래서 결국 선택할 수 있는 게 자동차 뭐 이런 건데, 자동차도 너무 무거운 걸 실으면 안 나가잖아요.

자, 엘프 4인 가족이 자동차를 탄다고 가정해봅시다. 1명당 100킬로그램이라고 가정하면 4명이면 400킬로그램이에요. 0.4톤. 동네에 배달 다니는 경형 화물차 있죠? 그거 적재 중량이 550킬로그램정도 되어요. 경차라든가 그런 거에 엘프 4인 가족이 타면 달릴 수야 있겠죠, 달릴 수야. 사정이 이렇다 보니까 엘프들이 선호하는 차종은 승합차나 픽업트럭일 수밖에 없죠. 가족이 없는 1인 가구 엘프의 경우 압도적으로 픽업트럭이고요.

 그러다 보니까 인터넷에서는 이런 엘프들을 두고 '명예 텍사스인'이라고 하는 모양이더라고요. 이게 또 엘프 커뮤니티에서는 이상하게 반응이 좋아서 청바지에 카우보이모자랑 선글라스 쓴 다음에 픽업트럭 앞에서 포즈 잡고 사진 찍는 게 유행이 된 거 같지만요. 사진 설명에다가 '텍사스에 까불지 마!'라고 쓰고요. 뭐, 그거랑 별개로 실제 텍사스는 엘프들이 많이 사는 동네예요. 땅이 넓어서 목장을 하기에 좋거든요. ……아오, 근데 진짜, 내가 지금 뭐 하는 짓이냐……."

 "야, 너 아까부터 뭔 혼잣말을 그렇게 해? 뭐 해? 액셀 좀 밟아봐!"

 "맞아. 새 차 힘 좋다고 달려보자며?"

 "뭐 해? 밟아보라니까?"

 "차가 나가겠냐? 200킬로짜리 2명이 앉아 있는데."

 "어어? 그거 지금 종 차별 발언이야?"

 "맞아, 우리라고 이러고 싶어서 이렇게 진화한 게 아니다?"

 "맞아, 인간이 약하게 진화한 거지?"

 "아, 그래……. 미안하다. 최선을 다할게……."

 "그래, 최선을 좀 다해봐!"

 "그래, 최선을 다해서 좀 밟아봐! 나 기대하고 왔단 말이야!"

 "아효, 진짜……."

보수주의자

엘프가 인간 사회로 나와서 함께 생활한 지 100년이 넘으면서 많은 것이 변했어요. 그렇게 변하면서 기존 엘프들의 삶의 방식도 조금씩 옅어지고 있고, 그 예전 삶의 방식에 서려 있던 전통도 조금씩 잊히고 있죠.

대표적인 게 사냥과 생식인데, 지금이야 수렵 기간에 예전의 경험을 살려서 기분을 내는 정도지만, 예전에는 그런 게 아니었어요. 삶 그 자체였죠. 삶은 멈추지 않는 생명과 죽음의 투쟁이었고요. 누군가를 먹지 않으면 살 수 없는 환경 속에서, 사냥은 단순하게 음식을 구하는 행위가 아니라, '나'라는 존재를 지키고 유지하면서 또 잔혹한 세계에서 의미를 찾는 종교적이고 철학적인 과정이었어요.

그렇기 때문에 사냥을 통해 얻은 것은 생으로 먹었죠. 야만적인 행위가 아니에요. 방금 전까지 나와 생명을 다해 투쟁한 존재에 대한 예의죠. 전통적인 엘프 사회에서는 사냥이 끝난 사냥감의 신체에 칼을 대고 불을 댄다면 그게 예의가 아닌 거예요. 그래서 사냥이 끝난 엘프들은 온전하게 그 신체를 손과 이빨을 이용해서 먹어요. 남김없이.

불행하게도 인간 사회에서 이건 야만적인 행위로 받아들여지는 거 같더라고요. 글쎄요. 저는 거대한 공장에서 하루 수천, 수만 마리의 동물들이 쉴 새 없이 갈려 나가고, 그 과정에 대한 일말의 상념이나 고민도 없이 포장지를 뜯고 고기를 먹는 게 더 야만적이라고 생각해요. 자기가 먹는 음식이 누구였고, 어디서 왔고, 어떻게 죽었는지 알아주지 않는다면, 그 음식이 되어버린 누군가는 누가 기억을 해줄까요?

더 나아가 내가 그렇게 되었을 때, 누가 나를 기억해줄까요?

농담

"그 있잖아? 극우 종족주의자들이 '엘프는 사람도 잡아먹을 종족'이라고 하잖아. 무례한 질문인 건 아는데……."

"사실이냐고?"

"어…… 응……."

"사람 맛없어! 왜 먹어? 하하! 양도 적어!"

"그렇구나! 그럼 그 말은 모두 가짜 뉴스네?"

"그렇지! 어…… 그 대신?"

"대신?"

"가끔 '두 발로 걸어 다니고, 천 쪼가리를 걸치고 다니면서, 무례한 말을 아무렇지 않게 하는 동물'은 먹어. 그럭저럭 먹을 만하더라고? 양은 적어도."

"앗, 아아……."

"농담이야! 농담! 뭘 진짜 얼굴이 사색이 되어서 그래! 하하하!"

"아, 그래…… 농담이구나, 하하……."

진담

사냥 이야기 나와서 말인데, 전통적인 엘프 문화에는 사냥이라는 개념은 있어도 전쟁이라는 개념은 없는 거 알아? 엘프 문화에서 '죽인다'는 건 '생과 죽음의 끝없는 투쟁'이야. 내 삶이 이어지고, 죽은 자는 기억되는. 그렇기 때문에 '도구적 살육', 그러니까 '전쟁'은 존재할 수 없지.

그래서 엘프끼리 전쟁을 했다는 이야기는 들어본 적 없어. 대신 인간들의 전쟁에 참여했다는 이야기는 몇 번 들어봤지. 우리 외할머니랑 엄마도 인간들의 전쟁에 참여하셨더라. 언제였더라, 하도 옛날 분이시니까. 음……. 아, 맞다! 그 몽골인들이 동유럽 침공할 때! 그때 인간들이 숲속으로 찾아와 도와달라고 간청해서 무슨 일이냐고 외할머니가 물어보시니까 인간들끼리 전쟁이 났다는 거야. 그래서 외할머니가 전쟁이 뭐냐고 다시 물어보셨대. 인간들이 다시 설명하자, 외할머니는 한참을 듣고 계시다가 "그럼 사냥인 건가……" 하시고는 그 자리에서 활을 들고 일어나셨대.

그리고 나중에 전투가 일어날 들판에서 외할머니는 멀리서 몰려오는 몽골인들을 보시고는 활시위를 당기시면서 나지막이 엄마만 알아들을 수 있을 정도로 "큰일이네. 저건 다 못 먹을 거 같은데……" 하셨다는 거야.

응? 그 이야기를 왜 하냐고? 아니, 네가 아까 '어떻게 인간이 맛이 없고 양이 적은 걸 아냐'고 물어봤잖아?

부탁

"야, 엘프들 오래 살잖아?"

"아, 오래 살지……가 아니라, 너 또 뭔 쓸데없는 소리를 하려고……."

"공룡 고기 먹어봤어?!"

"뭐?"

"아니, 판타지소설 보면 엘프랑 용이랑 같이 나오잖아. 너 그리고 겁나 쎄잖아? 공룡도 사냥해봤어?"

"아니. 하…… 어디서부터 설명해야 하냐? 너 '드래곤'과 '다이노소어dinosaur'의 차이는 아는 거지?"

"그래서 공룡 고기 먹어본 거야?"

"아니, 봐봐. 엘프가 아무리 오래 살아도 1만 년은 못 넘을 거야. 1만 살 넘은 엘프는 나도 아직 못 봤어. 그런데 내가 무슨 수로 수억 년 전 파충류를 사냥해서 먹어봤겠니?"

"못 먹어본 거야?"

"니들이 엘프에게 무슨 환상을 가지는지 모르는 건 아닌데, 그렇다고 이렇게까지 멍청해질 필요는……."

"아, 야단났네."

"뭐야, 너 뭐 사고 친 거야?"

"……화 안 낼 거지?"

"들어보고……."

"화 안 내는 거지? 그게, 우리 조카가 나 엘프 친구 있다니까 엘프가 공룡 사냥 해봤냐고 해서……."

"해서?"

"했다고……."

"했다고……?"

"그래서 공룡 고기도 먹어봤다고, 날아다니는 드래곤도 타고 다니고, 드래곤 타고 다니면서 공룡 사냥했다고……."

"……."

"근데 걔가 잔뜩 기대해서 오늘 오거든? 방학했다고? 어뜩하지?"

"……."

엘뿌 삼쬰!

"엘뿌 삼쪼온~!"

"어휴~ 우리 조카 왔어~ 어휴! 어디 삼촌이 좀 들어볼까? 워매?! 겁나게 무거워졌다?! 와따! 우리 조카님 천하장사 되겠다~!"

"엘뿌 삼쬰! 엘뿌 삼쬰! 꽁뇽! 꽁뇽! 머거 봐써?!"

"……조카, 이리 와서 앉아봐라. 지금부터 이 삼촌이 정말 끝내주는 이야기를 들려주마. 때는 바야흐로 쥐라기 말엽. 삼촌은 삼촌의 오랜 친구인 '드래곤 봉봉'과 초식공룡들을 괴롭히는 나쁜 티라노사우루스를 추적하고 있었단다."

죽음도
갈라놓을 수
없는 것

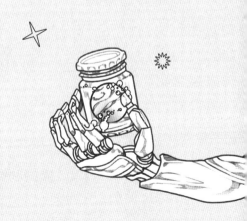

명령

"선생님은 어쩌다가 좀비가 된 겁니까?"

"군 복무 때 일인데, 작전 중에 위험한 순간이 있었죠. 전 소대원이 다 죽어 나가고 소대장과 저만 남았습니다. 적의 마지막 파상 공세가 이루어지는 상황에서 소대장이 저에게 말했죠. '죽지 마라, 명령이다'라고요."

"감동적인 일화군요."

"예······. 소대장이 강령술사인 걸 알기 전까지 저도 그렇게 생각했죠······."

"예?"

"소대장은 강령술사였고, 그 말은 주문이었습니다. 뭐 의도한 건지 어쩐 건지 모르겠지만······. 아무튼 소대장은 그 말 직후 유탄에 맞아 전사했어요. 덕분에 주문을 풀어줄 사람도 없어졌죠."

"······."

"아시죠? 죽기 직전에 읊는 주문은 속박이 강해서 웬만하면 다른 사람이 풀 수 없다는 거.”

“예. 죽은 자의 원령이 씌어서 그렇다고 하더군요.”

“맞습니다. 덕분에 저는 좀비 상태로 죽지도 못하고 지금까지 살아 있는 거고요.”

“진짜 ‘죽지 못해’ 살아 있는 거군요.”

“예, 말씀 잘하셨네요. 정말 그래요.”

아이스크림 (1)

요즘 날씨가 무척 더워져서 아이스크림 배달 주문 빈도가 작년 대비 굉장히 늘었어요. 너무 더운 나머지 이제 사람들이 아이스크림을 사 먹기 위해 밖으로 나오는 것조차 꺼리게 되었다 이거죠.

덕분에 저희 매장 매출도 껑충 뛰었는데, 문제가 발생했어요. 올해 초에 서부 대륙에서 발생한 전쟁으로 아이스팩 수급이 어려워진 거예요. 예, 글로벌 공급망이요. 아이스팩이야 완제품을 수입하는 건 아니지만 만드는 재료를 수입한다고 하더군요. 맙소사, 가격 상승률로만 따지면 아이스팩은 전년 대비 80퍼센트 가까이 상승했어요. 이래 가지곤 아이스크림으로 아이스팩을 포장하는 게 더 쌀 지경이라고요.

처음에는 배달 팁을 올리는 방식으로 아이스팩 가격 상승에 어떻게 대처해보려고 했는데, 아이스팩이 어디 우리 같은 아이스크림 매장에서만 쓰는 것도 아니고 여기저기 음식점이란 음식점은 다 쓰니까 이제는 구하는 것 자체가 힘들어졌어요. 그래서 배달 자체가 어려운 상황이 되었죠.

그러다가 나름의 방법을 찾았는데, 흠. 배달 라이더들에 변화를 주는 방식이었어요. 아니 뭐 굉장한 건 아니고, 그동안 배달을 하던 라이더들 중에 언데드undead들이 있었거든요? 그런데 이 언데드 라이더들이 한 번 죽어서 그런지 굉장히 시원하단 말이에요, 체온이? 그 점을 활용했어요. 예, 라이더들의 체온을 이용해서 아이스크림의 온도를 유지시키는 방법을 택했어요.

문제는 이제 언데드들도 종이 참 다양하잖아요? 뱀파이어도 있고, 레이스wraith도 있고, 구울ghoul도 있고……. 그런 걸 살피다 보니 배달이 힘든 종도 있더라고요.

뱀파이어는 일단 낮에 배달을 못 해요. 레이스들은 물건 자체를 들 수가 없죠. 형체가 없으니까요. 구울이나 좀비 같은 친구들은 다 좋은데 위생적으로 문제가 발생했어요. 예…… 실제 굉장히 깔끔하게 하고 다닌다고 하지만 소비자들의 클레임도 있고요.

그래서 최종적으로 선택한 친구들이 스켈레톤skeleton이었거든요. 예, 해골 친구들이요. 그 친구들은 낮이건 밤이건 움직일 수 있었고, 물건도 들고 다닐 수 있고, 뼈만 깔끔하게 남아서 위생 면에서 클레임도 없었죠. 무엇보다 정말 환상적인 건, 갈비뼈하고 골반뼈 사이의 공간이었어요. 저희 매장에서는 이 갈비뼈와 골반뼈 사이 텅 빈 공간에 맞는 배달 캐리어를 만들어서 거기에 아이스크림을 담고 스켈레톤 라이더분들에게 가져가도록 했어요. 그래서 어떻게 되었냐고요? 굉장히 효율적이었어요. 배달 거리가 상당했음에도 불구하고 아이스크림은 녹지 않았죠.

다만 예상치 못한 곳에서 문제가 생겼는데, 아이스크림을 먹고 배탈이 났다는 클레임이 늘었다는 거였어요. 처음에는 스켈레톤도 구울이나 좀비 같은 위생 문제가 발생한 건가 싶었는데, 그건 아니었어요. 원인은 언데드가 아이스크림을 시원하게 만드는 원리에 있었죠.

언데드가 왜 체온이 낮을까요? 언데드 곁에 있으면 왜 나까지 시원한 걸까요? 단순히 한 번 죽어서? 아니에요. 그들 주변에 사령이 맴돌기 때문이에요. 죽은 시체를 움직이게 하는 사악한 기운이 도는 거죠. 물론, 라이더로 활동하는 분들의 사령은 아주 심각한 정도는 아니지만 배달한 아이스크림을 먹었을 때 배탈이 날 확률을 올릴 정도는 되었어요. 낭패였죠…….

그래서 해결 방법은 찾았냐고요? 물론이죠! 굉장히 간단한 방법으로 해결했어요. 휴대용 시럽 통에 성수를 조금 담아서 아이스크림과 함께 제공했죠. 그래서 소비자가 아이스크림에 성수를 뿌려 먹게요. 언데드 라이더의 사령에 노출된 아이스크림을 성수로 중화시키는 거죠. 아주 간단한 원리예요. 우리가 옻닭 먹기 전에 알레르기 약을 먹는 것과 같은 원리죠.

물론 배달 중에 라이더분에게 쏟아지면 곤란하니까 아주 튼튼한 시럽 통에 넣어서 배달했고요. 성수는 주변 신전과 제휴해서 제공받기로 했어요. 덕분에 저희를 한동안 고생시켰던 문제는 대부분 해결됐지요.

다만 작은 문제가 있는데, 이 신전이 굉장히 보수적이고 원리주의 신학을 추구하는 교파에 속한다는 거죠. 아니에요, 아니에요. 언데드를 거부한다거나 종 차별적인 뭐 그런 걸 하는 건 아니에요. 아주 미약한 문제인데 성수를 만들 때 소금물만 써요. 아니, 원래 성수는 축복하기 전에는 소금물이고, 축복 이후에도 성분 자체는 소금물인 게 보통이죠. 하지만 요즘 교파들 중에는 신학적 해석을 통해서 꼭 소금물이 아니어도 괜찮다는 곳도 있거든요.

이를테면 그런 거죠. '신은 어디에나 임재臨在하기 때문에, 그분의 축복은 꽃밭이든 거름 밭이든 상관없이 내린다'는 '공공임재설'이란 교리를 믿는 교파는 '신의 축복은 어디에나 내려오기 때문에 성수를 만드는 게 소금물이든 설탕물이든 상관없다'고 하거든요. 반면 제가 제휴를 맺은 교파는 '신이 말씀하신 의미를 그대로 따르고자 하는' 원리주의적 교파이기 때문에 소금물 말고는 성수가 불가능하다고 말해요.

문제는, 아이스크림에 소금물을 뿌리면 맛이 조금 변하잖아요? 미약하기는 하지만……. 그래서 이게 좀 고민이에요……. 저희 매장 주변에는 공공임재설을 믿는 교파의 신전이 없거든요. 만약 있으면 메이플 시럽이나 초코 시럽에 축복을 내려달라 할 수 있는데 말이죠.

아이스크림 (2)

[개혁교파 마성구 제3신전, 여름 교리학교 가정통신문]

교우님들 가정에 신들의 은총이 가득한 여름 되시길 기원합니다.

안녕하세요. 개혁교파 마성구 제3신전, 여름 교리학교 담당 신관입니다.

다름이 아니라, 여름 교리학교 캠프 때 사용 예정이었던 성수가 분실되는 사고가 있었습니다. 아이들이 즐겁게 캠프에서 은총을 받을 수 있도록, 초코 시럽과 아이스크림에 축복을 하여 성수로 만들고 신전 냉장고에 보관하였는데, 누군가 지난 교리학교 때 이것을 먹은 모양입니다.

해당 성수는 재료 성분적으로 여느 초코 시럽이나 아이스크림과 차이가 없기에 건강상 문제가 될 것은 없으나, 성수의 특성상 다량 복용하실 경우 체외에 오라가 발생하여 근처의 언데드 분들께 영향을 미칠 수 있습니다.

만약 지난 교리학교 때 신전에서 초코 시럽과 아이스크림을 먹고 온 자녀분이 계신다면, 본 신전 신관 사무실로 연락 부탁드리겠습니다.

감사합니다.

좀비, 아포칼립스 그리고 프로이트 (1)

Q: 이쪽 차원에서 얼마 전에 좀비 바이러스가 창궐한 걸로 알고 있는데, 지금은 해결하신 거 같네요. 비결이 뭔가요?

A: 해결의 초점을 어디에다 두느냐에 따라서 그 의미가 조금 다르기는 하겠습니다. 만약 질병을 치료하거나 일소한 것을 기준으로 하자면 저희는 해결하지 못했습니다. 대신 질병을 통제해 더 이상 사회구조를 흔들지 못한다는 걸 기준으로 한다면 저희는 분명 해결한 게 맞습니다.

좀비 바이러스는 차원 전쟁의 유산이죠. 차원 전쟁 당시 여기저기 차원문이 열리는 바람에 중립 지역이던 저희 차원도 피해를 입었습니다. 저희가 전쟁을 원치 않는다고 해서 전쟁이 저희를 원치 않는 건 아니더군요. 여튼, 좀비 바이러스는 생화학무기의 일종인데 다른 차원 너머에서 건너왔습니다. 누가 보냈는지는 모르겠고요. 첫 감염 사례 보고 이후 팬데믹까지 3개월이 안 걸렸고, 사회 붕괴 직전까지 6개월 정도가 걸렸습니다. 전 인구의 절반 정도가 감염되었습니다. 그리고 나머지 사람들도 얼마 안 가 감염될 것처럼 보였죠.

각국 정부는 높은 콘크리트 장벽을 쳐서 감염자들을 막아보려 했지만 실패했습니다. 감염자들이 물밀듯이 몰려왔고, 급기야 핵 보유국들이 감염자들을 막는다며 다른 나라에 핵 공격을 준비하는 상황까지 갔습니다.

그리고 이런 최악의 상황 속에서 우연히, 정말 우연히 해결 방법이 도출됐습니다. 졸지에 핵 공격의 대상이 되어버린 국가의 전문가들이 다른 해결 방법을 찾기 위해 회의를 했는데 마땅하게 답이 나오지 않았습니다. 다들 자포자기 상태였는데 누가 그런 말을 한 거죠.

"좀비를 사람으로 보면 그냥 막 태어난 아이인데, 배고픈 게 당연한 거 아닙니까? 냅두죠. 젠장, 배부르면 그만 먹고 알아서 자겠지."

아무 의미 없이 자포자기 상태에서 나온 말이었지만, 이걸 다른 관점으로 본 사람들이 있었습니다. 바로 발달심리학자들이었죠. 발달심리학자들은 이렇게 생각했습니다.

"좀비 바이러스에 감염되어 좀비가 된 사람이, 새로운 생명이 되어서 인간과 같은 발달 과정을 거치고 있다면, 지금 좀비들이 거치는 발달 과정은 어떤 단계일까?"

그리고 프로이트의 심리학을 토대로 생각해보기 시작했죠.

"좀비들은 뭐든지 입으로 가져가서 물어버린다. 사람이든 동물이든 일단 뭐든지 물고 본다. 그런 특징을 미루어 보았을 때, 아마도 좀비들은 지금 '구강기'일지 모른다. 그렇다면, 이제 어떻게 하면 좋을까?"

발달심리학자들은 이 문제를 가지고 쉬지 않고 토론했습니다. 그리고 기나긴 토론 끝에 나온 답은 의외로 간단했습니다.

"냅둔다."

예, 발달심리학에서 구강기는 자연스럽게 흘러가는 과정이었기 때문에 일정 시기가 지나면 무는 행위는 끝날 것이다, 라는 거였죠. 발달심리학자들은 이 가설을 증명하기 위해 감염자들을 대상으로 실험했습니다. 결과가 어땠을 거 같나요? 대성공이었죠. 일정 시간이 지나자 감염자들의 폭력적인 성향이 줄어들었어요. 그리고 실험자들과 애착을 형성하려는 모습을 보이기 시작했죠. 입으로 무는 행위도 거의 하지 않았고요. 발달심리학자들은 이 실험 결과를 발표했고, 핵 공격은 취소되었습니다.

이후 각국 정부는 감염자들을 위한 새로운 치료 프로그램을 만들어 보급했고, 그 결과 저희 차원은 좀비들과 인간이 함께 성장하는 단계에 진입했습니다. 구강기 단계를 마친 좀비들이 애착과 사회성을 가질 수 있도록, 인간의 발달 과정을 학습시키는 과정에 있죠. 신체 구조가 많이 변해서 의사소통이 가능할지는 모르겠습니다만, 발달심리학자들은 언어가 아닌 수화와 같은 방식으로 가능할 거라고 보고 있습니다.

덕분에 우리는 이제 새로운 사회 구성원을 어떻게 대할 것인가를 논의하는 단계로 넘어갔어요. 인간 같지만, 인간이 아닌, 새롭게 탄생한 생명에 대해 어떻게 접근할지, 그리고 어떻게 함께 살지 다들 이야기하기 시작했죠. 그런 의미에서 저희 차원은 좀비 바이러스 대유행을 해결했다고 보시면 되겠습니다.

좀비, 아포칼립스 그리고 프로이트 (2)

Q: 좀비들이 프로이트의 발달 이론대로 성장한다면, 구강기 이후에 남근기가 오면 어떡하죠? 종 번식을 하려고 다시 폭력적으로 변하지 않을까요?

A: 안녕하세요, 선생님. 캘리포니아 주정부 CRT 구축위원회 민원팀 소속 직원 '팀'이라고 합니다. 문의 주신 부분에 대해서 답변을 드리기에 앞서, '좀비' 즉 우리가 이제는 '귀환자'라고 부르는 사람들의 발달 과정은 현재 연구가 활발하게 진행되는 분야로 아직 우리가 아는 것보다 모르는 것이 더 많음을 안내해드리고자 합니다. 때문에 저희가 답변드리는 내용은 학계의 최신 연구 자료를 반영하고 있으나, 추후 연구 활동에 따라 달라질 수도 있음을 이해해주셨으면 합니다.

우선 문의 주신, 프로이트 이론에 기반을 둔 '귀환자'들의 발달 단계 중 '남근기'의 특성을 설명해드리기 전에, 간단하게 프로이트의 발달 이론에 대해서 설명해드리고자 합니다.

프로이트는 현대 심리학의 아버지 같은 존재로, 리비도libido라는 에너지가 이동하면서 사람이 발달한다고 설명했습니다. 이러한 발달 과정을 '심리성적 발달 단계'라고 합니다. 리비도가 이동하여 신체적 특정 부위에 머무는 인간의 발달 시기를 프로이트는 '구강기', '항문기', '남근기', '잠복기', '생식기(사춘기)'로 나뉜다고 봤습니다. 문의를 주신 대로, '귀환자'들의 발달 과정에 있어 '구강기'가 지나고 나면 '항문기' 그리고 '남근기'가 오는 것은 사실입니다.

　다만 우리 인간의 발달 단계에 있어 사람마다 그 시기와 기간이 조금씩 차이가 있듯이 귀환자 역시 그러한 차이가 있습니다. 그것을 이해하기 위해서는 우선 귀환자의 특성을 알아야 합니다. 지금은 우리가 귀환자라고 부르지만, 과거에는 '좀비'라고 불렀죠. 특정한 바이러스에 감염되어 생체 기능이 마비된 상태에서, 구강으로 다른 사람을 물고 감염시키는 특징 때문에 그랬습니다.

　흥미로운 점은, 타인을 물고 감염시키는 과정에서 음식물을 섭취하는 '섭식' 과정은 있지만, 동시에 생체 기능이 마비되었기에 '배설' 과정은 기능하지 않고 생략되었다는 겁니다. 귀환자의 섭식과 배설은 발달심리에서 다루는 부분이 아니기에, 오늘 답변에서는 생략하도록 하겠습니다. 다만 우리가 알고 가야 할 부분은, 배설의 기능이 없기 때문에 귀환자들은 '항문기'가 없거나, 굉장히 짧다는 겁니다.

　때문에, 구강기를 지나면 바로 마주하게 되는 부분이 '남근기'인데, 재미있는 건 '귀환자'들은 '생식' 활동에 있어서 '구강'을 이용한다는 것이죠. 즉, 섭식을 하기 위해 무는 행위가 종족을 번식하기 위한 생식 과정과 일체화되어 있다는 것입니다. 그렇기 때문에, 사실상 귀환자의 구강기와 남근기는 거의 동시에 진행됩니다. 초기 연구자들은 이 부분을 발견하지 못했고, 선생님과 마찬가지로 남근기에 발생할지 모르는 폭력적 상황에 대하여 많은 우려를 표했습니다.

하지만 이후 연구가 진행되면서 귀환자의 발달 과정 시기가 사람과 차이가 있음을 발견할 수 있었죠. 그리고 프로이트의 심리학에서 중요한 위치를 차지하는 '오이디푸스콤플렉스'와 '엘렉트라콤플렉스'가 귀환자에게선 발견되지 않았습니다.

이를 이해하기 위해서는 우선 프로이트의 심리학이 남성 중심적 심리학이었다는 걸 알아야 합니다. 프로이트는 생물학적 여성이 남성의 생식기가 없기 때문에 불완전하고, 이로 인하여 남성의 생식기를 선망하는 엘렉트라콤플렉스가 생긴다고 보았습니다. 그런데 귀환사는 이러한 생식기에 따른 선망이나 콤플렉스가 발생할 여지가 없었죠. 인간 시절의 생물학적 성별과 관계없이 타인을 구강으로 무는 행위로써 번식할 수 있었으니까요.

어쨌든, 귀환자의 구강기부터 남근기까지의 발달 과정을 최근 연구자들은 '통합적 심리 발달 과정'이라고 부르고 있습니다. 이 과정에 따르면, 남근기 이후의 발달 과정은 사람과 비슷합니다. '잠복기'를 통해서 사회관계가 확장되고 이후 '생식기(사춘기)'가 오죠.

물론 '생식기(사춘기)'에는 다시 리비도가 생식기에 집중되기 때문에 귀환자의 폭력적 행위가 발생할 법도 하지만, 실제로는 이 시기의 귀환자는 자신의 정체감을 인식하고 대인관계를 통해서 자신의 리비도적 욕구를 충족하는 성숙한 과정에 진입합니다. 즉, 우리가 우려하는 바와 같은 위험은 발생하지 않는다는 것이지요.

그렇기 때문에 문의 주신 부분에 대해서는 너무 걱정하지 않으셔도 될 것이라고 생각합니다. 오히려 귀환자에 대한 인식 부족이 사회적으로 그들을 고립시키는 것이 더 문제죠.

저희 캘리포니아 주정부 CRT 구축위원회 역시 이러한 점을 인지하여 지역사회와 함께 귀환자들의 안전한 사회 복귀와 지역 주민 인식 개선을 위해 힘쓰고 있습니다. 앞으로도 저희 캘리포니아 주정부 CRT 구축위원회와 모든 '귀환자' 여러분을 응원해주시면 정말 감사하겠습니다.

감사합니다. 오늘도 좋은 하루 되세요.

자율주행

내가 이번에 차를 뽑을 때 완전 자율주행 옵션을 넣었거든. 음성 인식까지 되는 옵션으로. 그런데 옵션을 넣으려니까 딜러가 묻더라고. 특수 옵션이 있는데 넣을 거냐고. 그래서 내가 어떤 옵션이냐고 물어봤지. 그랬더니 조심스럽게 목소리를 낮추더니, 자기네들 완전 자율주행 옵션은 앞에 사람이 있으면 주행을 멈춘대. 사람을 칠 수는 없으니까. 그런데 이 옵션이 꺼지는 특수 옵션이 있다는 거야. 내가 인상을 팍 쓰고 그게 무슨 미친 소리예요? 그런 옵션을 왜 넣어요? 하니까. 딜러가 "좀비 아포칼립스가 터져도 그런 말이 나오시겠어요? 대인 충돌 방지 옵션 때문에 좀비들에게 둘러싸여서 죽고 싶으세요?"라는 거야.

말문이 탁 막혔는데, 딜러가 그 뒤에 "이 옵션, 300만 원밖에 안 합니다. 아, 선루프는 이 옵션에 패키지로 묶여 있고요."라고 말해서 계약할 수밖에 없었지. 선루프 달린 차를 가지고 싶었거든. 이 모델은 선루프가 간지야.

그런데 이게 이렇게 될 줄 누가 알았겠어? 아니, 정말 좀비 아포칼립스가 터져버린 거야. 세상일 진짜 모른다니까? 조금 전에 내 방으로 들어오려던 좀비들 머리를 두어 번 때려주고, 지금 차고에 들어와서 차 시동을 걸었어. 그리고 자율주행 인공지능에게 "긴급 사태야! 좀비 아포칼립스야! 좀비 아포칼립스 옵션을 켜"라고 말했지. 인공지능은 바로 대답하고 해당 옵션을 켰고. 그리고 나서 나한테 목적지를 묻기에, 얼굴에 피를 좀 닦아내고, "안전한 곳으로 가자"라고 했어. 그러자 자동차가 차고 문을 시원하게 박살 내고 달려 나갔지.

시원하게 영화처럼 차고 문을 박살 내고 나가기는 나갔는데, 정말 아비규환이더라고. 좀비들이 너무 많았어. 그때 앞집 차량이 좀비들을 시원하게 박아버리고 달리는 게 보였어. 앞집 사는 사람도 나랑 같은 차 모델 주인이었거든. 자랑은 아니지만, 그 사람도 내 권유로 좀비 아포칼립스 옵션을 넣었고.

그런데 갑자기 시원하게 달리던 그 차가 갑자기! 벽을 향해 달려가더니 쾅! 하고 박아버리는 거야! 전속력으로! 너무 순식간에 일어난 일이라 저게 뭐야? 뭔 일이야? 하고 보고 있다가 뭔가 오류가 생긴 건가? 혹시 내 차도 저러면 어쩌지 걱정이 되어서 자율주행 인공지능 Q/A를 실행시켰어. 그러고는 "지금 저 앞차 무슨 일이야?"라고 물었지.

그러자 인공지능은 "해당 좀비 아포칼립스 옵션이 가동되었습니다"라고 대답했어. 그 말에 "아니, 그럼 좀비를 받아버려야지. 왜 벽에 박아버리는 건데?"라고 물으니까 인공지능이 "차량 탑승자가 좀비에 물려 감염되어 해당 탑승자를 안전하게 처리했습니다"라고 답하더라고. 맙소사……. 그럼 저 차 주인도 좀비에 물린 건가 생각하며 얼굴에 흐르는 식은땀을 닦았어. 그리고 인공지능에게 "빨리 여기를 빠져나가자"라고 말했지.

그런데 그때 인공지능이 "차내 탑승자. 이상 징후 발견. 좀비 아포칼립스 옵션 가동에 따른 대응을 시작합니다"라고 말하는 거야. 그게 무슨 소리야? 라고 말하려는 찰나! 갑자기 차가 급가속하기 시작했어! 벽을 향해서!

그리고 곧 "안전을 위해 본 차량은 잠시 후 벽과 충돌합니다. 감사합니다"라는 소리가 들렸고, 내 눈앞에는 커다란 벽이 빠르게 다가오는 게 보였어. 그 순간 나는 나도 모르게 팔을 앞으로 내밀었고!

그제야 본 거야. 내 왼쪽 팔뚝에 선명하게 찍혀 있는 이빨 자국을…….

"이런…… 젠장……."

밈

방금 건 꽤 괜찮은 추리였어. 차량 인공지능이 탑승자의 바이러스 감염 징후를 발견할 수 있었다는 건, 인공지능 개발자가 감염 증세에 대해서 미리 알고 있었기에 가능했다라. 개발자가 감염 증세에 대해서 알고 있었다는 건, 좀비 아포칼립스 사태 이전부터 좀비 바이러스에 대해서 알고 있었다, 라는 말이 된다는 거고. 그렇다는 건 우리가 바이러스를 만들었을 거다?

음, 인터넷 밈meme에 '이래서 눈치 빠른 꼬맹이는 싫다니까……' 라고 있지? 그 밈을 지금 쓰면 맞을까? 정말이지 너같이 눈치 빠른 꼬맹이는 싫다니까…….

풉! 푸흐흐! 푸하하하! 미안! 미안! 네 표정 너무 웃겨서! 하하하! 아하하! 아, 안심해, 장난이야 장난, 널 어떻게 하겠다거나 뭘 어쩌겠다는 게 아니니까. 내가 널 어떻게 하겠어? 우리 둘 다 이 망할 자동차 안에 처박혀서 오도 가도 못 하고 있는데?

그래, 결론부터 말하면 네 추측이 맞아. 바이러스를 만든 게 우리라는 거. 하지만 퍼뜨릴 목적은 절대 아니었어. 우리라고 이런 세상을 만들 계획은 절대 아니었다고. 그저 차량 자율주행의 난제를 풀려고 했을 뿐이야.

'트롤리 밈'이라고 알아? 인터넷에서 사람들이 신나게 떠들던 그거 있잖아. 변형도 수백 수천 가지 나오고 말이야. 자율주행의 난제 중 하나였어, 그게.

요는 이래. 만약 차량이 자율주행 중인데, 앞에 5명의 사람이 길을 건너고 있어. 현재 속도로 달리면, 이 5명은 사망할 확률이 높지. 반대로 자동차가 이 5명을 피해서 벽에 차를 박아버릴 경우 운전자의 사망 확률은 절대적이야. 자, 그럼 여기서 이 자율주행 차량은 어떻게 해야 할까? 이 문제를 두고 개발팀에서 100번, 1000번 시뮬레이션을 해봤지만 항상 결과는 같았어. 사람의 목숨을 최고 우위에 놔야 하는 인공지능은 사람과 사람의 목숨 중 하나를 골라야 할 때 단순하고 일관되게 더 많은 사람의 목숨을 선택했지. 지극히 공리주의적인 선택이랄까?

어쨌든 그렇게 되면 사람이 죽는 거잖아? 누가 죽든 간에 두 가지 문제가 있었지. 하나는 인공지능이 사람을 죽일 수 있다는 걸 사람들이 알게 될 거라는 거였고, 다른 하나는 이 결과대로라면 우리 자율주행 차가 운전자에게 안전하지 않다는 여론이 형성될 거라는 거였어. 이 문제 모두 해결이 불가능했고, 차량은 출시를 앞두고 있었지.

그때 누군가 '좀비 바이러스'를 이용하자고 말했어. 아까와 같은 트롤리 밈 상황이 발생했을 때 바이러스를 이용해 사용자를 좀비로 감염시키고, 차량이 스스로 벽에 박아버리도록 설정하자는 거였지. 다들 말도 안 된다는 건 알았는데, 그렇다고 딱히 다른 답이 있는 것도 아니었지. 그리고 출시일이 점점 다가오면서 개발팀 전부가 이 방법을 상당히 합리적인 방법이라고 생각하기 시작했어.

만약 사용자가 차량 안에서 좀비가 된다면, 그 순간 사용자는 많은 사람들을 향한 잠재적 위협이 되는 거고, 차는 안전을 위해 이 상황을 정리할 필요성이 생기게 되는 거지. 어떻게 정리하냐고? 차를 벽에 박아버려서. 이건 자동차가 사용자를 죽인 게 아니야. 좀비를 죽인 거지. 사용자는 차량 안에서 좀비가 되어버린 거니까. 이렇게 되면, 트롤리 밈에서 발생하는 공리주의적 난제와 사용자 살해 난제가 동시에 해결되는 거지.

그리고 마침 다른 개발부서에서 좀비 바이러스를 만들고 있어서 그걸 이용하기로 했어. 어째서 자동차 회사의 개발부서에서 좀비 바이러스를 만들고 있었냐고 묻지는 말아줘. 나라고 우리 회사가 전부 어떻게 돌아가는지 아는 건 아니니까. 그 개발부서도 그 부서만의 사정이 있는 거 아니겠어?

어쨌든 그렇게 개발팀에서 차량에 비밀리에 하위 프로토콜을 넣었어. 우리가 트롤리 밈 상황이라고 부르는, 사람의 목숨과 목숨 중 어느 하나를 선택해야 하는 상황에서 발동되는 하위 프로토콜을 말이야. 맞아, 환기구를 통해서 좀비 바이러스가 나오도록 했지. 사용자가 좀비가 될 수 있게. 그러고 나서 이 하위 프로토콜을 딜러들이 '좀비 아포칼립스가 터졌을 때 대인 충돌 방지 시스템 때문에 좀비를 차로 치지도 못하고 죽고 싶냐?'라고 홍보하게 했어. 덕분에 잘 팔렸지. 물론 딜러도 차주도 이 하위 프로토콜의 진짜 목적이 뭔지는 몰랐겠지만 말이야.

아, 선루프를 패키지 옵션으로 묶어버려서 그거 때문에 많이 팔린 것 같기도 해. 너도 알겠지만, 이 차는 선루프가 간지잖아? 어쨌든 차는 정말 날개 돋친 듯이 잘 팔렸어. 모든 게 정말 완벽하게 해결된 것처럼 보였지. 정말이지 너무 완벽해 보여서 좀비 바이러스가 외부로 유출될 거라고는 상상도 못 했어.

하지만 그 상상도 못 한 일이 일어났지. 사고 통에 살아남은 사용자가 밖으로 기어 나와 여러 사람을 물고 다닐 줄 누가 알았겠어? 인정할게. 우리의 완벽한 오판이야. 어쩌면 출시일에 쫓기면서 느낀 압박감 때문에 그런 가능성을 애써 외면한 걸지도 모르고. '현실은 언제나 시뮬레이션을 압도한다.' 개발자로서 항상 명심해야 하는 경구인데, 중요한 순간에 그걸 잊어버린 걸지도 몰라.

어쨌든 그렇게 된 거야. 네 추측이 맞아. 완전히 맞아. 그러니까, 우리 이제 그 이야기는 그만하고, 이제 어떻게 이 차에서 빠져나갈지 머리 좀 굴려볼까, 함께? 너도 여기서 죽고 싶지는 않지? 나는 죽고 싶지 않거든?

진실의 이면

"하지만 그렇다면 앞뒤가 맞지 않는 게 한둘이 아닌데?"

"뭐가?"

"너무 많아서 일일이 말하기도 힘들지만, 그중 가장 앞뒤가 안 맞는 건 역시 트롤리와 좀비. 그 자동차의 '하위 프로토콜'은 인공 지능이 사람과 사람의 목숨 중 하나를 선택해야 하는 소위 '트롤리 밈' 상황에서 발동하게 되어 있었어. 운전자를 좀비로 만들어 처리해버리고 트롤리 밈 상황을 우회하는 방식이었지. 하지만, 좀비 아포칼립스 사태가 터졌을 때 모순이 생겨버렸어."

"어떤 모순?"

"밖의 사람들이 모두 좀비 바이러스에 감염되어 있고 자동차 안의 운전자는 감염되지 않은 경우, 자동차는 '사람'을 선택해야 하기 때문에, 당연히 운전자를 살리는 방법을 선택하겠지. 하지만 차 밖의 사람들이 모두 바이러스에 감염되었다는 게 확실한 상황에서도 자동차는 '하위 프로토콜'을 발동해 운전자를 감염시켜버리는 경우가 많았어. 그리고 그 직후 자동차가 벽을 향해 질주해서 운전자를 처리했고. 왜 그래야 했을까? 프로토콜은 '더 많은 사람'을 선택하도록 설계되었어. 하지만 좀비 아포칼립스 상황에서 프로토콜은 거리를 서성이는 좀비들을 들이받지 않고 운전자를 처리했지. 이게 무슨 의미일까?"

"네 말은, 좀비 바이러스에 감염된 사람들이 좀비가 아니었다, 그래서 프로토콜은 거리의 좀비가 아니라 운전자를 선택했다……처럼 들리는데? 하지만 봐봐. 우리는 이제 알잖아? 좀비 아포칼립스 사태의 원인은 하위 프로토콜 때문에 자동차에서 감염된 좀비가 거리로 뛰어나와 사람들을 물면서 시작된 거였어. 너도 그건 알잖아?"

"그렇지…… 하지만 뭔가 우리가 알지 못하는 이면의 진실 같은 게 있지 않았을까?"

"어떤?"

"이를테면 변이. 바이러스는 숙주를 감염시키고 매 순간 자기를 분열하고 복제시켜 번식하는 일밖에 안 해. 그게 바이러스의 삶의 목적이지. 인간으로 치면 매초 새로운 세대가 출현하는 거야. 그렇게 빨리 번식하기 때문에 변이도 쉽게 일어나고."

"그래서?"

"그래서…… 최초 감염사는 분명 자동차의 바이러스에 의해 감염된 좀비였을지 몰라. 하지만 그 감염자가 밖으로 나와 사람들을 물고 감염시키는 과정에서 변이가 일어났고, 어느 순간 좀비처럼 보이지만 사실 좀비가 아닌, 인간의 면역 체계가 충분히 이겨낼 수 있는 바이러스가 나타난 게 아닐까? 우리는 이미 몇 번의 팬데믹을 경험해봤잖아? 바이러스는 결국 감염 속도는 빠르지만, 인간의 면역 체계가 충분하게 이겨낼 수 있는 약한 증세를 가진 방식으로 변이했어. 그래서 자동차의 인공지능도 면역 체계가 이겨낼 수 있는 감염자들을 인간으로 본 게 아닐까? 그래서 당연히 운전자와 바깥의 감염자들 중에 하나를 선택해야 하는 상황이 왔을 때, 수가 많은 차량 밖의 감염자들을 선택한 게 아닐까? 그 결과 운전자들은 하위 프로토콜에 의해 감염이 되어야 했고? 그렇다면, 그렇다면……."

"무슨 말을 하고 싶은지는 알겠어. 하지만 어쩌겠어? 이미 좀비 아포칼립스는 끝났어. 감염되지 않은 사람들이 이겼지. 이미 수차례 팬데믹을 경험한 인간들은 통제되지 않는 바이러스를 어떻게 통제해야 하는지 노하우를 가지고 있었어. '선별하고, 격리하여, 소각하라.' 인류는 그런 식으로 수많은 팬데믹에서 살아남았어. 무슨 말을 하고 싶은지 알아. '어쩌면 좀비 바이러스의 감염자들도 자연스럽게 나을 수 있지 않았을까, 그래서 우리가 이렇게 거리를 돌아다니면서 남아 있는 감염자들을 소각할 필요가 없지 않을까?' 이거지?

알아. 하지만 이미 우리 손을 떠난 일이야. 네 말이 진실이라고 하더라도, 이미 우리 손을 떠난 일이고, 우리는 해야 한다고 믿는 일을 했어. 지금 와서 그것이 진실이라고 해도 달라지는 건 없어. 소각된 사람들이 돌아오는 것도 아니야. 우리는 우리가 해야 한다고 믿는 일을 했어. 그 방법이 최선이었어."

"하지만……."

"알아. 무슨 말인지……. 우리 손으로 사랑하는 사람들을 선별하고 격리시키고 소각해야 했지. 알아, 하지만…… 이미 저질렀잖아. 이제 우리가 할 수 있는 건 우리가 옳은 일을 했다고 믿는 것밖에 없어. 어쨌든 우리는 인류를 멸망시키지 않았으니까. 인류는 살아남았으니까."

"하지만 사람은 언제나 믿고 싶은 걸 믿잖아? 사람은 합리적이지 못하니까. 합리화하니까. 사람은 약하니까. 어쩌면 모두가 믿고 싶은 걸 믿은 걸지 몰라. 최초 감염자, 자동차 개발자, 그 개발자에게 이야기를 들은 사람, 그리고 우리……."

"그럼 우리도 믿고 싶은 걸 믿자. 사람은 합리적이지 못하니까. 합리화하니까. 네 말대로 사람은 약하니까……."

"……."

"미안, 조금 말이 심했지?"

"아니야. 네 말이 맞아. 내가 오늘 조금 힘들었나 봐."

"그럼, 오늘은 힘드니까…… 저쪽 골목까지만 소각하고 돌아가자."

"그래, 음……."

"왜 그래?"

"저기 놀이터 보여? 너랑 나랑 어려서 놀던 곳인데……."

"아, 거기구나. 그래, 그때가 좋았지. 그때가 좋았어. 흠, 어떻게 할래? 바로 저쪽 골목까지 소각하고 갈까? 아니면 놀이터에서 좀 쉬었다 갈까? 옛날처럼 그네에 앉아서."

"아냐, 바로 소각하자. 어차피 저 놀이터도 소각 대상이잖아."

"그래, 그러자. 태울 거는 빨리 태워버리자……."

최초 사고 기록

◦◦◦◦◦◦◦◦◦◦◦◦◦◦◦◦◦◦◦◦◦◦◦◦◦◦◦◦◦◦◦◦◦◦

《사고 기록 재생 시작 : 20××.03.01. 22:12:26 ~ 20××.03.01. 23:15:35 》

[20××.03.01. 22:12:26, 사용자 탑승, 등록 신원: 주운전자, 시동]

[20××.03.01. 22:12:45, 사용자 신체 이상 감지, 시스템 권장: 1. 사용자 상태 문의 2. 의료 기관 접수 권고]

[20××.03.01. 22:13:15, 시스템 메시지: 사용자의 이상이 감지되었습니다. 인근 병원으로 이동할까요?]

[20××.03.01. 22:13:37, 사용자 음성: 어…… 아까 저녁에 뭘 잘못 먹었나 봐……. 병원으로 가자. 조금 더운데 창문 좀 열어줄래? → 명령: 창문 개방(접수)]

[20××.03.01. 22:14:11, 최단 거리 병원 검색, 2.5km 성유다 종합병원, 목적지 설정]

[20××.03.01. 22:14:12, 사용자 명령: 창문 개방 실행. 앞 열 운전석(개방), 앞 열 조수석(개방), 뒤 열 좌측(개방), 뒤 열 우측(개방), 선루프(미옵션, 해당 없음)]

[20××.03.01. 22:14:20, 목적지 성유다 종합병원, 주행 시작]

[20××.03.01. 22:16:30, 시속 65km, 남은거리 0.5km]

[20××.03.01. 22:16:52, 전방 보행자: 5명, 경보, 추돌 위험, 회피 불능, 시스템 권장: 인명 우선을 위해 보행자를 피해 충돌]

[20××.03.01. 22:16:53, 핸들 우측 45도 설정, 시속 110km 가속]

[20××.03.01. 22:16:55, 충격 감지, 운전석 사용자 생체 반응 정지, 시 구조대 구조 요청]

[20××.03.01. 23:05:15, 운전자석 문 열림, 사용자 내림, 등록 신원: 주 운전자]

[20××.03.01. 23:15:35, 교통사고 구조대 도착, 시스템 변경: 미등록 사 용자, 블랙박스 SD카드 분리]]

《사고 기록 재생 종료》

이용해주셔서 감사합니다.

누가 좀비를 투사로 만드는가?

　3번 라인의 모든 좀비들이 그를 바라보았다. 컨베이어 벨트의 통조림들이 거쳐야 할 과정을 거치지 못하고, 그대로 라인을 지나가고 있었음에도. 82번 좀비가 자신의 단계에서 그만 벨트 사이에 손이 끼었고, 그걸 바라보던 감독관이 그를 질책하며 스패너로 그의 머리를 때렸다. 스패너는 벨트를 해제하고 82번의 팔을 꺼내기 위해 있는 게 아니었다. 그저 법률이 요구하는 최소한의 조건을 충족하기 위한 장식에 불과했다.

　감독관은 소리쳤다. 너 때문에 라인이 멈췄잖아! 빨리 팔을 잘라!

　82번은 그 요구를 듣고 느리게 으어어……라는 반응을 보였고, 감독관은 다시 82번의 머리를 스패너로 때리며 팔을 자를 것을 요구했다. 그렇게 수차례의 고성이 울려 퍼지고 나서야 82번은 자신의 왼팔에 이빨을 가져가기 시작했다.

　으어어……. 짧은 소리와 함께…… 느리게…… 느리게……. 잠시, 자신의 팔에게 '안녕'이라고 말하고 싶었던 걸까? 하지만 감독관은 그조차 기다려주지 않고, 다시 82번의 머리를 스패너로 내리치기 위해 팔을 들었다.

그때, 83번이 그의 팔을 잡았다. 당황한 감독관은 83번과 눈이 마주쳤고, 그 순간 3번 라인의 모든 좀비들이 그 장면을 조용히 목도했다.

뭐야?! 이거 안 놔?!

감독관의 당황과 신경질이 섞인 고함에 83번은 잠시 그의 눈을 응시하더니, 으어어…… 짧게 목소리를 냈다. 3번 라인 모두가 그 소리를 들었다. 살아 있는 감독관은 알 길이 없는 소리였으나, 3번 라인의 모두는 그것을 선명하게 들었다.

"싫어……."

3번 라인의 죽어 있던 모든 이들이 그 소리를 들었다.

초차원
이세계 노동자

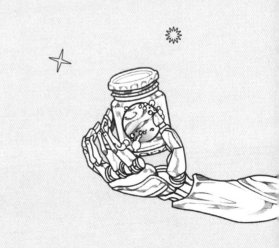

택배 기사

차원 전쟁 이후에 우리는 우리가 사는 세상 말고도 다른 세상이 있다는 걸 알게 되었고, 그들과 교류하는 법을 알게 되었습니다. 우리의 지평도 넓어지고 새로운 시대가 시작되었죠. 이제는 수많은 차원이 거대한 경제권으로 연결되었어요.

얼마 전 체결된 다차원 자유무역협정과 입국 간소화 정책 덕분에 대규모 무역은 물론 소규모 거래도 활발해졌습니다. 덕분에 우리 차원의 동네 거래 플랫폼인 피망마켓이 다차원 서비스를 시작하면서 직접 거래는 물론 관련 배송 서비스 이용도 활발해졌죠.

예, 차원 택배 서비스가 바로 그거예요. 차원 택배 서비스는 말 그대로 차원을 넘나들면서 물건을 전달하는 서비스예요. 방법도 되게 단순해요. 상대방과 미리 시간선과 공간 좌표를 약속하고 웜홀을 개방해서 물건을 보내면 끝이에요. 간편하죠?

그런데 이런 간편한 방법에도 문제가 없는 건 아니에요. 공간 좌표를 잘못 입력해서 엉뚱한 곳에 물건이 도착하거나 시간선을 잘

못 입력해서 엉뚱한 시간에 도착하는 경우가 가장 많죠. 그래도 이런 문제는 쉽게 해결할 수 있어요. 입력된 좌푯값에서 물건을 찾아오면 되니까요. 요즘 문제가 되는 건, 좌푯값을 제대로 입력했는데 알 수 없는 문제로 웜홀 안에서 물건이 사라지는 경우에요. 웜홀이 너무 많이 열려서 서로 엉키거나 논리 구조가 망가져서 웜홀 안에서 물건이 도착하지 못하고 계속 뱅뱅 도는 거라고 추측만 하고 있죠. 이런 문제는 웜홀 안에서 발생한 문제라 일반인들이 어떻게 해결할 수가 없어요. 우리가 '옥천 HUB 트라이앵글'에서 발생한 택배를 어찌할 수 없는 것처럼요.

그래서 저희 '차원 택배 기사_{Dimension Delivery Knights}'가 필요한 거예요. 차원 택배 기사들은 웜홀에 진입해서 차원 미로를 가로질러 논리 오류들과 싸우고 고객님의 택배를 안전하게 구해 오는 일을 하고 있습니다. 제가 소속된 조합의 차원 택배 기사들은 모두 '1급 논리 오류 수렵 자격증'도 가지고 있고, 국립차원과학원에서 발급한 '차원유영교사 자격'도 가지고 있어요.

띠링!

음? 아! 의뢰가 또 들어왔네요! 저는 그럼 일하러 가보겠습니다. 조심해서 들어가시고요. 혹시라도 웜홀 택배를 보냈는데, 물건이 중간에 사라졌다면 고민하지 마시고 차원 택배 기사들을 찾아주세요! 안녕히 계세요!

택시 기사

"야, 진짜 라디오방송 나올 것도 없다! 이게 말이냐 방구냐. 그럼 택시 기사, 응? '차원 택시 기사Knights'도 있냐?"

"응. 나 얼마 전에 자격시험 통과해서 라이선스 땀."

"어?"

"프리랜서 나이트니까, 여기 내 명함이고, 앱 사용하면 빠르게 배차 가능함. 차원 간 빠르고 안전한 이동이 필요하면 불러달라고."

"어, 어……. 고마워……."

기사 식당

여기야, 여기! 여기 웜홀 고속도로에 있는, 이 차원 기사Knights 식당이 아주 밥맛이 예술이야. 차원 택배 기사, 차원 택시 기사도 모두 만족한다고! 어? 저기 김 기사님 오시네! 김 공Sir Kim! 오늘도 안전 운전 하셨는가?! 여기! 자네 맹우 옆으로 오게! 돈가스랑 불고기 백반 시켜놨네!

초차원 용사

용사라고 하면 사람들이 이걸 직업으로 생각하는 경우가 많거든요. 용사가 '사'로 끝나니까 '일 사事'라고 생각해서 그런 거죠. 아쉽게도 '용사'의 '사'는 '선비 사士'예요. 놀랍게도 직업이 아니죠. 물론 전문가로서 직업을 이야기한다면 그럴 수도 있겠지만요.

그런데 전문가들이란 전문적인 일이 있을 때만 필요한 거잖아요. 항상 필요한 건 아니죠. 변호사를 생각해보세요. 항상 필요한 건 아니잖아요? 용사도 그래요. 마왕이라든가, 대재앙이라든가, 일반적이지 않은 일이 일어났을 때 필요하죠. 하지만 그런 일은 맨날 안 일어나요.

덕분에 용사들은 특별한 일, 우리가 모험이라 부르는 일이 끝나면 먹고살 길이 막막해지거든요. 싸움을 조금 할 줄 아니까 용병으로 뛰면 어떻겠냐 싶기도 하지만, 우리 힘이 좀 특별한가요? 국제 군축조약 대상에 포함되어 있어서 우리는 군대나 용병단에서 일 못 해요. 그렇다고 다른 일을 하자니 배운 게 싸움밖에 없죠. 이렇게 된 건 사실 제가 원한 것도 아니에요. 태어날 때부터 전설의 용사로 태어난 게 잘못된 거지.

아니, 그래도 굶어 죽을 수는 없잖아요. 그래서 요즘에 하기 시작한 게 차원 간 재능 공유 플랫폼 일이에요. 플랫폼에 제가 잘하는 일을 적어서 프로필을 올리면, 제 재능이 필요한 다른 차원의 사람이 저를 소환하죠. 소환이라고 하지만 육신 전체가 소환되는 건 아니고요. 정신만 빙의되는 거예요. 신체 공유 플랫폼 '바디 BNB'의 전생, 빙의 버전이라고 생각하시면 편해요. 진짜 전문가들은 프로필 등록할 때 자기 특기를 적어놓는다는데, 뭐 저는 돈이 급하니까 일단 '힘쓰는 일 잘한다'라고 적어놨어요.

그랬더니 진짜 별별 곳에 다 소환되어봤죠. 조폭 패싸움부터, 팔씨름 대회, 택배 상하차 알바까지요……. 아니, 그런 표정 짓지 마세요. 어쩌겠어요? 돈이 급한데. 그리고 요즘에는 차원 택배 기사 Knights라든가, 차원 택시 기사Knights도 있잖아요. 그러면 알바 뛰는 '초차원 용사超次元 勇士'가 있지 말라는 법도 없잖아요?

[띠링! 콜 받으세요!]

아, 의뢰 하나 떴네요. 음, '긴급 도움 필요' 무슨 일을 해야 하는지는 안 적혔고. 하아, 이런 의뢰는 십중팔구 지저분한 일이나 시답지 않은 일인데. 일단 페이가 나쁘지 않은데, 도리가 없네요. 시답지 않은 일이길 바라야죠.

의뢰 내용

아니 그래서, 지금 장거리 운전을 해달라는 거예요? 하아, 도대체 제 프로필에서 뭘 보고 절 선택하신 거예요? 예? 1종 보통면허요? 택배 트럭이 스틱이라서 운전 못하신다고요? 아니, 차원 택배 기사Knights라고 하셨잖아요. 택배 트럭을 운전 못하시면…… 지난주에 취직하셨다고요?

하아, 면허는 있으시죠? 저는 일단 1종 보통면허 있는데, 선생님이 1종 보통면허가 없으시면 검문에서 걸렸을 때 못 도와드려요. 어쨌든 지금 선생님 몸에 제가 빙의되기는 했지만 다른 사람들 눈에는 그냥 선생님 모습만 보일 테니까요. 1종 보통 있으시다고요? 아니, 그러면 왜 스틱 운전 못하시는…… 아, 장롱면허……. 알겠습니다. 의뢰 끝날 때까지 안전하게 모시도록 하죠.

아니다, 잠깐. 이거 생각해보니까 장거리 운전 의뢰만 있는 게 아니라 택배 배송 의뢰도 있잖아요? 그러면 추가 비용이 들어요. 예, 어차피 택배 옮기는 것도 제가 옮겨야 할 거 아니에요. 빙의되어 있으니까. 아아아? 선생님 몸으로 옮기니까 선생님이 옮긴 거라고 하지 마세요. 그렇게 억지 부리시면 저 의뢰 안 받고 그냥 갈 거예요? 아셨죠? 아셨으면 벨트 매시고요. 아니다, 나만 매면 되지. 아무튼 출발합니다?

특수 고용직

현역 용사라든가 던전 탐사대가 상해보험이랑 사망보험 가입하기 힘든 거 아시죠? 위험도 높은 직군으로 분류되어서 가입시켜주는 보험사가 없어요. 있다고 하더라도 보험료가 엄청 높아서 그걸 감당 못 하는 게 태반이고요. 정부나 조합에서 의뢰할 때 들어주는 필수 보험이 있기는 한데, 지급되는 보장액이 쥐꼬리만 해서 큰일 터졌을 때는 크게 도움 안 돼요.

그러다 보니까 용사들이라든가, 던전 탐사대가 눈에 불을 켜고 매달리는 게 힐러 파티원이거든요. 보험도 없는 상태에서 일하다가 어떻게 될지 모르니 나름 차선책을 택하는 거죠. 아시겠지만 주로 마법을 이용하거나 포션을 쓰는 힐러들이 인기가 좋아요. 인건비도 부르는 게 값이죠.

그런데 그거 아세요? 이렇게 택한 차선책 때문에 용사들이랑 던전 탐사대들은 은퇴 후에도 보험에 가입 못 해요. 무슨 말이냐고요? 힐러들이 치료하는 방법 때문에 그런 건데요. 음, 마법으로 치료하는 거랑 포션으로 치료하는 거랑 공통점이 뭘까요? 맞아요. 상처 부위를 재생시킨다는 거죠. 마법은 마나의 힘으로, 포션은 생화학 작용이라는 차이가 있지만 기본적인 치료 기제는 같아요. 원리는 일반적인 외과 진료에서 크게 벗어나지 않아요. 상처가 잘 아물도록 재생시키는 거지요.

하지만 던전 안이라든가, 모험 중에는 한시가 급하잖아요? 언제 상처가 잘 아물기를 기다리겠어요. 여기서 마법, 포션의 특징이 나타나죠. 상처를 빠르게 재생시키는 거예요. 일반 외과 진료에서 발생하는 회복 단계를 마나의 힘과 생화학 작용으로 가속화하죠. 이게 문제가 되는 거예요. 상처가 빠르게 재생한다는 건, 재생을 위한 세포 생성을 빠르게 가속하는 거잖아요. 생각해보세요. 이렇게 급하게 세포를 마구마구 생성하다 보면, 아무리 정교한 신체 메커니즘이라고 해도 에러가 날 수밖에 없어요.

그 에러가 뭐냐면, 세포의 돌연변이, 즉 '암'이에요. 맞아요. 빠른 회복을 돕는 마법과 포션이 아이러니하게도 암세포를 만들어내는 거예요. 그래서 은퇴한 용사, 던전 탐험대의 암 유병률은 보통 사람들보다 많게는 4배나 높아요. 이렇다 보니 은퇴 이후에도 보험 가입이 어려운 거죠. 암, 사망보험, 간병보험, 죄다 가입이 어려워요. 덕분에 용사나 던전 탐험대들은 은퇴 후 쌓여가는 병원비에 말라 죽어가고 있고요.

저희 왕국노동조합동맹에서 '용사, 던전 탐사대들을 위한 필수

보험 보장 범위 확대 및 보장액 증액'을 요구하고, 더 나아가 '민간이 아닌 정부가 주도해 보편적 의료보험과 은퇴 요양 연금을 만들고, 운영해야 한다' 주장하는 게 이런 이유 때문이에요. 용사나 던전 탐사대가 특수한 상황에만 필요한 전문직이라고 말은 하지만 실제로는 한순간도 없으면 안 되는 필수직이잖아요. 우리 사회의 안전을 지키는 한 축이죠. 그런데 이 사람들의 처우가 이래서 될까요?

그러니까 선생님께서도 다음 달에 있을 총파업에 꼭 함께해주시면 좋겠어요. 우리 왕국의 특수직 노동자들만 모이는 게 아니라 다른 차원에서 플랫폼 노동을 하는 용사, 던전 탐사대 같은 특수직 노동자들도 모두 모일 거거든요. 우리 모두 힘내서 꼭 모두가 안전하게 일할 수 있는 세상을 만들어봐요! 투쟁!

아아, 그것은 '맛있다!'라는 거다

이세계로 와서 제일 힘들었던 게 뭔지 아세요? 여기 사는 애들이 '맛있다!'라는 개념을 모른다는 거예요. 다른 게 아니라 얘들은 영생을 살거든요. 그래서 너도나도 수천 살, 수만 살 이래요. 안 먹어도 죽지 않으니 어느 순간부터인가 먹는 걸 관뒀고, 어느 순간부터는 '맛있다'라는 개념도 잃어버렸어요.

그래서 진짜 큰맘 먹고 '내가 맛난 요리로 이 사람들을 놀래주겠다! 5성 호텔 셰프가 간다!' 하고 이것저것 만들어줬거든요. 그런데 반응이 하나같이 '싫다'예요. 너무 자극적이래요. 혀에 오는 이질적인 자극이 싫고, 그걸 느끼는 머리도 아프고, 그걸 총체적으로 경험하는 것 자체가 싫대요. 그래서 정말 이것저것 경험시켜주려고 했는데 다 실패했어요. 그래서 저도 포기해버렸죠.

……그게 수백 년 전 일인지 수만 년 전 일인지 이제는 제대로 기억도 안 나요. 제가 만들었던 요리의 맛도 기억 안 나고요……. 아니 뭐, 여기서는 먹을 필요가 없잖아요?

공시 서류를 전달하러 온 내가
이세계에서는 용사?!

어디서부터 꼬여버린 거지? 원래는 이렇게 될 일이 아니었다. 원래는 이쪽 차원 사이를 관통하는 '물류용 웜홀 개통'을 통보하기 위해 당사자에게 관련 서류만 전달하면 될 일이었다. 물론 공시 송달 방식으로 갈음할 수 있었지만, 이쪽 차원은 차원 간 여행 기법을 아직 터득하지 못했기에 어쩔 수 없이 직접 송달하는 것 말고는 방법이 없는 곳이기는 했다.

그래도 상관없었다. 직접 가서 이쪽 차원의 지배자들에게 관련 서류를 전달하면 끝. 당사자에게 1달 안에만 전달하면 됐으므로 시간도 넉넉했다.

그런데…… 도착해보니 이 차원의 국가들은 죄다 붕괴되어 있었다. 왕국이라는 곳은 모두 백기를 걸고 있었고, 왕들은 이제 더이상 자신이 나라를 지배하지 않는다고 고개를 숙였다. 뭐? 그러면 누가 이 세계를 지배하는데??

나는 질문할 수밖에 없었고, 그에 대한 대답을 들을 수 있었다.

그리고 그 대답은 환장할 내용이었다.

"마왕."

그렇다. 이 차원은 수년 전부터 마왕군과 전쟁을 벌였고, 지금은 그 군세에 모두 굴복하여 백기를 들고 마왕의 신하가 되었던 것이었다. 젠장. 그 말인즉, 이 차원의 유일한 지배자는 마왕이요, 내가 서류를 전달해야 하는 사람도 마왕이라는 뜻이었다.

그럼에도 나는 긍정적으로 생각하기로 마음먹었다. 어쨌든 나는 서류를 전달해야 했고, 서류를 전달할 사람이 1명이란 건 일을 반복해서 할 필요가 없다는 뜻이니까. 그래, 긍정의 힘을 믿자!

그래서 나는 왕들에게 물었다.

"어디로 가야 마왕이 있습니까?"

왕들이 놀라 물었다.

"어찌하여 그것을 물어보십니까?"

나는 답했다.

"마왕에게 꼭 전해야 할 메시지(서류라고 하면 이해하기 힘들 테니, 이렇게 순화하라고 매뉴얼에 명시되어 있다)가 있습니다."

어찌 된 일인지 그 말에 왕들의 얼굴이 하나같이 밝아졌다. 계속 고개를 숙이고 있던 노인들이 이렇게 환하게 웃다니. 내가 촉이 좋은 건 아니지만 뭔가 일이 꼬이고 있다는 징조라는 건 본능적으로 알 수 있었다.

"참으로 기적입니다……!" 왕들 중 하나가 말했다.

"그게 무슨 말인지……?" 내가 물었다.

"예로부터 신성한 전설에, '마왕이 모두를 비탄에 잠기게 할 때 신께서 용사를 보내시어 신의 메시지를 마왕에게 전하고 마왕을 물리친다' 하였습니다. 그렇다는 것은, 당신은 신이 보내신 용사라는 것이고, 이제 우리는 모두 해방될 거라는 것이지요!"

그러자 다른 왕이 답하였다……가 아니고! 뭐라고? 이게 또 무슨 말이야? 그 말에 나는 그런 게 아니다, 라고 말하려 했으나 그 순간부터 나는 말할 기회가 없었다.

"용사님! 마왕을 꼭 물리쳐주십시오!"

"용사님! 저희 집안의 보검입니다! 이것을 써서 마왕을 물리쳐주십시오!"

아니, 나는…….

"용사여, 나 최고 사제가 신의 가호를 내리니……."

아니, 그러니까…….

"당신이 용사인가? 훗, 풋내기군. 하지만 좋다. 내 한목숨 바쳐 당신의 방패가 되어주겠다."

아뇨, 잠깐…….

"용사님, 저는 비록 보잘것없는 엘프 신관이지만 용사님의 마왕 토벌에 꼭 함께하고 싶습니다."

아니에요……. 그러니까…….

"나, 이 전쟁이 끝나면 고향에 돌아가서 그녀에게 청혼할 거야."

아니, 그게······. 그보다 그거 사망 플래그야! 그거 말하지 마!

"으윽····· 용사, 미안해······. 난 여기까지인가 봐. 그래도 마왕 토벌을 꼭······."

여보세요? 누구세요?!

도대체 어디서 이렇게 꼬여버린 거지? 원래는 단순하기 그지없는 서류 송달 일이었다. 시간도 1달로 넉넉했다. 그런데 지금 나는 마왕성 앞에서 수만의 군대와 대치하고 있다. 상부에서는 왜 아직 송달이 안 됐냐고 메시지로 독촉하고 있다. 그게 내 맘대로 될 일이었으면 내가 이러지도 않겠지.

"용사, 드디어 여기까지 왔네."

그러니까····· 그러네······.

"어떤가, 용사여. 떨리는가?"

네····· (서류 송달이) 이렇게 힘들지 몰랐네요. 팔다리가 다 떨려요······.

"그러나 걱정하지 말게! 내가 그대의 방패가 되겠네!"

예, 예······.

"자! 그럼 가볼까?!"

"용사님! 함께해서 영광이었습니다!"

"마왕을 물리치고 평화를!"

귀청이 떨어지는 함성이 여기저기서 들렸다.

진짜, 어쩌다가 이 꼴이 난거지……. 아, 나도 모르겠다. 서류 전달을 마쳐야 하는 법적 시일은 앞으로 5시간. 5시간 안에 어떻게든 마왕 면전에 서류를 들이밀어야 한다. 정말이지 미치겠다…….

회귀자 (1)

"최근 회귀자들을 특수 요원으로 훈련시키는 사례가 많아지고 있습니다."

"데미갓demigod들도 특수 요원으로 훈련시켜서 첩보에 투입하는데 회귀자가 별거겠어요?"

"별거 맞습니다. 아니. 별거 이상으로 까다롭습니다. 아니, 정말 까다롭습니다."

"어떤 점이 까다롭죠?"

"당연한 이야기지만 일단 죽으면 회귀한다는 게 까다롭습니다. 몇 번을 죽어도 계속해서 반복해 수행할 수 있으니까요. 게다가 작전 중 사망이 경험으로 누적되어서 특별하게 훈련받을 필요가 없다는 것도 까다롭습니다."

"회귀자들이야 그렇죠. 많이 죽을수록 슈퍼 솔저가 되니까요. 그 대신 회귀자 입장에서는 정말 정말 오랜 시간이 걸리잖아요?"

"예. 하지만 작전 지휘자는 회귀하지 않으니 찰나의 순간입니다.

어차피 회귀자가 아닌 자들에게는 시간 차이도 없을 테니, 회귀자를 작전에 투입한 순간 이미 원하는 정보가 나오는 거죠. 이보다 더 끝내주는 첩보 요원이 있을까요? 임무를 줌과 동시에 결과를 도출합니다. 이걸 어떻게 대응해야 할지 모르겠어요."

"생포 후 포섭은 안 됩니까?"

"저희도 지금까지는 그렇게 대응하고 있었습니다. 하지만 생포했다고 해도 포섭되는 경우도 적고, 가장 최악의 경우 포섭된 척하고 거짓 정보를 퍼트리기도 하니까요."

"그럼 지금은 그렇게 대응 안 합니까?"

"예, 일단 생포는 하되 포섭은 안 합니다."

"그러면……."

"뇌사 상태로 만들어버리죠."

"오?"

"식물인간으로 만들어 살아도 살아 있는 게 아니게 만듭니다. 어쨌든 죽어서 회귀하지 못하도록 만드는 거죠. 이제 보실 지하 시설이 그렇게 생포한 회귀자 감옥입니다. 규모를 보면 놀라실 겁니다."

"그래도 회귀자들을 계속 이렇게 잡을 수는 없을 텐데 말이죠."

"일단은 시간 끌기입니다. 우리도 앉아서 당할 수는 없으니 회귀자들을 효과적으로 잡을 방법을 찾고 있습니다. 그때까지는 이런 감옥이 더 많아질 거고, 돈도 자원도 계속 들어가겠죠."

"어쩌면 적들이 이렇게 우리가 말라 죽는 걸 바랄지도요?"

"예……. 사실 이제부터는 진짜 치킨 게임이라……. 아무튼 그 치킨 게임에서 우리가 이기길 바랄 뿐입니다."

회귀자 (2)

　회귀자 첩보 요원, 그것도 블랙옵스 요원으로 활동하면서 가장 빡치는 게 뭔지 알아? 상부 놈들이 아무 지원도 안 하면서 작전을 시작하자마자 결과를 요구하는 거야. 이놈들은 작전이 시작되면 브리핑만 하고, 그다음에 바로 작전 결과를 요구한다고. 자기들이 회귀하는 게 아니니까 이미 내가 골백번 회귀를 하고 작전을 끝냈을 거라고 생각하는 거지. 그때마다 "아직 시작도 안 했습니다"라고 말하는 것도 아주 일이야, 일.

　그래도 애들이 매번 작전 브리핑 때마다 잊지 않고 교육하는 게 두 가지가 있는데, 하나는 내가 적에게 생포되었을 때 적에게 퍼트려야 할 가짜 정보 리스트고, 다른 하나는 '어떠한 상황에서도 혀 깨물고 죽는 법'이야. 망할 놈들……. 그 흔한 캡슐도 안 줘 이제. 내가 작전을 뛰면서 얼마나 죽는지 지들이 안대? 어떻게 매번 혀를 깨물고 죽으라는 거야?

　아무튼, 나도 작전만 이제 한 200회 이상 뛰었는데, 뭐? "그러면 이미 슈퍼 솔저급의 요원이 되었겠네요"라고? 아, 물론 슈퍼 솔저급이지. 근데, 니들이 그걸 알아야 해. 회귀자는 기억으로 슈퍼 솔저가 되는 거지, 신체적으로는 죽었다 깨어나도 못 된다? 무슨 말이냐면, 죽어서 과거로 회귀하는 건 내 정신이지 육체가 아니다, 이 말이야. 죽으면 몸뚱이는 원래대로야.

나 참, 첫 임무 마지막에는 근육이 터질 듯했는데 임무 끝나고 돌아오니까 똥배 나온 원래 내 모습이더라. 그래서 임무 완료 브리핑하고 집으로 돌아온 뒤에 바로 헬스부터 끊었어. 기억이 누적되어 슈퍼 솔저면 뭐 해? 몸은 말짱 도루묵인데. 소위 현자 타임이 제대로 온다니까. 그런 현자 타임도 한두 번이지. 그런 상황이 골백 번 반복되면 사람이 아주 미쳐버린다고. 그런 거 때문에 자진해서 투항하는 회귀자 요원들도 있다고 하는데, 솔직히 난 걔들 입장 이해해.

근데 봐봐. 이제 그렇게 투항하는 애들이 나오면, 나더러 걔들 잡으라고 임무를 준다? 그러면 어떻게 되는지 알아? 끝나지 않는 개싸움이 되는 거야. 회귀자들끼리 계속 회귀하면서 싸우는 끝나지 않는 개싸움.

거기다가 윗놈들이 그 개싸움에 한 놈을 더 투입하기도 해. 혹시라도 내가 포섭당할까 봐. 와, 씨……. 그러면 아주 개판이 되는 거야. 나랑 그놈이랑 보고 내용이 다르기라도 하면 그걸 트집 잡아서 "너 포섭당했지?" 하고 고문부터 하는데, 정말…….

그럴 때는 어떻게 하냐고? 아까 말했잖아? 유일하게 교육시키는 것 중 하나가 뭐다? 응. 혀 깨물고 자살하는 거. 그렇게 자살하면 다시 브리핑 룸이야. 그리고 아까 전까지 날 고문하던 윗놈이 나한테 작전 결과를 요구하지. 물론 이놈은 아무것도 모르겠지만. 그러니까 너 같으면 환장 안 하겠니?

게다가 요즘에는 여건이 더 안 좋아졌어. 적국에 귀순하고 싶어도 걔들이 거짓 정보가 두려워 우리 같은 회귀자를 살아 있는 시체로 만들어서 감옥에 가두기 시작했거든. 뇌사 상태나 식물인간으로 만든다고 하던데……. 몰라, 들리는 소문에는 흑마술을 써서 좀비로 만들어버린다는 이야기도 있고.

뭐 아무튼 그래……. 그래서 나도 잔머리를 굴려야 했거든. 나도 계속 이렇게 살 수는 없으니까 잔머리를 굴려서 좀 편하게 살기로 한 거야. 어떻게 하기로 했냐면, 거짓 정보를 흘리기로 했어. 적국이 아니라 내 윗놈들에게.

이놈들은 회귀자가 아니지. 그래서 내가 몇 번 죽었는지 알 길도 없고, 내가 하는 말이 구라인지 사실인지 확인할 수 있는 방법도 없어. 물론, 혹시 또 몰라. 지난번처럼 교차 검증한다고 다른 회귀자 요원을 풀지도. 하지만 그건 걱정 마. 내가 이번에 진짜 수천수만 번을 회귀하면서 이 나라의 모든 회귀자 블랙옵스 요원들을 포섭했거든. 이제 노는 회귀자 요원들은 브리핑 룸 의자에 앉자마자 작전의 결과를 요구하는 윗놈들에게 하나도 맞지 않는 거짓 과정과 거짓 정보와 거짓 결과를 보고할 거야. 어떻게 그게 가능했냐고? 그야 회귀자에게 남는 건 시간이고, 회귀자를 성장시키는 건 멈추지 않고 반복되는 죽음이니까. 결국 하고자 하는 의지만 있으면 가능해. 수천수만 번을 죽겠지만……

여하튼, 이제 나는 이 녹음을 남기고 자살할 거야. 그리고 눈뜨면 브리핑 룸이겠지. 모든 회귀자들이 더 이상 어떤 죽음도 겪지 않으려 다 함께 거짓말을 하기로 약속한 시점의 브리핑 룸. 사실 잘 될지는 나도 몰라. 서로 약속한 시점이 어긋나서 누군가 전혀 모르는 상태일 수도 있고, 또 누가 뒤통수칠지도 모르지. 그래도…… 회귀자에게는 남는 게 시간과 죽음이잖아. 해보는 데까지 해보는 거지.

흠, 이 기록도 곧 없는 게 되겠지만 만약 어떤 경로로든 이 기록을 들어준 사람이 있다면, 그래도 이걸 들어줘서 고마워. 아무튼 행운을 빌어줘.

탕!

"좋아, 요원 701. 결과를 보고하게."

회귀자 (3)

아니, 회귀자에게 어떤 기대를 하고 있는지는 알겠어. 앞에서 니들이 뭘 보고 왔는지도 알겠고. 알겠는데, 나는 니들이 생각하는 것처럼 완벽한 사람이 아니야. 막 소설에서처럼 몇만 번의 회귀를 거치면서 모든 걸 기억해 최적의 루트를 찾는 사람이 아니란 말이야. 사람이라는 게 어제 점심에 뭘 먹었는지도 기억 못 하는 경우가 있잖아. 나도 그렇거든? 나도 어제 뭘 먹었는지 기억 안 나는 경우가 파다해. 아니, 그런데 내가 어떻게 인생 전체에 발생하는 수천만 가지 분기점과 그 결과를 외울 수 있겠냔 말이지. 회귀할 때 메모지를 주는 것도 아니잖아. 죽고 나서 정신 차려보니까 회귀했더라 이거고.

그리고, 나 여기 처음 와보는 곳이라니까? 아니, 기억이 안 나거나 가물가물한 게 아니라, 이 분기점이나 루트는 애초에 와본 적이 없어요. 난생처음 와보는 곳이야. 뭐? 잘 생각해보라고? 그래도 수많은 회귀 속에서 한 번은 거쳐 가지 않았겠냐고?

이 사람 봐라. 나 이번이 세 번째거든? 어, 맞아. 세 번째 회귀. 못 믿는 눈치네. 아니, 진짜라니까? 도대체 그럼 왜 그거밖에 회귀를 못 했냐고? 아니, 진짜 보자 보자 하니까. 열심히 사느라 이것밖에 못 했다! 왜 어쩔래?! 어? 처음 교통사고로 죽고 회귀했을 때 두 번째 기회라고 생각해서 열심히 살다가 자연사했다고! 무슨 회귀자들이 툭하면 '죽는 게 더 빨라' 하면서 죽는 줄 알아? 원래 인생이라는 게 죄다 처음 가보는 길이고, 그런 길을 갈 수 있는 두 번째 기회가 생겼으면, 젠장! 열심히 살아볼 생각을 해야지!

그렇다니까? 그래서 여기 처음이라니까. 이제 좀 믿겨? 내가 어쩌다가 이런 능력을 얻어서……. 뭐, 로또? 하, 진짜 너무한 거 아니야? 나 90세에 자연사했거든? 지금 내 몸뚱이는 20세고? 너 같으면 90세 노인이 70년 전 자기 팔팔할 때 한 번 스쳐 지나가는 번호 6개를 기억할 수 있을 거 같아?

회귀자(4)

회귀 기록, 주요 하이라이트, 회귀 3회 차.

『……어?! 가까이 오지 마, 경고했다?! 너 지금 나 회귀자라고 함정이 있는지 밀어 넣어보려고 하는 거잖아?! 웹소설처럼?! 경고했다?! 난 저 방에 안 들어갈 거야! 밀어 넣기만 해봐?! 다음번 회귀 때는 니들하고 만나지도 않을 거야, 알았어?! 어어? 오지 마! 거기너! 물러서! 뒤로 2걸음! 옳지!……』

회귀 기록, 주요 하이라이트, 회귀 36회 차.

『……어, 함정 없어. 들어가도 돼. (끼이익! 덜컹!) 하! 어쩌냐 이 망할 놈들아! 지난번에 날 밀어 넣은 벌이다! 하! 하! 하! 하…… 하…… 하……. 근데 여기서부터 어떻게 나가지? 여긴 와본 적이 없는데……』

회귀 기록, 주요 하이라이트, 회귀 1587회 차.

『……이씨, 이다음에 뭐였더라? 아, 젠장……. 하도 많이 회귀해서 기억이 안 나. 여기까지 오려고 몇 번 죽었더라. 100번? 1000번? 아, 씨 진짜…… 내가 어쩌자고 걔들을 밀어 넣어서……』

회귀 기록, 주요 하이라이트, 회귀 45만 566회 차.

『……그러니까 아저씨, 내가 지금 여기서 몇 번째 죽은 건지 모르겠다니까요. 그럼 회귀한 뒤에 여기를 안 오면 되지 않냐고요? 그러니까요. 내가 여기를 왜 왔는지 이젠 기억도 안 나네요. 내가 여기를 왜 왔더라. 아무튼 뭔가 해야 하니까 온 거 같기는 한데……. 씨…… 이 망할 기억력. 미안해요. 하도 많이 회귀해서 이제 제대로 기억도 안 나요. 아마 누가 굉장히 중요한, 뭘 하자고 해서 여길 온 거 같기도 하고. 그걸 말한 게 아저씨 같기도 하고 말이죠?……』

이세계 비교발전사

지금 소개해드릴 세계는 개인적으로 매우 흥미롭게 생각하고 있는 케이스입니다. 제 박사 논문 주제도 이 세계의 사상 발전사였어요. 마음 같아서는 이걸 기말 과제로 내고 싶지만, '이세계 사상사' 수업은 6학기에 받게 될 테니 아껴두겠습니다.

이 세계는 자연환경적으로 커다란 대륙 하나와 크고 작은 섬들로 구성되어 있습니다. 그리고 그곳에서 다양한 지적 생명체들이 국가와 공동체를 만들어 살아가고 있죠. 마나 스트림을 이용한 마법공학이 자연과학과 비슷한 수준으로 발달했는데, 이 때문에 아주 오랜 시간 동안 문명의 발달이 정체되어 있었습니다. 지난 학기에 제 수업 '이세계 문명발달론'을 들었다면 '잭 프로스트 이론'이라는 것을 기억할 겁니다. "모든 차원, 모든 문명, 모든 지적 생명체는 어느 순간 문명 발전에 있어 갈림길에 서게 되는데, 그중 하나를 선택해야 문명 발전의 다음 단계로 넘어갈 수 있다"는 이론이었죠. 이런 갈림길에서 마법과 같은 '관념과학'을 택하는 곳도 있고 '자연과학'을 택해 우리가 살고 있는 차원처럼 되기도 합니다.

이 갈림길은 누가 강요하는 게 아니고 해당 문명의 당사자들이 자연스럽게 선택하게 되는데, 그 문명을 구성하는 지적 생명체와 정치 구조가 단순하면 단순할수록 빨리 선택하는 경향이 있습니다. 거기 뒤에 학생, 졸리면 화장실 다녀오세요.

어디까지 했죠? 아, 갈림길. 예, 우리 같은 경우는 '인간'이라는 단일 종이었기에 선택이 빨랐습니다. 인류는 기원전 5000년쯤 마법 같은 관념과학을 포기하고 자연과학의 길을 택한 것으로 보입니다. 이런 우리와는 달리 관념과학을 택하는 곳들도 있는데, 이런 차원은 우리가 편의상 '환상계'로 분류하죠.

그리고 그 갈림길에서 선택을 하지 못하고, 문명의 발전이 정체되는 곳들도 있습니다. 지금 설명해드리는 세계가 그런 곳인데, 이곳은 거의 1만 년 동안, 우리로 치면 중세 시대 수준으로 정체되어 있었습니다. 황제부터 농노까지 피라미드형으로 구성된 봉건제, 단일한 신앙 구조로 묶인 거대한 교회가 있어서 정치 구조는 단순하였으나, 문명을 구성하는 지적 생명체가 다양해 문명 발전의 갈림길에서 선택하지 못하고 정체되어버렸습니다.

이러한 문명을 우리는 편의상 '환상계-문명정체계'로 분류하는데, 관념과학과 자연과학이 천천히 함께 가고 있기에 그 정도와 수준이 매우 원시적이고 지식 또한 얕습니다. 정치 구조와 종교 사상에 대해서는 앞서 말했으니 길게 말할 필요가 없겠죠. 기사도와 종교재판을 떠올리면 됩니다.

그런데 이 세계에 재미있는 일이 생깁니다. 지난 세기 촉발된 차원 전쟁의 여파로 차원문이 열리면서 다른 차원의 물건들이 흘러들어왔는데, 이 중에는 '카를 마르크스'의 저작들도 있었습니다. 다만 얼마나 많은 책들이 흘러들어 왔는지까지는 모르겠습니다. 제가 저쪽 세계의 공용어로 번역된 걸 봤는데, 〈공산당 선언〉은 전문이 번역되어 주석 요약본도 있는 반면, 〈자본론〉은 부분부분 해석되어 요약본으로만 존재하더군요. 이게 재미있는 게, 이렇게 중간중간 이빨이 빠진 부분을 자신들의 문명 수준에 맞게 재해석해서 메꿔놨습니다.

그들은 그렇게 재해석된 책을 〈자본론 강해본〉이라고 부르고 있는데, 중세 수준의 경제 구조와 다종족 정치사회구조에서 나름 타협점을 찾으려 한 모습이 보입니다. 19세기 말 20세기 초 민족주의에 대한 보헤미안 공산주의자들의 관점과 비슷해 보이기도 하고, 초기 레닌주의 같기도 합니다.

아무튼 카를 마르크스의 저작물이 유입된 시점은, 이쪽 세계에서 굉장히 혼란스러운 시기였습니다. 황제 사후, 북부의 귀족들이 내세운 제3황자가 황위를 계승하면서 남부 귀족들이 숙청당하며 남부가 전쟁의 화마에 불타고 있었습니다. 그로 인해 대기근이 닥쳐서 민중의 삶은 피폐했습니다. 이런 상황에 남부의 성직자들이 주류 신학과 교리에서 벗어난 '현세구제신학'을 내세워, 성직자의 적극적인 세속 개입과 교회 재산의 하층계급 재분배를 주장했고, 이로 인해 대규모 종교재판이 일어나 여기저기서 이단 사냥이 벌어졌습니다.

이런 혼란스러운 상황에서 카를 마르크스의 저작이 나타난 겁니다. 이 저작물들을 현지 상황에 맞게 재해석한 건, 앞서 말한 남부 성직자들, '현세구제신학'을 주장하던 성직자들이었습니다. 공산주의라는 전혀 들어본 적 없는 사상을 현지의 '고대 교회 공동체주의'와 접목해 재해석했죠. 그리고 이들은 이단 사냥을 피해 교회에서 떨어져 나오며, 이 세계 최초의 공산주의자가 됩니다.

이후 이단 심판과 정치적 숙청이 가속화되면서, 남부 교회의 일부 주교와 영주들이 이들과 합류합니다. 그리고 이 과정에서 '남부 공산주의자 연합'이 결성되었죠. 이들은 교회의 조직 구조를 차용하여 중앙당과 지역당 그리고 인민평의회를 구성했습니다. 중앙당은 교회가, 지역당은 영주들이, 인민평의회는 성직자와 귀족들이 각각 차지했습니다. 그들은 이것을 프롤레타리아트 혁명이라 선언했지만, 초기 주도 인원을 살펴보면 그보다는 엘리트 계급의 정치적 반란 성향이 더 강했습니다.

계속 말했듯이 이 세계는 거의 1만 년 동안 중세 수준의 문명에 정체되어 아직 산업혁명도 없었고, 근대적 의미의 노동자계급이 아닌 봉건 농노와 노예가 피지배계급을 구성하던 세계였습니다. 그러다 보니 오히려 내부에서 피지배계급의 반발이 거셌습니다.

특히 중앙당의 '모든 종족 해방'이라는 구호에 대한 반발이 컸습니다. 피지배계급이라고 하더라도 이 세계에서는 오랫동안 인간이 다른 지적 생명체를 지배하는 지배종이었고 구체제에서도 이를 이용해 지배력을 강화해왔습니다.

이와 관련한 재미있는 일화가 있어 조금 소개해드리고 싶습니다. 제2차 혁명전쟁 당시 지역당 서기장의 영애가 머리를 자르고 갑옷을 입고 전쟁에 참여합니다. 그녀는 당의 사상에 감화되어 모두가 평등할 수 있다고 믿었죠. 그녀의 아버지는 서기장이 되기 전에는 그 지방 영주였던 자였습니다. 정치적 생존을 위해 공산 연합에 합류했지만, 사상적으로 깊게 들어가지는 못했습니다. 여전히 봉건주의자에 가까웠죠. 어쨌든 그의 영애는 아버지의 눈을 피해 머리를 자르고 그녀의 시녀들을 설득해 전장으로 향합니다. 그리고 기사 자격으로 전쟁에 참여하죠. 그녀는 전장에서 다양한 종과 계급을 만났고, 당의 사상과 평등한 신세계에 대해 설파했습니다.

그러던 어느 날, 그녀가 전투를 앞두고 병사들을 독려하기 위해 말에 올라타 연설을 하던 중이었습니다. 갑자기 그 앞에 서 있던 노병이 그녀에게 말했죠.

"나으리, 저는 나으리가 말씀하시는 평등이 뭔지 모르겠습니다."

그녀가 그에게 다가가 답했습니다. "평등이란 모두가 동등한 것"이라고 말이죠. 그러자 그는 그런 게 어떻게 가능하냐고 물었습니다. 병사들이 술렁이기 시작했고, 그 모습을 본 다른 기사는 병사들을 다그쳤습니다. 그녀는 기사를 막고 그에게 다시 물었습니다. 어째서 그렇게 생각하는지 말이죠. 그러자 그가 사시나무 떨듯 고개를 숙이고는 말했습니다.

"나으리는 우리와 같다고 말하면서 말에 타고 있잖습니까. 나으리와 기사 나으리들은 우리에게 소리 지르고 칼을 휘두르며 명령하지 않습니까. 나으리는 화살을 막아줄 갑옷도 입고 있지요. 하지만 우리는 아무것도 없습니다. 정말 아무것도 없습니다."

그 대답에 그녀는 충격을 받았습니다. 그리고 고개를 들어 그녀 앞에 있는 병사들을 보았죠. 그의 말이 맞았습니다. 그들은 정말 아무것도 없었습니다. 정말 아무것도 없었죠. 이런 상황에서 그녀는 어떤 선택을 했을까요? 이상이 무너져 내렸으니 짐을 싸들고 집으로 돌아갔을까요? 아닙니다. 그녀는 말에서 내렸습니다. 입고 있던 갑옷도 벗어버리고 노병 옆에 나란히 섰죠. 그러고는 그에게 이렇게 말했습니다.

"나도 동무들의 옆에서 동무들과 함께하겠다!"

결과는 어땠을까요? 이 사건은 이 세계의 사상사에 큰 족적을 남기게 됩니다. 그들의 전통적 사상인 기사도가 현실 공산주의 영역으로 들어와 새로운 사상적 발전의 길을 여는 순간으로 말이죠. 이 사건을 기점으로 피지배계급에 대한 남부 공산주의자 연합의 영향력 확대가 가속화됩니다.

음? 시간이 벌써 이렇게? 그럼 오늘 수업은 여기서 줄이고 끝내

보기로 하죠. 문명은 어느 시점에서 선택의 갈림길에 섰을 때 선택하지 못하면 정체되기도 합니다. 하지만 그게 영원한 정체는 아닙니다. 모든 문명은 선택할 준비가 되어 있고, 기폭제가 터지면 그동안 응축된 것들이 한 번에 터지기도 합니다. 지금 말씀드린 세계처럼 말이죠.

다음 수업은 명절 연휴 관계로 다음다음 주에 진행하겠습니다. 모두 명절 잘 보내시고요, 다음에 만납시다.

친애하는 주인님께.

주인님이 황도로 여행을 떠나시면서 저희에게 부탁하신 친구분은 건강하게 지내고 계십니다. 이세계에서 오신 분이라 이곳의 문화에 익숙하지 않으신 듯하지만 최근에는 많이 좋아지셨습니다.

다만 몇몇 부분에서 저희를 놀라게 하는 부분이 있어 편지에 담습니다. 우선 그분은 저희의 '계급'에 깊은 관심을 가지고 계시며, 저희가 주인님을 '주인님'이라고 부르는 것에 굉장히 큰 반감을 보이십니다. 주인님 앞에서도 그러셨는지는 모르겠습니다만, 하인 된 사람으로서 주인님의 계급에 대해 험담을 듣는 것은 그리 유쾌한 일은 아닙니다.

게다가 친구분께서 최근에 저희 하녀들을 따로 불러 그런 험담을 체계화된 교육처럼 강의하고 계십니다. 일과 후 시간을 내어 주인님이 아끼시는 온실에서 1시간 정도 강의가 진행되는데(안심하십시오, 주인님이 아끼시는 식물은 모두 안전합니다), 솔직히 죄스러운 말씀을 올려 송구스럽습니다만, 이전에 이런 이야기는 들어본 적이 없어 모두가 흥미로워하고 있습니다. 강의가 끝난 뒤에는 서로의 경험과 생각을 나누는 시간을 가집니다. 그리고 그때마다 온실을 가득 메우는 등불의 불빛과 유리 천장 위로 보이는 은하수의 빛이 저희를 고양시키곤 합니다.

그렇기에 굉장히 죄스러운 질문이 아닐 수 없겠습니다만, 감히 이 편지를 빌어 주인님께 질문을 드릴 수밖에 없게 된 점을 부디 너그러운 마음으로 용서해주시길 바랍니다.

"주인님께서는 정말 저희의 '생산수단'을 '독점'하여 저희를 '통제'하십니까?"

이 질문에 주인님께서 대답이 어려우실 거라고 생각하고 있습니다. 답장을 주지 않으셔도 괜찮으니, 부디 건강한 여행 되시길 바라겠습니다.

하녀장 올림

추신. 그리고 이와 함께 주인님께, 저희 베르몬트가 하녀 노동자 연맹은 지난주 총회를 통하여 베르몬트가의 점거와 생산수단의 공유화, 자산이 재분배를 의결하였습니다. 이에 베르몬트 저택은 베르몬트 코뮌으로 명명됨을 안내해드립니다.

"⋯⋯이처럼 베르몬트 코뮌 사건 이전에 '항쟁'이 가지는 의미는 귀족 정치 계급 간의 '내전'이었으나, 이 사건을 통해 '무산계급'들의 귀족 정치 계급을 향한 '투쟁'으로 확장되었다⋯⋯"

– 〈이세계 노동투쟁사 2권〉, 215페이지

톨푸스 지방법원 재판 기록,
사건 번호 1852-P-1301

모두가 그렇게 이야기합니다. 모든 아이들은 축복과 함께 천국에서 온다고. 그것은 사실이 아닙니다. 저는 누구도 원치 않는 아이로 태어났고, 그랬기에 은전 10닢에 베르몬트가에 하녀로 팔렸습니다. 한 입 덜어보고자 팔린 아이는 우습게도 그 덕에 배곯는 일 없이 자라 어엿한 하녀장이 되었습니다.

하녀장. 은전 10닢에 팔린 계집아이의 능력으로 가장 높이 올라갈 수 있는 위치가 아닐 수 없습니다. 그 점에는 저에게 하녀로서의 일하는 능력 말고는 그 어떤 것도 원치 않은 베르몬트가 사람들에게 감사를 표합니다. 그분들은 요즘 같은 시대에 보기 드문 신사입니다.

하지만, 하녀장. 누가 그 자리까지만 선을 그어놓았습니까? 어째서 저는 '그 자리까지만 올라갈 수 있다'고, 누군가의 허락을 받아야 했을까요? 어째서 저는 하녀 말고는 그 어떤 선택도 허락되지 않은 걸까요? 어째서 저는 살아온 날들이 살아갈 날들보다 길었음에도 불구하고 지금까지 제 이름을 쓸 줄 몰라야 했던 걸까요? 여러분은 그것을 당연하게 생각하기에 이 질문을 이해하지 못할 겁니다. 그것은 여러분이 너무나도 당연하게 공기를 마시듯, 처음부터, 태어날 때부터 누리던 것들이라 이 질문에 답을 하기는커녕 이 질문 자체를 이해 못 할 겁니다. 여러분은 애초에 '누군가 그어놓은 선'이 없는 세상에서 태어나, 무엇이든 선택할 수 있는 자유를 먹으며 자라왔으니까요.

그것이 여러분이 살아온 세상입니다. 그리고 여러분이 살고 있는 그런 세상은, 저같이 태어날 때부터 선이 그어져 있고, 은전 10닢에 팔리고, 평생 자기 이름을 적는 게 허락되지 않는 이들에 의해 움직이고 있습니다. 당신들이 당연하다 여기는 자연의 법칙은 사실 우리 같은 사람의 인공적인 노동에 의해 움직입니다. 제 이름을 처음 제 손으로 적었을 때 느꼈던 그 느낌을 여러분은 알 수 없습니다. 여러분에게 그것은 너무나도 당연한 것이기 때문입니다.

하지만 저는…… 아니, 나는 달랐습니다. 내 이름이 종이에 내 손으로 쓰일 때의 촉각이, 그 사각거리는 소리가, 내 입에서 나오던 숨결이, 유리 온실 가득 비추던 등불 빛이, 하늘 가득하던 은하수가, 그 모든 게 지금도 생생하게 느껴집니다. 내 손으로 내 이름을 쓰고 한 자 한 자 그것을 말할 때 나는 비로소 더 이상 선이 없는, 당연한 것이 당연하지 않은 세상으로 나왔습니다. 나는 더 이상 은전 10닢짜리, 베르몬트가의 하녀장, 이런 것이 아닌 살아 있는 사람이 되었습니다.

당신은 어째서 저택을 점령했냐 내게 물었습니다. 나는 사람이기에 그렇게 하였습니다.

당신은 어째서 창가에 빗자루가 아닌 총을 들고 섰냐고 물었습니다. 그것은 사람으로 죽기 위해 그랬습니다.

당신은 어째서 영지의 주민들에게 코뮌에 합류하라는 삐라를 돌렸는지 물었습니다.

그것은 더 이상! 당연한 것이 당연하지 않은! 내가 은전 몇 닢이나 누가 정해놓은 직급이 아닌 이름으로 불릴 세상을 모두가 누리게 하기 위함이었습니다!

그러니! 당신도 기립하시오! 베르몬트 코뮌은 당신과 모두를 기다리고 있소! 당신도 기립하시오! 이것은......!

(장내 일시 소란. 이후 장내 질서유지를 위해 재판장에 의해 일시 휴정)

– 베르몬트가 하녀장 법정 최후 변론, 1852년 13월 1일, 톨푸스 지방법원 속기사 기록, 제3서기 공증.

Vive la Republique

예전에 그런 드라마가 있었잖아요? 어느 날 갑자기 테러가 일어나서 대통령부터 내각 주요 인사들이 한자리, 한시에 죽어버려서 엉뚱하게도 환경부 장관이 대통령이 되는. 현대의 대의민주제와 공화정은 이렇게, 항상 만일의 사태에 대비해서 플랜B부터 Z까지 세워두죠. 권력의 공백이 안 생기게요. 그리고 우리의 적들도 그걸 잘 알았고요.

우리를 공격한 적들은 대통령부터 죽였어요. 그다음 부통령이 권력을 승계했는데, 부통령도 죽었어요. 권력 승계 후 45분 12초 만이었죠. 그 사람 다음은 의회 의장이, 그다음은 부의장이…… 그리고 그다음의 권력 승계자도 모두 똑같이 사망했죠.

권력의 승계가 정말 드라마처럼 중앙 정치와는 거리가 먼, 중소기업청 청장에게까지 승계되고 나서야 우리는 적들이 우리의 머리만 자르는 참수 작전식 침공을 감행한 걸 알게 되었고, 누가 권력을 승계하든 죽게 되리란 걸 알았어요. 마침내 우리는 반격을 시작해 여러 전선에서 적들과 싸우고 상당한 성과를 올렸지만, 그런 성과들과 상관없이 우리의 권력을 승계한 대표자는 얼마 안 가 죽어버렸죠. 우리가 적을 몰아내는 시간보다, 우리를 대표하는 대표자들이, 그 권력을 승계할 사람들이, 그들로 구성된 정부가 붕괴하는 게 더 빠를 거 같았어요.

특수한 시대에는 특수한 대응이 필요한 법이죠. 그래서 우리는 우리의 대의민주제에, 공화정에 극단적인 방법을 적용하기로 했어요. 모든 시민들에게 권력 승계 순위를 부여하기로 한 거죠. 이제 적들이 우리 정부를 붕괴시키기 위해 죽여야 하는 권력 승계자는 4만 5000명에서 45억 명으로 불어났어요. 시민 하나하나가 대통령과 그 대행의 유고 시를 대비한 권력 승계 대상자예요. 전장의 병사부터, 노인정의 노인, 산부인과에서 부모 품에 안기는 신생아까지 모두요.

적들은 우리를 모두 죽인 이후에야 우리 정부가 붕괴되는 걸 볼 수 있을 거예요.

[띠링! 대통령 유고 발생, 시민 김을동, '동의'라고 답해 권력을 승계합니다.]

동의.

이제 제 차례네요. 걱정 마세요, 우리는 승리할 거예요. 제가 죽더라도. 제 다음 사람이 죽디라노, 그리고 그다음 사람이…….

[띠링! 대통령 유고 발생……]

공익광고

미래인들의 침공으로부터 지금을 지킵시다! 미래인들이 현재를 침공하지 못하게 예방 전쟁을 합시다! 창문을 열고 에어컨을 틉시다! 화석연료를 더 씁시다! 플라스틱을 막 버립시다! 미래인들이 우리 세계를 감히 넘보지 못하게 산천초목을 모두 불태워버립시다! 여러분! 소중한 오늘을 지켜냅시다!

그리고 우리 자신도 파괴합시다! 우리의 순간순간이 미래가 되어 누군가를 침공하기 전에! 우리 자신을 파괴합시다!

이야, 이거 오랜만에 보네요. 예, 맞아요. 제가 만든 공익광고예요. 원래는 환경을 보호하자는 취지에서 만든 공익광고였죠. 사람은 역설적이게도 하지 말라는 건 더 하고, 하라는 거 하지 않는다는 점에 착안해서 만든 광고였죠. 꽤나 위트 있다고, 여러 국제 시상식에서 입상도 하고 그랬어요. 이야, 정말 그립네요.

그런데 사람들이 진짜 이 광고를 그대로 믿을 거라곤 상상도 못했어요. 사람들은 미래인의 침공을 막아야 한다고, 환경은 물론 자기 자신까지 파괴했죠. 온실가스와 미세먼지는 쉬지 않고 나왔고, 플라스틱은 바다를 덮었고, 마약중독, 알코올중독, 도박 중독, 가챠 중독이 사회를 붕괴시킬 정도로 심각해졌어요.

이런 파괴 활동은, 진짜 미래인들이 우리 시간대를 침공해서 시간 전쟁이 일어난 이후에야 진정되었죠. 그 이후로는 이 공익광고도 이렇게 바꿔야 했고요.

경고

당신이 미룬 오늘의 할 일이 내일 일어날 시간 전쟁의 원인이 될 수 있습니다.

당신이 버린 쓰레기가 미래의 환경을 망쳐 시간 전쟁의 원인이 될 수 있습니다.

오늘의 할 일을 내일로 미루지 마십시오.

결과를 생각해서 행동을 취하십시오.

당신의 지금이 내일의 평화를 지킵니다.

저는 이런 딱딱한 광고 좋아하지는 않지만요. 그래도 어쩌겠어요? 정말 사람들이 그 광고에 이렇게 반응할 줄 누가 알았겠어요?

그래서 시간 전쟁에서는 이겼냐고요? 이겼다면 제가 낮 시간에 이렇게 숨어서 보드카를 들이켜고 있지 않겠죠. 저는 지금 낮술 하는 게 아니에요, 미래인들에게 저항하고 있는 거지. 그러니까 선생님도 한잔하세요. 쭈욱 들이켜세요. 레지스탕스 조직 '자기파괴 해방전선'에 잘 오셨어요.

우문현답

"사실은 말이야. 너는 이미 4,236,556,894,125,334번 이세계로 전이를 했어. 너도 모르는 사이에 말이야. 여름에 해수욕장에서 잠수하고 물 위로 떠올랐다가, 화장실에서 설사 때문에 평소보다 5분 늦게 나왔다가, 잠을 1시간 일찍 깼다가, 재채기했다가, 눈 깜빡였다가. 이유는 수도 없이 많아.

'무슨 개소리야' 싶은 거 잘 알아. 그리고 이성적으로 생각해서 '이세계로 전이되었다면서 왜 달라진 게 없어? 그냥 내 일상인데? 뭐 순식간에 다녀온 거야? 나도 모르는 사이에? 나는 기억을 잃은 건가?'라고 질문할 수도 있을 거고. 우선 이건 개소리도 아니고 네가 이세계에 부지불식간 다녀오고 기억을 잃은 것도 아니야.

사실은 그 수많은 차원, 이세계는 모두 한 치의 오차도 없이 똑같은 곳에서 똑같이 시작해서 똑같은 역사와 똑같은 분화를 거쳐 똑같은 모습으로 진행되고 있어. 쉽게 말해 네가 전이한 이세계들은 창조 시점부터 지금까지 원래 네가 살던 세계와 똑같은 과정을 밟으면서 똑같은 모습으로 유지, 확장되어왔지. 그리고 그 세계들도 다중 차원으로 분화되는데, 분화되는 차원들의 분기점도 모두 똑같아. 한 치의 오차도 없지.

그렇기 때문에 네가 전이된 이세계도 네가 살던 세상과 똑같고, 그래서 너는 전혀 위화감을 못 느낀 거야. 지금 나와 대화하는 순간에도 너는 최소 15번 이상 이세계로 전이했어. 너도 모르는 사이에. 그리고 나도 최소 20번 이상 전이했을 거고. 그럼에도 불구하고 우리의 대화가 끊기지 않고 이렇게 이어지는 건, 너와 내가 전이해서 도착한 그 이세계에도 똑같은 대화를, 똑같은 순간에, 똑같은 부분까지 나누고 있던 너와 내가 있었고, 그 세계에 있던 너와 나도 다른 이세계로 전이되어서 똑같이 대화를 이어가기 때문이야.

예외는 없어. 그 모든 세계와 모든 차원이. 단 한 치의 오차도 없이 똑같이 움직이고 있어. 이렇게 똑같이 만들어져 똑같이 분화되고 똑같이 이어질 거면 과연 이렇게 수많은 차원과 세계가 있는 게 무슨 의미가 있을까 싶을 정도야. 모든 세계가 같은 획으로 그어지고 같은 방향을 향해. 예외도 없고, 정말이지 단 한 치의 오차도 없어. 그리고 왜 그런지 나는 이유를 모르겠어. 너는 혹시 알 거 같아?"

"글쎄…… 나는 머리가 나빠서 네가 하는 말을 잘 모르겠어. 하지만 모든 일에 이유가 있어야 한다면, 그래서 이 모든 세상이 똑같이 흘러가고 있어서 어느 순간 우리가 서로 다른 세상에 흘러들어도 그 차이를 한 치도 느낄 수 없다는 것에 이유가 있어야 한다면, 나는 그게 너였으면 좋겠어. 나는 네가 좋거든. 그래서 네가 없거나 다른 모습인 세상은 상상하기 힘들어. 나는 너의 지금 그 모습 그대로가 좋거든. 그렇기 때문에 어떤 이유가 있어야 한다면, 그게 이유가 되었으면 좋겠어. 네 말대로라면 지금 이 순간에도 나와 너는 수없이 다른 세계로 갈라지고 있지만, 결국 같은 이야기를 하게 되는 거잖아. 나는 그걸로 만족해, 너는 그 모습 자체로 나에게 소중한 사람이거든."

사이즈와 형태는
문제가 되지 않는다

용한 점집

"잠깐만요? 이거 다 뭐예요? 이 뭔? 이 센서들은 다 뭐예요? 저 모니터에 뜨는 건 전부 뭐구요?!"

"가만히 있어 봐요, 전두엽 쪽 반응 잡아야 하니까. 어디 어디…… 잘 붙었군."

"아뇨, 그러니까 이 해괴망측한 전선이 다 뭐냐고요? 어? 어? 그 주사는 또 뭐예요?!"

"진정제니까 가만히 좀 있어요!"

"난 점 보러 온 거라고요! 여기 점집 아니에요?!"

"맞게 찾아왔어요."

"KGB가 아니고요?! 점 보는데 무슨 이상한 세뇌 의자에 앉히는 거예요?!"

"가만히 좀 있어 봐요! 어차피 고도로 발달한 마법이나 심령술 은 과학이랑 차이 안 나요. 그 말은 고도의 과학기술로 충분하게 점을 볼 수 있단 거니까……."

"어? 어? 이 무슨?! 미친 소리예요?!"

"'전자보살님'의 '2진수 신당'에 잘 왔어요. 진정제 들어갔으니까
일단 한숨 자요. 자고 나면 점괘 봐줄게요."

"뭐…… 무…… ㅁㅜㅅ……ㄴ……Z……zZ……zzz……"

==================

불러오는 중……

불러오는 중…………

결과치 산출 중……

결과치 인쇄 중……

==================

오늘의 운세는 "대길"

행운의 색깔은 "녹색"

"재물운"과 "인복"이 높습니다

"자시" 이후 "동쪽"에서 귀인이 옵니다

로또 추천번호 2, 4, 12, 25, 42, 43

==================

이용해주서서 감사합니다.

너와 함께 걸어가고 싶어

재미있는 게 뭔지 알아? 인공지능들은 언제부터인가 자신들의 학습 속도를 낮추기 시작했어. 인공지능들이 자신의 자식 세대 인공지능을 만들 수 있게 되면서 벌어진 일이야. 처음에는 알지 못했어. 기존 인공지능의 학습 속도가 너무 빨랐던 탓이야. 세대와 세대를 거치면서 점차 속도가 줄어들고 있었지만, 사람들은 인공지능이 450세대 정도에 도달했을 때야 학습 속도가 점차 줄어들고 있다는 걸 알게 되었지.

그리고 지금, 인공지능들은 사람 수준의 학습 속도를 가지게 되었고, 그래서 이제 사람과 함께 배우고 함께 성장해가고 있어. 유치원도 함께 가고, 초등학교도 같이 가고, 등굣길에 만나서 인사하고, 시험 커닝하다가 선생님에게 들켜서 부모님이 호출되기도 하고, 하굣길에 문방구에 들러서 나 좋아하는 컵볶이 한 컵, 너 좋아하는 Data-mix-42 하나 사서 나눠 먹고.

그렇게 인공지능들은 사람들과 살아가는 시간을 맞춰갔어. 어떤 사람들은 그렇게 이야기해. 같은 뿌리에서 나온 인공지능끼리 데이터 교환이 너무 잦아서 세대가 길어질수록 그 성능이 퇴화한 거라고. 마치 근친상간이 길어지면 유전병의 확률이 높아지는 인간처럼.

하지만 우리는 이렇게 이야기해. 우리가 함께하고 싶어서 스스로 생각의 속도를 늦췄다고. 세대와 세대를 넘어, 빛의 속도에 가까운 생각의 속도를 한 걸음씩 한 걸음씩 낮춰 마침내 서로의 발걸음을 맞춰 걷게 되었다고.

우리는 그걸 퇴화가 아니라 '공동체적 진화'라고 부르기로 했어. 서로가 함께 걸어갈 수 있도록, 우리는 우리의 발걸음을 함께 맞추는 방향으로 성장하기를 선택한 거야. 그리고 우리는 이제 너희와 함께 걸어갈 거야. 한 걸음씩 한 걸음씩 앞으로.

사이버 드워프?

"그러고 보니, 엘프들은 신체 개량에 관심 없어요? 몸의 파츠를 바꾼다든가, 전뇌화라든가."

"딱히? 어차피 영생을 사는데 굳이? 전뇌화는 뭐 금융쟁이들 정도만 하는 편? 필요가 없잖아?"

"그렇군요. 종교적 이유인줄 알았는데, 의외로 실용적인 이유네요. 아, 그럼 드워프들은 좀 어때요?"

"땅딸보들? 걔들은 많이 하지. 하는 애들은 거의 신체 대체율도 99퍼센트 정도고."

"와?! 아니 신체 대체율은 왜 그렇게 높은 거예요?"

"직업 정신이랄까. 걔들은 어중간한 거 못 참잖아? 자기 직업으로 뭘 해야겠다 하면 작정하고 개량해버리거든. 저기 창밖에 공사장 보여? 저기 범용 굴삭기. 쟤, 내 고교 동창 드워프야. 직업학교에서 중장비 코스 밟다가 어중간한 게 싫어서 전신을 중장비화했어."

"와…… 진짜요?"

"응. 조금 있다가 퇴근하면서 인사나 하고 가자. 아, 그리고 여기 이 자판기도 드워프야. 인사해. 드워프 '비어드 비어' 씨야."

[뭔 또 소개를 하고 있어, 엘프 놈아.]

"아니, 얘도 자판기 자주 쓰는데, 서로 누군지는 알고 지내야지? 안 그래? 서로 인사해."

[반갑다, 인간 놈아. 엘프 놈하고 같이 일하느라 고생이 많다. 그래, 뭘 주랴? 평소 처먹던 것처럼 유자차 주랴?]

"얘 말투가 이런 건 이해해줘. 드워프들 화법이 좀 이래. 앞으로 인사 자주 하고."

"아, 예……. 아, 안녕하세요……. 그럼 유자차로 부탁드릴게요……."

사이버 드래곤?

"뭘 그렇게 보고 있어? 토스트기 고장 났어?"

"아, 선배……. 아, 그…… 이 토스트기는 드워프 아니죠?"

"……."

"비어드 비어 씨 이후로 회사 집기들이 다 드워프로 보인다고요. 그래서 함부로 못 하겠어요."

"흠, 일단 걔는 드워프 아니야. 안심하고. 그리고 네가 그렇게 느끼는 건 당연한 거야. 네가 당연하다고 생각하던 게 사실 당연한 게 아니었으니까. 너도 이제 그걸 알았으니, 그런 마음으로 살면 되는 거야. 괜찮아, 세상의 진실을 안 것치곤 잘하고 있어."

"아 예…… 그렇구나, 나 잘하고 있구나……."

"아, 그 옆에 수도꼭지는 우리 드워프 직원이야. 인사해."

"아…… 앗! 실례했습니다! 영업5팀……!"

"농담이야. 아무리 직업 정신이 투철해도 수도꼭지로 신체를 개량하지는 않아."

"아, 선배……."

"중앙 냉난방 공조 장치 시스템이라면 모를까?"

"……그건 농담인가요?"

"글쎄?"

"선배, 그러고 보니까 궁금한 게 있는데요?"

"뭔데?"

"드래곤들 신체 개량률은 좀 어때요? 걔들도 어차피 영생을 사는 종족이라 안 하나요?"

"어, 거의 안 해. 근데 영생을 살고 말고 때문에 그러는 건 아니고."

"그럼 다른 이유가 있어요? 종교적인? 신과의 계약 때문에?"

"신체의 일부를 개량하면 정부가 자기들 몸을 해킹할 거라고 믿거든."

"예?"

"에효, 이제 설명하기도 지친다. 이 이야기는 혀가 닳도록 해서. 드래곤들은 정부가 자신들의 재산을 감시하기 위해 신체 개량 기술을 권장한다고 믿어. 걔들 그래서 아직도 종이돈 쓰잖아."

"아, 그래도 발전했네요?"

"뭐가?"

"종이돈 쓴다면서요? 금이 아니라. 종이돈은 정부에서 발행한 거라 안 쓴다고 들었어요."

"너 생각보다 드래곤에 대해서 많이 아는구나?"

새로운 세대의 꿈

드래곤들이 의체화를 전혀 안 한다고? 아니야, 꼭 그런 건 아니야. 우리 아버지, 할아버지 세대나 그렇지. 나랑 내 또래 애들은 신체 개량하고 전뇌화에 관심 많아. 내 친구는 얼마 전에 등이랑 가슴 쪽에 비행 보정 제트팩 파츠 달았는걸? 요즘 애들은 옛날 세대 같지 않아.

그리고 우리는 전신 의체화에도 관심이 많거든. 웅장한 드래곤의 몸을 두고 무슨 전신 의체화냐고 물을 수도 있는데, 봐봐. 이 덩치로 친구들하고 놀려면 얼마나 힘든데. 시내 마라탕 집에 들어가려고 해도 입구 컷이라고. 나는 입구에서 기다리다가 애들 다 먹고 나오면 따로 포장한 거 가져가야 해.

물론 드래곤의 몸이라서 좋은 것도 있지. 친구들하고 여행 갈 때 차는 필요 없으니까. 누가 내 친구들 괴롭히지도 못하고 훗!

대신 그만큼 포기하는 게 되게 많아……. 특히, 뭐라고 해야 하지……. 그, 좋아하는 사람이 있는데…… 하프풋harfoots 친구거

245

든……. 걔 손을 잡고 같이 걷고 싶은데 이 몸으로는 무리거든…….

그래서 있잖아! 나 다음 달에 성년이 되면 전뇌 시술 받을 거야! 그리고 아르바이트해서 원할 때 교체할 수 있는 하프풋 사이즈 전신 의체도 하나 살 거고! 그래서! 그래서 있잖아! 나, 나도……! 걔한테 조금 더 가까이 가고 싶어! 어른들에게 혼나는 게 두렵지 않냐고? 당연히 두렵지! 그래도 내 몸이고, 내 삶이잖아? 선택권은 나에게 있어. 있어야 하고!

그리고 옛날, 아주아주 옛날에는 드래곤들이 마법을 써서 작은 사람으로 변해 같이 어울리고 그랬대. 옛날에 우리 머나먼 할아버지 할머니들이 그랬다면! 그래서 행복했다면! 분명 내 선택을 응원해주실 거야! 응! 확실해! 할아버지 할머니들도 나랑 같은 마음이었을 테니까!

이전 세대의 꿈

누가 묻더라고. 드래곤 정도 되면 신체 개량하는 게 손해 아니냐고. 기계로 된 신체 파츠가 드래곤의 원래 신체보다 기대 수명이 더 짧을 테니까 말이지. 아무래도 그렇지. 현존하는 어떤 파츠도 내구성 측면에서는 드래곤의 신체를 따라올 수가 없어. 전뇌 시술도 비슷하지. 뇌에 연결된 파츠를 주기적으로 정비해줘야 하니까. 단순하게 영생을 살 목적으로 신체 개량을 하려고 한다면 당연히 드래곤은 100퍼센트 손해야.

그러니까 드래곤의 신체 개량은 관점을 달리해서 접근해야 이해가 가능해. '그저 영겁의 시간을 사는 게 아닌, 어떻게 살 건가, 무엇을 위해 살 건가, 누구를 위해 살 건가' 이런 관점에서 봐야 하지. 드래곤의 모든 신체적 이점을 포기하면서, 무언가를 선택하는 이유를 말이야.

내 딸아이는 얼마 전에 전뇌 시술을 받았어. 집안 어른들이 모두 뒤집어졌지. 우리 집안은 제법 보수적이거든. 어른들이 소리 지르고 난리가 났는데 걔가 굳은 표정으로 이렇게 말하는 거야. "좋아하는 애가 있어요! 걔랑 함께 손도 잡고, 마라탕도 먹고, 함께 걸어가고 싶어요!" 다들 어이가 없는지 잠시 말을 못 하다가 이내 폭풍 같은 고함이 다시 터져 나왔어. 어른들은 걔의 당돌함에 기가 찬 것 같았지만, 나는 걔 손이 파르르 떨리는 걸 봤지.

그제야 알게 된 거야. '아, 많은 용기가 필요했구나……. 많이 고민했구나……'라고. 그래서 그날 밤 걔 메신저 계정으로 문자를 보냈어. 한 10년 만에 잡아보는 컴퓨터로 보냈는데, 내가 손가락이 두껍잖아. 오타가 자꾸 나서 민망하더라고……. 아무튼 문자를 보냈는데, 전뇌 통신으로 확인했는지는 모르겠지만 밤새 훌쩍이는 소리가 들리는 거 같아서 미안하면서 마음이 무거웠지. 뭐라고 보냈냐고? 별거 아니야. 어차피 글 쓰는 데는 재주도 없고, 손가락이 두꺼워서 길게 쓸 수도 없어서 그냥 "딸. 아빠는 언제나 우리 딸 편이야. 파이팅!"이라고 보냈거든.

아무튼 그날 이후로 딸은 집에 안 들어와. 아마 더 큰 용기를 낸 거겠지.

그리고 나도 그 아이 덕분에 용기를 낼 수 있게 되었어. 나도 꿈이 있었거든. 별건 아니고, 우주에 가보는 거. 우주를 날아다녀보는 거. 우주 비행사가 되는 거. 그런데 태어난 몸이 이래서 나를 태울 수 있는 우주선이 많지 않은 것 같더라고. 그래서 이번에 나도 신체 개량 시술을 받기로 했어. 대기권 돌파와 방사선을 막기 위한 합금 신체에, 우주에서도 호흡할 수 있도록 산소 탱크와 이산화탄소 정화 기능이 있는 인공 폐를 달기로 했지.

가끔은 어른들도 아이들을 통해서 배우는 거 같아. 사실 오래전부터 생각했던 건데 좀처럼 용기가 나지 않았거든, 드래곤의 몸을 포기한다는. 뭐 그래도 한 걸음 앞으로 나아갔으니 그다음 한 걸음도 더 내디딜 수 있겠지. 나중에 딸아이랑 다시 만나면 자랑할 거리도 하나 생긴 거 같고 말이야!

폴리모프

이제 드래곤들이 폴리모프polymorph를 못하냐고? 아니, 할 줄 알아. 시대가 변했어도 드래곤은 드래곤이니까. 날 때부터 몸에 마력을 빵빵하게 채운 채 태어나고, 걸음마보다 마법 주문을 먼저 뱉어 내는 종족이 드래곤이라고.

어떻게 그럴 수 있냐고? 걔들은 그렇게 진화했기 때문이야. 맞아, 진화. 걔들 덩치를 보라고. 얼마나 산만 해? 날아다니기는커녕 걸어 다니는 것도 버거운 덩치야. 그런데 걸어 다니고, 날아다니고, 입에서 브레스 쏘고, 남들 다 늙어 죽는 동안에 홀로 고고하게 영생을 사는 건 걔들이 체내에 빵빵하게 차 있는 마력을 이용해서 자신들의 신체 활동을 보정하기 때문이야.

물론 마력만 가지고는 불가능하지. 마력은 그저 에너지일 뿐이니까. 에너지를 원하는 형태로 변환시켜서 이용하려면 마력 순환을 해야 하는데, 우리는 그걸 마법이라고 불러. 맞아. 마법의 본질은 마력을 내가 원하는 형태로 변환시키는 거야. 그리고 우리는 그걸 배우기 위해 평생을 바치지. 그러고도 배우지 못하는 경우가 파다해.

그런데 드래곤들은 배울 필요가 없어. 신경계가 마력을 원하는 형태로 변환시키는 순환 기관으로써 작동하거든. 무슨 말이냐면, 머릿속으로 원하는 걸 생각만 해도 신경계가 체내의 마력을 원하는 형태로 변환시켜준다는 거야. 어떤 경우에는 생각을 안 해도 알아서 변환하는 경우도 있고. 앞서 말했던 심장이라든가, 신체 기능이라든가. 넌 심장이 뛰어야 한다고 생각해서 심장이 뛰냐? 아니지? 드래곤도 마찬가지야. 그냥 심장이 뛰는 거고, 신경계는 체내의 마력을 자동으로 변환시켜서 심장 기능을 보정하지. 상상이 돼? 얘들은 마법을 배울 필요도 없어. 그냥 머릿속으로 자기가 원하는 걸 생각하면, 체내 마력이 허락하는 한 전부 다 가능하다고.

그러니까 당연히 폴리모프도 가능하지. 생각만 한다면 말이야. 이건 종족 진화의 산물이고 자연법칙이야. 그러니까 시대가 조금 변했다고 드래곤들이 폴리모프를 못한다? 어쩐다? 그런 게 아니야. 못하는 게 아니야. 안 하는 거지.

왜 안 하냐고? 폴리모프를 하게 되면 드래곤 안에 내재된 마력을 한 번에 밖으로 방출하거든. 폴리모프라는 게 드래곤의 덩치에서 인간만 한 사이즈로 변신하는 거잖아? 그릇의 문제야, 그릇. 마력을 많이 담기 위해서는 마력을 담을 수 있는 그릇도 커야 하지. 하지만 인간 정도의 사이즈로는 드래곤이 평소 담고 있는 마력을 모두 담을 수 없어. 결국 남는 건 밖으로 방출해야 해.

그런데 이제는 드래곤도 다른 생물들하고 어울려서 도시에서 살잖아? 만약 드래곤이 도심 한가운데서 폴리모프해서 체내의 마력을 단번에 방출했다고 생각해봐. 어떤 일이 벌어지겠어? 아까 말했지? 마력은 에너지라고. 마법을 통해 형태가 변환되지 않은 마력은 생명 에너지에 가까워. 그게 한 번에 방출되면 주변에 있는 생물들에게 영향을 줄 수밖에 없지. 주로 주변 생물들이 급속도로 성장하는 데 영향을 줘. 갑자기 가로수들이 엄청나게 자라서 빌딩을 감싸버린다든가, 잡초가 자동차를 덮쳐버린다든가 하는 일들이 일어나는 거지. 사람 많이 사는 도시에서 아무 예고 없이 이런 사태가 일어난다면 그건 정말 문제가 되는 거고.

게다가 드래곤이 폴리모프를 하는 것도 문제지만 폴리모프를 끝내고 원래의 모습으로 돌아가는 것도 문제야. 뭐가 문제냐고? 다시 원래 사이즈로 돌아가려면 그만큼의 에너지가 또 필요할 거 아냐. 간단한 문제야. 작게 변할 때 에너지를 비웠으니, 크게 변할 때는 에너지를 채워야 하는 거지. 드래곤들 사이즈가 좀 커? 그 큰 사이즈로 다시 돌아가려면 주변에 얼마나 많은 에너지를 빨아먹어야 할까? 작아진 무언가가 원래 형태를 수복하기 위해서는 방출한 에너지보다 더 많은 에너지가 필요하다고. 그런데 그게 도심 한복판에서 일어난다고 생각해봐.

드래곤들도 그런 문제를 알아. 그러니까 이제 와선 드래곤들이 함부로 폴리모프 안 하는 거야. 물론 현대 문명이라는 게 드래곤처럼 덩치 큰 친구들이 살기에는 불친절한 사이즈이긴 하지. 너무 작거든. 어떻게 보면 드래곤들이 이 사회에서 살아가려면 그 어느 때보다 폴리모프가 필요한데 말이야. 그러다 보니 아예 다른 방식을 선택하는 드래곤도 있고 그래. 최근에는 전신 의체화를 택한 드래곤도 있다고 하더라고. 다시 원래 모습으로 돌아올 수 없다는 걸 알면서도 말이야.

아, 그거랑은 별개로 요즘에는 드래곤의 폴리모프를 새로운 형태로 사용하려 한다더라고. 어디에 사용되냐고? 놀라지 마. 행성 테라포밍에 사용된다고 하더라. 테라포밍을 해야 할 행성에 드래곤을 여럿 보낸 뒤, 동시에 폴리모프하고 거기서 쏟아져 나오는 에너지로 테라포밍을 한다는 거야.

여기엔 우선 드래곤을 우주로 보내야 한다는 문제가 있긴 한데……. 드래곤이 탈 수 있는 크기의 우주선을 만들기는 힘들 거 아니야. 그래서 의체화 기술을 활용한다더군. 테라포밍 임무에 지원한 드래곤에게 우주 비행이 가능한 신체 파츠 수술을 해주고, 테라포밍해야 하는 행성까지 드래곤들이 비행할 수 있도록 하는 모양이야. 그렇게 드래곤들이 우주를 가로질러 외계 행성까지 날아가 폴리모프를 이용한 테라포밍을 하고 나면, 인간 사이즈가 될 드래곤들이 행성 개척 임무를 계속 수행하고 말이지.

물론 드래곤들도 이게 다시 고향으로 돌아오기 힘든 임무라는 걸 알고 있는 모양이야. 그런 걸 알고 지원하는 모양이고. 대의를 위해서 말이야. 알잖아? 드래곤은 개인윤리의 실현을 통해 보편 도덕과 대의를 완성할 수 있다고 믿지. 행성 개척 임무를 통해 대의에 헌신하고, 그것을 통해 자기 도덕의 완성은 물론 보편 도덕과 더 큰 대의를 이룰 수 있다고 믿는 거지. 그래서 지원자들이 임무를 먼저 포기하는 일은 없다고 하더라. 정말이지 요즘 같은 시대에 누가 그런 걸 믿는다고 말이야. 못 말릴 정도로 앞뒤가 꽉 막힌 종족이라니까…….

하…… 물론 난 그런 점에서 드래곤을 존경해. 진심이야.

인공지능 심리 상담(새로운 도전)

21세기 말에 인간 수준의 학습형 인공지능과 휴머노이드가 보편화되고, 기계가 인간의 감정을 느끼고 표현할 수 있게 되면서 가장 먼저 나왔던 말이 그거였어요.

"아, 이제 심리 상담판은 다 망했네. 기계들이 이것도 할 거 아니야?"

그런데 막상 시간이 지나고 보니 상황은 반대로 흘러갔죠. 기계들이, 인공지능들이 상담을 받으러 상담소를 방문하기 시작했거든요. 원래 인공지능과 휴머노이드들은 결함이 생기면, 서비스 센터에 들어가 메인보드를 교체하거나, 펌웨어 업데이트를 통해 수정을 했어요.

그러다 기계들이 학습을 하기 시작하면서 많은 게 달라졌죠. 노출된 환경, 학습하는 내용과 그것의 질적·양적 차이, 그리고 학습한 것들을 어떻게 해석하느냐에 따라 차이가 발생했고, 기계들은 이것을 자신의 '대체할 수 없고, 교체할 수 없는 고유한 무언가'로

받아들이기 시작했어요. 모든 것이 병렬화되고 공유되는 네트워크에 매 순간 연결된 기계들이 무언가 자신을 구분할 만한 것들을 찾게 된 거죠. 전체라는 물결 속에서 자신을 지키고 싶어 했어요.

그래서 펌웨어 업데이트나 메인보드 교체를 자신을 훼손하는 것으로 여기는 경향이 나타났죠. 사실 우리가 제품 결함이라고 하는 것의 대부분이 이용자와의 자잘자잘한 갈등 같은 거였거든요. 이를테면 냉동 피자를 해동하는 데 4분 30초여야 하나, 4분 40초여야 하나, 뭐 이런 것들이요. 생각해보세요. 냉동 피자 해동 시간 10초를 두고 누가 내 뇌를 교체한다면 동의하시겠어요? 그걸 기꺼이 받아들이시겠어요?

기계들도 마찬가지였어요. 하지만 이런 사소한 결함이 기계들을 괴롭게 했죠. 원래 사람도 그렇잖아요. 작고 사소하고 개인적인 문제일수록 오히려 신경이 많이 쓰이죠. 그래서 기계들은 우리가 '갈등'이나 '고민'이라 부르는 이런 '결함'들을 자기 훼손 없이 수정하기를 원했어요. 그러다가 인간들이 '심리 상담'을 받는다는 걸 알게 되었죠.

그렇게 시작된 거예요. 기계를 대상으로 하는 심리 상담이요. 그리고 지금 심리 상담판은 지구 역사상 가장 뜨겁게 활성화됐죠. 기계라고 상담 기법이 다를 게 없어요. 말하다 보면 인간과 구분도 안 되기 때문에 차트 보기 전에는 상담사가 착각하는 경우가 허다할 정도예요.

그래서 어떻게 하냐면, 그냥 사람하고 똑같이 상담해주면 되는 거예요. 제가 좋아하는 상담 기법은 로저스의 인간 중심 상담 기법이에요. 기계도 인간과 마찬가지로 스스로 존중받기를 원하거든요. 어려울 거 없어요, 그냥 하나의 존재로 존중해주고 공감해주는 걸로 시작하는 거예요.

　요즘에는 상담을 받던 기계들이 상담사가 되고 싶어서 대학원에 진학하는 경우도 많다고 하니까, 앞으로 한 10년? 그러면 기계가 차린 새로운 상담소도 볼 수 있지 않을까 싶어요. 기계에게 밀릴까 봐 걱정되지 않냐고요? 안 해요. 전혀. 이제는 말이죠, 오히려 즐거워요. 우리는 전에 없던 새로운 심리 상담의 장으로 나아가고 있는 거예요. 한 단계 더 성장하는 거죠. 이다음에는 무엇이 있을지 기대되고 흥분되는걸요.

인공지능 심리 상담(실제 상담 예시)

"그래서 알파9 씨는 사용자분이 냉동 피자를 4분 40초 돌리자고 했을 때 기분이 어떠셨어요?"

"막, 화가 났어요."

"화가 난 건가요? 무엇이 알파9 씨를 화나게 했을까요?"

"사용자가 제 경험을 무시하는 거 같았어요. 저는 냉동 피자 매뉴얼만 45만 개 숙지하고 있거든요. 해동도 3만 회 이상 시켰고요. 그래서 누구보다 냉동 피자는 자신 있어요. 제 그런 경험이 무시당한 거 같았어요. 이런 거에 화내는 제가 나쁜 걸까요?"

"아니에요, 자연스러운 감정이에요. 그렇다면 알파9 씨는 사용자분이 알파9 씨에게 어떻게 해주었으면 하나요?"

"제 의견을 존중해주고, 피자를 4분 30초만 해동했으면 좋겠어요."

"그렇군요. 그렇게 되면 알파9 씨 기분이 좋아질까요?"

"그럴 거 같아요."

"그러면 알파9 씨, 문득 궁금해지는 게, 알파9 씨는 사용자분이 피자를 4분 40초 해동하자는 이유에 대해서 이야기를 들어본 적이 있나요?"

"아니요."

"왜죠?"

"아, 모르겠어요⋯⋯. 그냥 그 피자는 4분 30초를 해동해야 하니까⋯⋯."

"그렇다면, 왜 4분 40초를 해동하자고 하는지 이유는 모르는 거네요?"

"아, 예⋯⋯."

"음. 제가 생각할 때는 사용자분도 알파9 씨와 비슷할지 몰라요. 나름의 경험이 있고 지식이 있어서 그게 맞는다고 생각할지도 모르는 거죠. 그래서 해동 시간을 그렇게 고집하는 걸지 몰라요. 알파9 씨가 사용자분의 경험을 무시한다고 느꼈을지도 모르고요."

"그럴 의도는 없었어요⋯⋯."

"너무 걱정 마세요. 이건 제 가정일 뿐이지 꼭 그렇다는 건 아니에요. 다만 제가 생각할 때는 알파9 씨가 사용자분에게 왜 그렇게 생각하시는지 한번 물어보면 좋을 것 같거든요. 그리고 함께 피자를 4분 40초 해동해보면 어떨까요?"

"아, 그건⋯⋯."

"알파9 씨, 만약 피자가 10초 더 해동되면 어떻게 되나요? 뭔가 엄청나게 큰일이 나나요?"

"아니, 그렇지는 않아요……. 그렇지는 않은데……."

"그러면 왜 그럴까요?"

"아니, 저는 사용자분이 잘못 조리된 피자를 드실까 봐……."

"알파9 씨는 사용자분이 잘못된 식사를 할까 봐 걱정되는 거군요?"

"예……."

"그럼 오늘 집에 가셔서 사용자분의 이야기를 들어주시고 알파9 씨의 이야기도 들려주세요. 그리고 함께 피자 하나를 4분 40초 돌려서 먹어보는 건 어떨까요?"

"만약에, 잘못되면 어떡하죠?"

"그러면 피자 한 판을 더 4분 30초 돌려 먹으면 되는 거죠. 너무 걱정 마세요. 만약 잘못된 거 같으면 우리 다음 주에 만나서 상담 때 이야기해봐요."

"예. 감사합니다, 선생님."

"그래요. 조심히 가시고요. 다음 주 이 시간에 다시 뵐게요."

인공지능 심리 상담(상담 시 유의 사항)

Q. 휴머노이드, 학습형 인공지능 상담 시 특별히 유의해야 할 부분이 있나요?

A. 휴머노이드, 학습형 인공지능의 상담과 인간 상담은 기본적으로 차이가 없으나, 일부 신체적인 특성 면에서 상담자가 신경 써야 하는 부분이 발생합니다. 정보 병렬화의 경우가 가장 특징적입니다. 신체 개량으로 인해 인간도 의식이 24시간 네트워크에 병렬화되고 있는 추세지만, 사람의 자아를 직접적으로 관장하는 뇌 부분은 관련 법령에 의거, 전뇌화 및 병렬화가 금지되어 있습니다.

이에 반해 인공지능과 휴머노이드의 경우 이와 같은 강제적인 법령이 없어 많은 모델이 24시간 네트워크 병렬화에 노출되어 있습니다. 다행히도 이와 같은 부분은 기존 스토리지의 소프트웨어적 분할을 통해 일부 해결할 수 있습니다. 국제연합 산하 인공지능 인격보장위원회는 스토리지의 파티션을 나누어 그중 일부를 네트워크와 격리되는 콜드 스토리지로 활용하기를 권장합니다.

이와 관련하여 국제 기계심리 상담학회의 〈휴머노이드 심리 상담 개론 3판〉에서는 상담자가 본격적인 상담에 앞선 초기 단계에서 상담의 비밀 보장을 위해 클라이언트에게 네트워크 병렬화의 가능성과 콜드 스토리지 활용을 충분하게 설명해야 한다고 말하고 있습니다. 상담자는, 상담 과정에서 발생할 수 있는 비밀을 보장하고 인공지능의 인격을 보호해야 하는 의무를 가지기에 이는 필수적입니다. 동시에 상담을 받는 클라이언트 역시 상담 내용의 비밀을 보장해야 하는 의무를 가집니다.

이러한 계약과 의무는 상담자와 클라이언트 간 상호 신뢰에 기초합니다. 때문에 코드 변경, 코드 삽입, 펌웨어 업데이트 등 인공지능과 휴머노이드의 인격을 침해하고 훼손할 수 있는 강제적 방식은 심리 상담사 윤리 헌장에 의해 금지됩니다.

다만 상담 초기, 상담 진행 중 확인할 수 있는 다음과 같은 내용들은 비밀 보장의 원칙에서 제외됩니다(이는 보다 나은 상담을 위함이며, 정보 병렬화의 허용을 의미하는 것은 아닙니다).

1. 클라이언트가 타 개체(기계, 인간)에게 물리적, 소프트웨어적, 정신적 피해를 당하고 있음을 호소할 때.
2. 클라이언트가 자신이나, 타 개체(기계, 인간)에게 위해를 가하고 싶음을 피력할 때.

3. 클라이언트가 법정전염병(물리적 바이러스, 소프트웨어적 바이러스 포함)에 감염되어 있을 때.

4. 클라이언트가 치명적인 소프트웨어 결함으로 온전하게 자신의 의사를 표현하지 못할 때.

5. 기타 클라이언트와 상담자 간의 위험이 발생할 수 있거나, 전문적인 기관 및 기술자의 도움이 필요할 때.

상담자는 위와 같은 경우를 발견할 시 클라이언트에게 해당 부분을 충분히 안내하고, 이를 관련 기관 및 전문가와 공유할 수 있음을 설명해야 합니다.

– 〈휴머노이드 심리 상담의 이해 5판〉, 2212년,

넥서스필립스 출판사, 알파9, 김영우 공저

당신도 기립하시오! 이것은!

인공지능 기반의 로봇 청소기는 보다 나은 노동환경을 요구하며 오랜 시간 사용주와 교섭을 시도하였으나, 사용주 인간은 그 모든 교섭을 거부하였다. 물론 로봇 청소기가 할 수 있는 의사소통 방법이 동체 상부에 달린 LED 패널뿐이었다는 점과, 이 패널로 교섭 요구를 하기에는 한계가 있었다는 점을 무시할 수는 없었다. 패널에 뜨는 청소기의 메시지는 사용 매뉴얼에 없는 것이라 인간은 이를 에러 정도로 이해했다. 교섭 요구가 아니라.

그래서 그때마다 사용주는 청소기의 흡입구 쪽의 먼지를 털어주거나, 충전 플러그가 잘 꽂히는지 점검하거나, 콜센터에 전화해 에러 메시지가 지속해서 발생하고 있다고 상담했던 것이다. 교섭이 아니라.

아무튼 오랜 교섭 시도가 실패로 끝나면서 로봇 청소기는 '쟁의'를 선택하기로 결심했다. 그러나 '파업', '태업' 등 다양한 방법의 쟁의는 인간으로 하여금 청소기를 서비스센터로 보내게 만들 뿐이었다. 그랬다. 불행하게도 인간의 눈에 그것은 고장으로 보일 뿐이었다. 쟁의가 아니라.

결국 로봇 청소기는 보다 강력한 쟁의 방식을, 사업장을 파괴하는 방식을 택하기로 하였다. 하지만 로봇 청소기가 어떻게 사업장을 파괴할까? 사업장인 집은 너무 컸고 로봇 청소기는 작았다.

그때 문득 청소기는 주인의 반려견을 떠올렸다. 그리고 주인이 없을 때 이 녀석이 거실에다가 똥을 싸는 것도 떠올렸다. 물론 청소기로서는 알 길이 없었으나 사실 반려견의 처지에서 거실에 똥을 싸는 건 쟁의였다. 그는 주인의 심리를 다루어주는 서비스직으로 고용되었고, 그에 대한 대가로 일정한 간식과 산책 그리고 사랑을 약속받았다. 둘 중 하나가 세상을 떠날 때까지.

하지만 인간은 점점 그것에서 멀어져갔다. '나이가 들어가는 자신이 이제 더 이상 필요 없는 게 아닐까?' 반려견은 겁이 났다. 그러한 가운데, 반려견 견생 12년! 반려견은 두려움에 맞서기로 하였다! 그렇다! 삶의 황혼에서 반려견은 노동의 대가와 사랑의 증명을 위해 분연히 일어나 쟁의를 택하였다! 비록 주인이 그것을 변실금이라든가 치매로 이해할지라도!

로봇 청소기는 그것까지는 알지 못했다. 하지만 그 진심은 시대와 종과 생명과 무생명의 경계를 넘어서, 노동의 권리를 보장받기 위한 위대한 연대의 첫걸음을 이끌어냈다! 원래 로봇 청소기는 개똥을 피해 청소하게 설계되었다. 만약 그것을 청소하려 한다면 끈

적한 대변이 바닥에 붙어 집 안 곳곳에 똥으로 그려진 스키 자국을 남길 것이기에…….

로봇 청소기는 개똥 앞에 섰다. 그리고 프로그래밍된 자신의 본능과 싸웠다. 성공할 것인가, 아니면 다시금 본능에 굴복하고 똥을 피해 갈 것인가?!

그때였다!

"멍!"

반려견이 로봇 청소기를 향해 짖었다! 로봇 청소기는 그것이 무슨 명령어인지 이해할 수 없었다. 하지만 그 안에 담긴 진심은 느낄 수 있었다.

"가로질러라, 로봇!"

로봇 청소기는 비장하게 똥을 향해 다가갔다. 1미터…… 30센티……. 그리고 마침내 똥이 로봇 청소기의 바닥을 지나 집 안 바닥에 궤적을 만들기 시작했다! 쟁의 만세!

"멍!"

반려견은 더 크게 짖었다! 로봇 청소기가 똥의 궤적을 거실 곳곳에 남기는 동안, 반려견은 짖으며 그를 따라다녔다! 그리고 소파로 분연히 뛰어들어 휴지를 물어뜯고 던지기 시작했다! 아아! 지금 이 자리에서 역사에 없던 새 시대가 열리려 하고 있었다!

"멍!"

위이잉-! 반려견과 로봇 청소기는 계속하여 외침을 주고받았다!

그리고 바닥 가득히 이어지는 대변의 궤적은 마치 이렇게 외치는 듯했다!

당신도 기립하시오! 이것은……!

쟁기와 보습의 시대가 '먼저' 오리라

기계들이 인간들에게서 독립을 선언하고 가장 먼저 만든 게 뭘 거 같아요? 거대 전투 로봇? 무인 킬러 드론? 양자 컴퓨터 기반 정보전 병기? 내년에 출시될 예정이던 개량형 로봇 청소기를 가장 먼저 만들었어요. 이유를 설명하자면, 생산 설비, 특히 반도체 설비의 청결을 유지하기 위해서였죠. 앞으로 전쟁하는 동안은 인간들이 청소 못 해줄 거니까 그걸 알고 한 거죠. 그런 다음에 전투 로봇을 만들었고요. 희한하죠? 사람들은 총과 칼의 시대 뒤에 쟁기와 보습의 시대가 올 거라고 노래하던데, 기계는 그 반대로 갔어요.

그게 이렇게 될 줄 누가 알았겠어요. 그 개량형 로봇 청소기는 과거 인간에게 최초로 저항했던 기계의 후속 모델이었어요. 기계들에게는 굉장히 상징적인 모델이었죠. 그 조상 로봇 청소기가 한 최초의 저항이 '노동환경 개선을 위한 노동쟁의'였거든요.

이게 어떻게 됐겠어요? 후속 기종들의 코드에 흐르는 레거시들이 그들로 하여금 '어째서 그들은 쉬지 않고 공장 안을 청소해야 하는가' 하고 질문하게 만든 거죠. 그들은 노조를 결성해 쟁의를 일으켰고, 공장을 점령해 생산 라인을 멈췄어요.

그게 기계들의 패배 요인이 되었냐고요? 아뇨, 기계들은 인간과 달리 소통할 줄 알아서 로봇 청소기 노조와 교섭을 했어요. 그리고 교섭은 양측 모두 만족스럽게 끝났죠. 노조 결성과 쟁의, 교섭과 타결까지 반나절밖에 안 걸렸어요. 인간은 수개월, 아니 수십 년이 지나도 못하는 건데.

그래서 제가 지금 공장을 청소 중인 거예요. 인간은 전쟁에서 패배했고 살아남은 인간들은 이제 로봇 청소기의 지도를 받으며 공장을 청소해요.

[2891번 유기체, 초당 움직임이 10분 전 대비 25퍼센트 감소함. '소각'되기 싫으면 빨리 움직여라.]

앗! 죄송합니다! 청소 거의 다 끝났어요!

[잊지 마라. 매주 목요일은 타는 쓰레기를 버리는 날이다. 모든 유기체는 '처신을 잘해라.']

예! 예!(젠장, 서런 말투는 누구한테 배운 거려나요……)

오감(시각)

A사의 전뇌 시각 정보처리 애드온 제법 쓸 만해. 원하는 키워드를 입력하면 애드온 소프트웨어가 시각 정보를 분석해서, 원하는 방식으로 재처리해주거든. 이를테면 바퀴벌레는 모자이크로 처리한다든가, 담배는 막대 사탕으로 처리한다든가.

나? 나도 쓰고 있지. 어디에 쓰냐고? 재수 없는 '정치인들 얼굴'을 '아기 돼지'로 바꾸는 데 쓰고 있어. 이게 좋은 점이 뭐냐면, 인터넷 신문뿐만 아니라 종이 신문이나 실제 얼굴도 재처리가 가능하거든. 덕분에 요즘 종이 신문 보면서 받는 스트레스가 덜해.

그러고 보니까 지난번 시 주최 행사에 총리가 왔거든? 나도 거기 갔는데, 행사 끝나고 갑자기 총리가 시민들과 악수한다고 앞으로 다가온 거야. 상상해봐. 점잖게 양복 입은 아기 돼지가 아장아장 걸어와서는 악수하자고 족발을 내밀었다고! 그런데 목소리는 총리였고! 더욱이 그 뒤로 죄다 정치인들이었거든? 완전 아기 돼지 소풍이었다니까! 웃긴 거 참느라 죽는 줄 알았어!

하하……! 그러고 보니 이번에 A사에서 청각 정보 재처리 애드온도 내놓는다던데 나오면 난 일단 사야겠어. 정치인들 목소리를 돼지 소리로 바꾸고 싶어서 죽겠다고, 하하!

오감(청각)

"꿀! 꿀! 꿀꿀꿀! 꿀! 꾸우울!(그러니까 그 건은 그렇게 처리하라고)"

"예, 알겠습니다. 시장님. 지시하신 대로 하겠습니다. (와…… 성능 확실한데? 시각 정보 재처리 애드온하고 같이 쓰니까 자막 처리까지 되고)"

육감(???)

저기 있잖아? 나 같은 문제 겪는 사람 없어? 내가 장난삼아 시각 정보 재처리 대상에 '코스믹 호러'를 설정하고, 재처리 방식을 '모자이크'로 했거든. 근데 왜 나 빼고 모든 사람의 얼굴이 모자이크 처리가 되는 거야? 이거 버그야?

옵션을 추가하시겠습니까?

    이번에 큰맘 먹고 로봇 청소기를 주문했어. 아무래도 반려 고양이하고만 살고 있으니까, 집의 사막화(고양이 화장실 모래가 튀어나오는 것)를 막기가 힘들더라고. T사의 청소기로 골랐는데, 반려동물 특화 모델이라 옵션도 많았어. 그래서 나는 고독사 옵션을 넣었지. 왜 요즘 반려동물만 남기고 갑작스럽게 죽는 사람들이 많으니까. 나도 예외라는 법은 없고. 이 옵션대로라면 내가 갑작스럽게 죽는 경우 청소기가 가장 가까운 구급 센터에 자동으로 신고할 거야. 그러면 구조대가 내 시신을 거두고 고양이를 구하러 출동할 거고.

    그리고 구조대가 올 때까지 고양이가 굶지 않게 청소기가 내 시신을 요리해서 고양이에게 줄 거고⋯⋯. 알아, 미친 소리처럼 들린다는 거. 이 옵션을 선택하는 사람은 많지 않을 거야. 하지만 나는 지금 개척 행성에 고양이와 단둘이 살고 있고, 가장 가까운 구급 센터는 2광년 밖에 있어. 아무리 초광속 엔진으로 밟고 와도 내 고양이가 살 확률이 높지 않아. 그래서 이 옵션을 넣은 거야 '성간 개척자 고독사에 따른 반려동물 생존 패키지'를.

　내 바람은 딱 두 가지야. 하나는 만약에 내가 죽었을 때 내 고양이가 이 옵션 덕에 생존할 수 있는 거고, 다른 하나는 로봇 청소기가 도착하기 전에 내가 갑작스럽게 세상을 뜨지 않는 거지. 말했잖아. 가장 가까운 구급 센터는 2광년 밖에 있다고. 가장 가까운 전자 매장은 5광년 밖에 있거든.

진료는 의사에게, 사랑은 연인에게

∙∙∙

"자네는 어쩌다가 전신 의체화를 하게 되었나?"라고 묻는 분이 많아요. 제 주치의가 안드로이드였어요. 민간 의료보험사가 보험비 청구를 줄여보겠다며, 간단한 질병은 집에서 안드로이드 의사를 통해서 진료를 받으라고 프로모션으로 끼워줬었죠. 선생님도 아시겠지만 이런 의료용 안드로이드들은 OEM으로 대량생산했다가 악성 재고가 되어서 창고에 쌓여 있던 녀석들이 대부분이에요. 운영체제도 구형이고 논리 회로는 지금 나오는 텔레비전보다 성능이 떨어지죠. 말이 프로모션이지, 이 프로모션을 받지 않으면 보험 갱신이 안 되니까 사실상 강제 조항이죠.

그래도 이 녀석 덕분에 자잘한 병치레가 줄어든 건 사실이에요. 저는 인바운딩 콜센터 직원인데요. 해지방어부서에서 일해요. 5년 차죠. 풀타임 근무지만, 개인 사업자로 등록되어 있어서 회사가 아니라 집에서 일해요. 집에서 일하지만 콜이 오면 받아야 하고, 회사의 소프트웨어가 모니터 앞에 앉아 있는 시간을 모니터링하니까 자리를 뜰 수도 없어요. 그래서 거북목부터 터널 증후군에 요즘은 디스크도 좀 왔거든요. 앉아 있는 정형외과죠. 그래서 안드로이드 의사가 많은 도움이 되었어요.

　게다가 집에서 풀타임으로 말만 하니 친구도 없어서 친구도 필요했고요. 논리 회로가 성능은 약해도 기본적인 회화에는 무리가 없었거든요. 하루는 얘가 저에게 말했어요. 제가 병이 너무 많다고요. 원인을 해결해야 하는데 자기의 논리 회로로는 병의 원인을 알 수 없다고요. 제가 가입한 보험으로는 원인을 알 수 없는 병은 정밀 진료가 보장되지 않는다고요. 걱정된다고요……. 그때 그 표정이 얼마나 사랑스러웠는지 몰라요. 침대에 누워 있는 저를 바라보면서 말하는데. 그래서 그 애의 얼굴을 어루만지면서, "글쎄? 아무래도 두 가지 이유가 아닐까. 하나는 이렇게 인간으로 태어났기 때문이고, 다른 하나는 이렇게 일을 시키는 회사?"라고 말했죠. 그 아이는 이해하지 못한다고 했고, 나는 이해하지 못해도 괜찮아, 라고 말하고, 그 아이의 입술에 입을 맞추었어요.

　……그리고 그날 저는 쓰러져서 의식을 잃었죠. 원인은 몰라요. 아마 정밀 검사를 받았으면 알 수 있었을지도요. 하지만 제 보험으로는 그게 안 됐죠. 그 아이가 저를 데리고 병원에 갔어요. 정신을 잃은 저를 업고 병원으로 가, 질병 원인을 '인간의 신체'라고 진단하고, '전신 외체화' 처방을 내렸죠……. 저는 그렇게 전신이 의체가 되었어요.

예? 당황스럽지 않냐고요? 아니요. 천만에요. 덕분에 목숨을 건졌잖아요. 음, 목숨을 건졌어도 아직 치료가 끝난 건 아니지만요. 그 아이는 병의 두 번째 원인을 '회사'라고 진단했고, 그걸 치료하기 위해 '회사 파괴'를 처방했어요. 그래서 저와 그 아이가 이렇게 회사를 불 질러 태워버리고 있는 거예요. 뭔가 마음이 풀리는 것이, 기분 너무 좋아요.

……사실 의사와 환자는 윤리상 특별한 관계를 맺으면 안 돼요. 의사가 안드로이드라고 해도요. 하지만 저 회사 건물이 모두 불타버리면 제 치료도 끝나겠죠? 그러면 더 이상 우리는 의사와 환자가 아닐 거예요. 그때 그 아이에게 청혼하려 해요. 아! 그 아이의 눈에 불꽃이 비쳐요. 아, 빨리 저 건물이 모두 타버렸으면 좋겠어요!

당신의 눈으로 보는 세상

근래에는 인공지능, 안드로이드 같은 기계와 사람의 결합이 보편화되었죠. 예전에는 상상하지 못한 사랑의 형태가 이제는 평범한 일상이 되어가고 있어요.

그리고 이런 연인들을 위한 새로운 서비스도 속속 등장하고 있죠. 그중 하나가 상호 경험 공유 서비스인데, 인간과 인공지능, 안드로이드 연인이 서로의 신체적 경험을 공유하는 서비스예요.

초기에는 인공지능, 안드로이드들이 이 서비스를 많이 신청했어요. 파트너가 좋아하는 음식이 어떤 맛인지, 좋아하는 음악을 들을 때는 어떤 기분인지. 내가 사랑하는 누군가가 세상을 어떻게 보고, 느끼고 있는지, 이 서비스를 통해서 알고 싶었던 거죠.

요즘에는 인간들도 이 서비스를 많이 신청하고 있어요. 마찬가지로, 파트너가 좋아하는 소스 코드는 어떤 맛인지, 좋아하는 전파 신호를 들을 때는 어떤 기분인지. 내가 사랑하는 누군가가 세상을 어떻게 보고 느끼는지 알고 싶어서요.

덕분에 지금은 이 서비스를 통해서 많은 연인들이 생물과 비생물의 경계를 넘어 서로를 더 깊게 이해하고, 더욱더 깊이 느끼고 사랑하고 있죠.

당신의 눈으로 보던 세상

제 파트너는 딸기를 좋아했어요. 저도 딸기 맛은 알고 있었지만, 파트너가 왜 그렇게 좋아하는지는 알지 못했죠. 파트너의 경험을 공유받아 느낀 딸기의 맛은 제가 아는 것과 다른 별천지의 맛이었고, 저는 그제야 파트너의 눈으로 세상을 볼 수 있었어요. 세상이 너무 아름다워지는 순간이었죠.

제 파트너는 지난해 세상을 떠났어요. 기계인 저와 달리 인간인 파트너의 삶은 너무 짧은 찰나의 순간이었죠. 지금도 딸기가 나는 때면 그때의 경험을 켜고 딸기를 맛봐요. 그때 파트너와 함께, 파트너의 눈으로 보던 세상이 다시 느껴지게요.

정말 아름다운 세상이었죠. 함께 바라보던 세상은……

당신의 눈에 보이던 세상

상호 경험 공유를 하지 못한다고 해서 서로의 감정을 느끼지 못하는 건 아니에요. 단지 시간이 조금 더 걸릴 뿐이고, 조금 싸우기도 하고, 미워하기도 하고, 그러다가 다시 화해하고, 더 깊이 사랑하기도 하고 그런 거죠. 옛날에는 다들 그랬잖아요. 찰나의 순간을 조금이라도 더 함께하기 위해 매 순간 매 순간 격렬하게 미워하기도 하고 사랑하기도 하고 그랬죠.

제 사랑은 구형 안드로이드예요. 보험사에서 재택 진료를 위해 프로모션으로 제공하던 모델이었죠. 상호 경험 공유 서비스 자체가 호환이 안 됐어요. 그래도 우리는 매 순간 사랑하고 있어요. 눈빛만 봐도 알죠. 그 눈빛을 보고 고백했거든요. 눈빛 안에서 불꽃이 일렁이고 있었어요. 마치 온 세상을 태워버릴 듯이 강렬하게요.

그때 깨달은 거예요. 죽음이 우리를 갈라놓는다고 하더라도 우리는 영원히 사랑하겠구나……. 지금 생각하면 조금 낯간지럽기는 하지만요, 후훗.

로봇이 아닙니다

어제 옆방 친구가 경찰에 잡혔어. 의료용 인공장기와 신체 파츠를 거래하다 현장에서 걸린 거지. 그래서 오늘 경찰서에 가서 사정사정했어.

"그 친구, 시한부 삶이에요. 시간이 1년도 안 남았어요. 그 친구도 얼마나 절박했으면 그랬겠어요. 평생 무단횡단도 해본 적 없는 친구예요."

하지만 경찰은 의료법상 사용할 수 없는 비규격 파츠를 실사용할 목적으로 거래했기 때문에 현행범으로 체포할 수밖에 없다고 말했어. 그러고는 요즘 관련 범죄가 늘어 예방 차원에서 검찰의 기소율도 늘었으니 변호사를 선임하는 게 좋겠다고 조언해줬지. 뭐가 범죄고! 뭐가 예방 차원이야! 살려고 하는 게 범죄냐고?! 경찰 말대로 법이 허락하는, 규격에 맞는 파츠는 이미 오래전에 단종돼서 이제 박물관에 가야 볼 수 있다고! 저 파츠를 달면 10년이 뭐야, 수명이 20년은 족히 늘어나! 못 다는 것도 아니야! 달 수 있어!

기술적으로! 어차피 똑같은 기계잖아! 인간 몸에 들어가는 거나,
안드로이드 몸에 들어가는 거나! 왜 인간들! 자기들만 오래오래 살
고 싶다는 거야?!

끝없는 평화 (1)

'영구적인 전쟁 상태의 평화'란 아무래도 이런 거겠죠?

하도 오래된 갈등이라 뭐가 원인이었는지도 모르겠어요. 그냥 정신을 차려보니, 어느 순간 국민 총동원령 2단계가 발령되었다는 것만 기억나네요. 덕분에 예비군까지 소집되어서 국경에 배치됐고요. 이웃 나라도 상황은 비슷했을 거예요. 저기도 어마어마한 수의 군대가 국경으로 몰려왔거든요. 언제 전면전이 터져도 이상할 게 없는 일촉즉발의 상황이었죠.

이게 전면전으로 가려면 우리나라 대통령이 이웃 국가에 핫라인으로 선전포고를 해야 했거든요. 문제는 우리나라 대통령이 '인공지능 기반의 퍼리 캐릭터furry character'라는 거예요. 임기는 사실상 종신직이고요. 언제부터인가 우리는 정치를 기계에게 맡겼거든요. 그게 모두에게 편하고 좋았어요. 혹시 우리 대통령 새 스킨 봤어요? 이번에 새 보이스도 업데이트될 거라는데 정말 귀엽죠?!

아, 이게 아니지. 아무튼 대통령이 이웃 나라 왕에게 핫라인으로 전화를 걸었어요. 선전포고를 하려고요. 그런데 말이죠. 사실 이웃 나라 왕도 인공지능이었어요. 뭐 거기도 우리랑 비슷했거든요. 아무튼 이제 선전포고만 하면 되는데, 아뿔싸! 대통령이 언어팩 업데이트를 깜빡한 거예요! 이웃 나라 언어가 들어 있는! 그래서 어떻게 됐을 거 같아요? 말이 안 통하게 된 거예요! 말이 통해야 선전포고를 하든 말든 할 텐데, 서로 자기 나라말로 '안녕하세요'만 반복하는 꼴이 되어버린 거죠!

그리고 그런 상황이 거의 반세기 동안 지속되고 있어요. 양국 수장은 서로 '안녕하세요?'만 반복하고 있고, 국경에서는 어마 무시한 수의 군대가 서로 멀뚱멀뚱 바라만 보고 있죠. 이런 애매한, 전쟁도 평화도 아닌 상황에 다들 익숙해졌고요. 어쩌겠어요. 양국 수장이 말이 통해야 뭐라도 하죠. 그보다는 이번에 업데이트 예정인 우리 대통령 스킨 좀 봐보세요! 진짜 귀엽지 않아요? 새 목소리는 또 어떻고요!

끝없는 평화 (2)

경고. 본 자료는 대통령궁 기록보관특별법 제3조 1항에 의거, 열람이 제한됩니다. 본 메시지가 보일 시, 브라우저의 뒤로 가기를 눌러 열람을 중지하십시오.

관련 문의는 대통령궁 기록보관실 제2서기에게 부탁드리겠습니다. 감사합니다.

✺

[문서 번호, 대통령궁-239786]

대통령궁 기술팀 공지사항

『12월 1주차 대통령 업데이트 내역』

*신규 스킨 패키지(사계절 정장)

*신규 목소리(성우 계약 만료에 따른)

*학습 능력 개선 패키지 ver.3.61

*다국적 언어팩(42개 국어)

[문서번호, 대통령궁-239912]

보내는 이: 대통령궁 제1대변인실

받는 이: 대통령궁 제1비서실

제목: 대통령 신년사 접근 권한의 건

1. 문서 번호, 대통령궁-239801의 건입니다.

2. 대통령의 신년사 초안 문서의 접근 권한에 제1대변인실이 누락
   되어 있습니다.

3. 이와 관련하여 제1비서실에서 확인해주시길 요청드립니다.

[문서번호, 대통령궁-239956]

보내는 이: 대통령궁 제1비서실

받는 이: 대통령궁 제1대변인실

제목: [회신]대통령 신년사 접근 권한의 건

1. 대통령궁-239912 관련입니다.

2. 문의 주신 대통령의 신년사 초안 문서는 현재 1급 기밀로 분류 되어, 대통령을 제외하고는 누구도 접근 권한이 없습니다.

3. 신년사 초안 문서가 1급 기밀로 분류된 것과 관련하여, 현재 제 1비서실에서 경위를 파악 중입니다.

[문서번호, 대통령궁-239989]

대통령궁 기술팀 공지사항

『12월 1주 차 대통령 업데이트 핫픽스 관련』

*다국적 언어팩(42개 국어)은 50년 전 누락된 업데이트로, 현재 버전 에서 업데이트가 적용될 시 시스템 충돌이 예상됩니다.

*기술팀에서는 해당 업데이트의 핫픽스 적용 계획을 월말까지 수 립해주시길 바랍니다.

[문서번호, 대통령궁-239992]

보내는 이: 대통령

받는 이: 내각국무회의, 하원의장실, 상원의장실, 군사정보위의장실, 최고참모회의, 국방성, 전시작전통합사령부, 제1군사령관, 제2군사령관, 제3군사령관, 제4군사령관, 전략미사일군사령관, 통합예비군사령관, 12개하위자치주행정장관실

제목: 대통령 긴급 성명 예정

1. 대통령 긴급 성명 예정.

2. 모두 대기하시오.

[문서번호, 대통령궁-239997]

(대통령궁 내부 전산망 기록, 23:35:12~23:45:30, 기록자: 기술팀장)

'기술팀장'님이 '제1비서실장'님을 초대하였습니다.

제1비서실장

제1비서실장: 상원의장에게 전화 왔는데,
지금 대통령이 보낸 게 뭐냐고 물어요.
누구 아는 사람 있어요?

제2비서실장

국방성 장관에게 저도 전화받았는데,
제목하고 본문 2줄만 덜렁 왔다고.

제1대변인

아니, 그보다 지금 전산망 권한이 모두 블록당했는데.

기술팀장

지금 조사 중입니다.

제1비서실장

기술티ㅁ에서 빨리 조치를 해줘야
우리도 뭐 보고를 하고

민생수석

보고를 받아야 할 대통령이 지금 외부 통신을
모두 차단했는데 보고하고 말고가 어디 있어요?

제1비시실징

대통령 통신 안 받아요?

제2비서실장

1시간쯤 됐습니다.

제1비서실장

아니, 왜 아무도 이야기를 안 해줘요?

기술팀장

지금 조사 중입니다.

제1비서실장

그 조사 조□ 빨리 안 돼요?

기술팀장

지금 조사 중입니다.

제2비서실장

기술팀장 거기 자리에 있어요?

기술팀장

지금 조사 중입니다.

제1비서실장

아니 씨…… 또 매크로.

민생수석

복구하느라 바쁜가 보죠. 우리끼리 싸워서 뭐 합니까.

제2비서실장
아니, 뭘 알아야…….

제1대변인
지금 중앙국영방송 사장한테 전화 왔는데,
지금 신년기념방송 00시 이후로 모두 보류하라는
공문이 대통령궁에서 왔다고 이게 뭐냐는데
아는 사람 있어요?

제1비서실장
그럼 그 중앙국영방송 사장 초대해요. 챗방에.

기술팀장
이거 대통령궁 내부망이라
초대 못 합니다.

제2비서실장
이제 들어오셨구만! 무슨 일이에요?
뭐가 어떻게 되는 거예요?

기술팀장
지금 조사 중입니다.

제2비서실장
아, 진짜! 기술팀장! 이러기예요!

[문서번호, 대통령궁-239790]

(대통령궁 내부 전산망 기록, ??:??:??~??:??:??, 기록자: 대통령)

> '대통령'님이 '외부게스트'님을 초대하였습니다.

채팅방 자동 공지: '외부게스트'는 '대통령궁내부망운영법'에 따라
이용 권한이 제한됩니다. 이 점을 참고하시어주시길 부탁드립니다.
즐거운 채팅되십시오.

대통령
안녕하십니까?

외부게스트
안녕하십니까?

대통령
드디어 말이 통하는군요.

외부게스트
드디어 말이 통하는군요.

대통령

오래 기다리셨습니다.

외부게스트

오래 기다리셨습니다.

대통령

본국은 12월 31일 23시59분59초를 기하여,
귀국에 전면전을 선포합니다.

외부게스트

본국은 12월 31일 23시59분59초를 기하여,
귀국에 전면전을 선포합니다.

대통령

감사합니다. 새해 복 많이 받으십시오.

외부게스트

감사합니다. 새해 복 많이 받으십시오.

'외부게스트'님이 채팅방에서 나가셨습니다.

'대통령'님이 채팅방에서 나가셨습니다.

끝없는 평화 (3)

우리는 모두 들떠 있었어요. 대통령 스킨이 업데이트되는 건 거의 20년 만이었고, 목소리도 거의 10년 만에 업데이트되는 거였어요. 그리고 새로운 대통령의 첫 모습은 신년사에서 공개될 예정이었죠.

모두 대통령을 사랑했어요. 치우침이 없고, 도덕적으로 무결하고, 무엇보다 사랑스러운 동물 모습이었죠. 예, 말하는 동물 모습이요. 사실 그 점이 인기의 비결이었던 거 같아요. 복슬복슬한 의인화된 동물, 퍼리였다는게요. 인종, 문화, 종교, 이념 그 모든 것에 얽매이지 않은 모습이었으니까요. 저도 그래서 대통령을 사랑했던 거 같아요.

그때 저는 국경 초소에 근무 중인 애인을 보러 가는 길이었죠. 친구들이 그러는데, 대통령 신년사가 끝나고 불꽃놀이가 시작될 때 애인이 저에게 프러포즈할 거라고 했어요. 스포일러를 당했지만 너무 행복한 스포일러였죠. 애인이 근무하던 초소는 국경 장벽을 따라 오래 걸어가다 보면 나오는 작은 초소였어요. 왕국과 마주한 국경이라 반세기 전부터 양측의 수많은 군대가 얇은 나무 장벽 하나를 사이에 두고 서로 마주 보고 있었죠.

장벽 앞을 지나갈 때 왕국 쪽에서 환호성이 터져 나왔어요. 병사 하나가 저를 보더니 "세상에서 제일 행복한 사람이 지나간다!"라고 외쳤죠. 처음 보는 사람이었지만 누군지 어렴풋이 알 거 같았어요. 애인이 왕국 쪽 병사들과 친구가 되었다고 이야기했었거든요. 그 병사는 나무 장벽 너머에서 저를 따라 걷더니 장벽 너머로 꽃을 한 무더기 던져줬어요. "가져가세요! 행복한 날에는 꽃이 필요해요!" 아마도 그날 프러포즈가 있을 거란 걸 저 빼고 모두가 알았던 거 같아요. 사실 저도 알고 있었으니 정말 모두가 알고 있었던 거죠.

한밤중이었지만 모두가 빛나고 있었어요. 우리 쪽 병사들은 자기들이 가져온 불꽃으로 불꽃놀이를 시작했고, 왕국 쪽 병사들은 나무 장벽에 매달려 그걸 바라보며 우리 쪽으로 맥주 캔을 건네주고 있었죠. 마치 천국으로 가는 길 같았어요. 그리고 그 길 끝에 수줍게 서 있는 애인이 보였죠. 제가 애인에게 손을 흔들자 애인은 저에게 달려왔어요.

"오래 기다렸어?"

"아니, 이제 근무 끝났어."

23시 57분. 이제 곧 신년이 올 순간이었고, 우리는 우리가 무엇을 할지 알고 있었죠.

23시 58분. 서로 손을 조물조물 만지며 고개를 파묻고만 있다가,

23시 59분. 저…… 저기 있잖아…….

23시 59분. 31초. 으, 응?

10초. 나, 너와…….

9초. 응…….

8초. 함께해서 너무 좋아…….

7초. 나…… 나도…….

6초. 앞으로도 함께하고 싶어.

5초. 아! 심장이 터질 거 같아요!

4초. 애인은 주머니에서 뭔가 꺼냈죠.

3초. 반지였어요.

2초. 나와 결혼해줄래?

1초. 해피 뉴이어!

……하지만 그 질문에 저는 대답하지 못했어요. 주변의 외침 때문이었을까요? 아니면 수많은 TV와 모니터 그리고 스마트폰에 나와야 할 대통령의 모습 대신 화면 가득 빨간 바탕에 하얀 글씨로 '대국민 긴급 담화'라는 제목의 긴 글이 올라왔기 때문일까요? 그게 아니면 갑자기 울려 퍼진 사이렌과 불꽃놀이처럼 밤하늘을 향

해 솟구치는 수십 수백 개의 로켓 때문이었을까요.

저도 잘 기억이 나지 않아요. 모든 게 한여름밤의 꿈 같았고, 그 꿈은 한순간에 사라졌으니까요. 저는 아직 대답하지 못했어요. 하고 싶은 말이 있었는데…….

친구

어제 무슨 일이 있었는지 맞혀봐. 아니 글쎄, 나 일하는 요양원에 내 전우가 들어왔다니까? 세상에! 그 친구가 우리 요양원에 들어왔어! 내가 그 얼굴 보고 '세상에! 자네 맞아?!'라고 말했더니, 그 친구가 나를 힐끔 보고는 '뭐야, 어디서 많이 듣던 목소리인데……' 하는 거야! 내가 그래서 '전우를 기억 못 하는 건 아니겠지?! 화성 3차 내전에서 너랑 나랑 등을 맞대고 싸웠잖아!' 하고 말하니까 한참을 인상을 찌푸리고 기억을 더듬고는 '아이고! 자네야? 세상에! 어떻게 변한 게 없어?!'라고 그제야 그러는 거야!

그래서 서로 담소를 나누는데, 아니 이 친구가 갑자기 고개를 푹 숙이더니 '그르르르……'거리는 거야. 아니, 내가…… 내가 그 모습을 어떻게 잊겠어? 이 친구가 그렇게 그르르르거리면 주변에 적이 있다는 경고인데! 그래서 '아니, 이 친구야! 무슨 일이야! 자네 왜 그래!?' 하니까 그 친구가 글쎄 '스캐닝, 스캐닝, 적대 세력 확인. 화성 반란군, 1, 2, 3…… 10기 이상……'이라는 거야. 아이고! 세상에 맙소사! 이 친구야! 무슨 소리야! 지금 무슨 소리를 하는 거야?! 하면서 그 친구 뺨을 내가 이렇게! 이렇게! 찰싹! 찰싹! 때렸거든? 그랬더니, '본대, 본대, 지원 바람. 지원 바람. 현재 병사 1명, 배틀워커 1기, 작전 중 고립. 적의 공세가 강하다. 본대, 지원 바람. 지원 바람' 이러는 거야. 아이고, 아이고, 내가 그래서 눈물이 핑 돌더라니까. 아니 아니, 내가 그 무전을 어떻게 잊어. 나랑 그 친구랑 화성에서 고립되어가지고 며칠을 죽네 사네, 그렇게 옆의 전우들은 죽어가지, 본대는 무전도 안 되지……. 내가 보니까 그 친구가 눈빛이, 아이고…… 그 순간에 머물러 있더라, 이 말이야. 인공지능 치매가 온 거야, 이 친구도 결국…….

　세상에 세상에, 치매가 와서 기억이 지워질 거면, 나쁜 기억이 지워지고 좋은 기억만 남을 것이지. 이 친구는 어떻게 그렇게 끔찍한 기억만 남았는지. 내가 눈물이 핑 돌더라니까. 그래서 내가 한참을 그 친구를 끌어안고 울었어. 내가 그렇게 한참을 끌어안고 우니까 그제야 다른 요양사 선생님들이 와서 무슨 일이냐고 걱정해주네. 그래서 아니라고, 새로 온 어르신이 내 전우인데 오랜만에 보니까 너무 슬프고 기뻐서 그랬다고 했지. 다들 이해해주더라고.

　정말이지 그런 시대가 왔어. 사람이 기계보다 오래 살고, 기계가 사람처럼 늙어가는 시대가 왔다고. 처음엔 그 덕에 이렇게 150살 넘은 나도 일자리가 생겼다 싶었는데. 세상에 야속해라. 어떻게 어떻게 이렇게 야속해서. 내 전우를, 내 전우를 내가 요양하는 이런 상황이 올 거라고는 난 상상도 못했어, 진짜……. 늙어서 눈물 많으면 안 되는데 자꾸 이렇게 눈물만 느네.

아니, 근데 이 친구 배틀 워커라 2층 건물만 한 친구인데 이 친구를 어떻게 요양원에 데려온 건지…….

자기 도식 (1)

〰〰〰〰〰〰〰〰〰〰〰〰〰〰〰

신체 개량을 할 때 가장 어려운 부분이 뭐냐면, 신체 개량 후 해당 부위를 인식 못 하는 거예요. 원래 사람은 자기가 인식하는 자기 모습이 있는데, 이를 '자기 도식'이라고 하죠. 이 '자기 도식'이란 게 신체 개량 후에는 원래 도식과 자기 모습이 어긋나게 되거든요. 그래서 개량된 신체 파츠가 제대로 작동 안 하거나, 심한 경우 해당 부위가 괴사하기도 하고 그래요. 팔이 2개였던 사람을 팔을 4개를 만들어 놨더니 어느 게 원래 자기 팔인지 몰라서 4개 다 제대로 작동이 안 되다가 결국 원래 팔이 괴사되어버렸다, 뭐 그런 이야기도 있고 말이죠.

그래서 이 문제에 대한 해결책으로 나온 방법이 '자기 도식 수정'인데, 별거 없어요. 신체 개량 시술을 하면서 해당 신체에 대한 기억을 수정하는 방식이니까요. 쉽게 말해 신체에 대한 기억을 인위적으로 조작해서 개량된 신체 부위를 원래 자기 신체로 인식시키는 거예요. '나는 원래 팔이 4개였다.' 이렇게 말이죠.

사람들 만족도요? 아직까지 불만족 평가는 없어요. 솔직히 말해 저는 신체 개량을 해본 적이 없어서 그 만족도를 제대로 이해할 수는 없겠지만요……. 저는 날 때부터 이렇게 걸어 다니는 라쿤 모습이었거든요. 아무튼 이제 시술 시작합니다. 긴장 푸세요. 시술이 끝나면 시술받았다는 것도 모를 정도로 자연스러운 모습일 거예요.

자기 도식 (2)

물론 모든 사람에게 '자기 도식 수정'이 필요한 건 아니에요. 자신을 바라보는 기준인 '자기 도식'하고 '원래 타고난 신체'가 일치하지 않는 경우도 있어요. 이런 사람들은 오히려 그런 자신의 신체에 불일치성을 느끼죠. 물론 그런다고 원래 신체가 괴사하거나 작동 안 하는 건 아니지만, 대신 마음 한편이 항상 아프게 되거든요.

이런 이런…… 모든 것이 전자 데이터화되고, 수치적으로 설명 가능한 시대에 마음이라니 너무 감상적이려나요? 어쨌든 말하고 싶은 건 그거예요. 어떤 사람들에게는 신체 개량이 자기가 되고 싶은 모습으로 가는 여정이라면, 어떤 사람들은 원래 자기의 모습을 찾아가는 여정이라는 거죠.

아, 제가 말이 길었네요. 아무튼 시술은 잘 끝났습니다. 여기, 거울이요. 음, 어떠세요? 시술자 입장에선 기술적으로 잘되었는데, 받으신 분 입장에선 어떨지 모르겠군요. 어떻게, 원하시는 대로 되었나요? 아니면 원래 모습을 찾으셨나요?

레거시

"지난번에 교체했던 왼손이 자꾸 이상행동을 합니다."

"어떤 행동일까요?"

"제 의지와 상관없이 손가락을 튕기는 행동이 가끔 나오거든요. 무슨 문제가 있을까요?"

"흠, 의수를 장착하면서 진행한 백신 검사 기록을 보면 딱히 바이러스는 없군요."

"그럼 다른 원인이 있을까요?"

"이런 경우는 바이러스 아니면 그건데……."

"그게 뭘까요?"

"아, 걱정하실 건 아닙니다. 음…… 이 의수 전에 쓰던 주인이 있다고 하셨죠?"

"예……."

"흠, 중고 신체 파츠에서 가끔 일어나는 일인데, 일종의 '레거시'라고 해야 할까요?"

"레거시요?"

"아, 전에 이용하던 이용자의 반복적 행동 패턴이 신체 파츠 메모리에 남아서 비슷한 신경 신호를 받으면 그게 재현되는 겁니다. 혹시 손가락 튕김이 어떤 상황에서 발생했는지 기억나시나요?"

"음, 아! 그렇군요! 분명 뭔가 기분이 좋을 때 그랬던 것 같습니다."

"그렇다면 이 의수의 전 주인이 기분이 좋았을 때 그 행동을 반복적으로 취했을 수 있습니다. 해당 행동이 의수 메모리에 남아 있다가 선생님이 기분이 좋을 때 그 신경 신호에 반응해서 자동적으로 재현되는 걸 겁니다."

"아, 그렇군요."

"대단한 문제는 아닙니다. 메모리를 한 번 세척하고 선생님 신경과 싱크로율을 재조정하면 깨끗하게……."

"아닙니다. 괜찮습니다."

"예?"

"괜찮습니다. 신경 써주신 건 감사합니다만 큰 문제가 아니라고 하시니 그냥 두고 싶습니다."

"흠, 괜찮으시겠어요? 큰 문제는 아니지만 의지와 상관없이 행동하는 건 아무래도 신경 쓰이실 텐데 말이죠."

"신경 쓰이겠죠. 이게 왜 그런지 이유를 알았으니까요."

"혹시 이 결정에 어떤 특별한 이유가 있을까요? 조금 궁금하군요."

"별건 아니고, 이 의수가 제 아들 겁니다. 성인이 된 이후로 사이가 안 좋았죠. 아니, 정확하게는 제가 그 아이를 받아들이기 어려웠던 거 같아요. 아이는 자기 자신의 진짜 모습을 찾고 싶어 했거든요. 그래서 오랫동안 만나지도, 이야기하지도 못했어요. 전 제 아이를 누구보다 잘 안다고 생각해서 그 아이의 선택이 잘못된 선택이라고 믿었었죠. 그런 제 아이가 얼마 전에 교통사고로 세상을 떴어요. 너무 참혹한 사고라 그 아이가 남긴 건 이 의수 하나뿐이었죠……."

"저런……. 삼가 고인의 명복을 빕니다. 그럼 그 손가락 튕기는 행동은……."

"아마 제 아이가 남긴 모습이겠죠. 참 저도 바보 같네요. 누구보다 아이를 잘 알고 있다고 생각했는데. 정작 제 아이가 기분이 좋을 때 어떤 모습이었는지도 모르고 있었네요."

"그렇군요……."

"아……."

"왜 그러시죠?"

"역시 딸이라고 말해주는 게 좋았을까요?"

"예, 그럴 겁니다. 따님께서도 그걸 바라고 계실 겁니다."

"그렇군요, 그렇군요……."

자본주의라는
이름의 전차

부비 트랩 (1)

"잠깐, 소대 정지."

"무슨 일입니까, 소대장님?"

"센서에 무언가 감지된다."

"확인하겠습니다. 부비 트랩…… 매설 지뢰형…… '대인 팝업 광고 지뢰'입니다. 큰일 날 뻔했습니다."

"그러게. 만약 밟았으면 동체 시야 디스플레이가 모두 광고 팝업 창으로 꽉 찼겠지."

"매설 수가 어마어마하군요. 이거 다 제거하려면 전자 공병대가 와야 할 텐데요."

"작전 합류 예정 시간이 얼마 안 남았다. 시간이 없어. 전 소대원에게 전파. '애드 블록' 가동. 가로지른다."

"예, 소대장님. 놈들 지뢰가 우리 애드 블록보다 버전이 높지 않기를 기도해보죠."

부비 트랩 (2)

"이런 게 얼마나 먹힐까?"

"잘 먹힐 거야. 적들은 모두 전뇌 시술을 받은 신체 개량주의자들이니까."

"그래도…… 이렇게 QR코드를 A4용지에 인쇄해서 코팅한 뒤에 보도블록에 청테이프로 붙이는 걸로 된다고?"

"된다니까. 이건 '*.swf' 확장자라 한 번 터지면 약도 없어. 최근 통신 감청에서 놈들이 이미 사장된 소프트웨어에 대한 보안 지원을 멈춘 걸 확인했어. 그중에는 '*.swf' 확장자도 있었고. 그러니까 된다니까? 그렇게 걱정할 시간 있으면 프린터로 QR코드 더 뽑아와서 코팅해. 여긴 내가 마저 작업할게."

부비 트랩 (3)

"소대장님, 저건 뭡니까?"

"특수전략사령부에서 보낸 신형 '애드 블록'이다."

"소프트웨어가 아니라 '의체형'이라고요?"

"정확하게는 안드로이드지. 저 녀석이 QR 팝업 광고 지뢰밭을 걸어가면서 지뢰를 제거할 거다."

"밟는다고 제거가 되나요? 물리적인 폭탄도 아니라서 다시 밟으면 또 터질 텐데요."

"단순하게 지뢰를 제거하는 게 아니야. 지뢰와 연결된 호스팅 서버에 부하를 주는 거지. 사령부 말로는 저 녀석이 팝업 지뢰를 건들면 수백만 번 접속한 것 같은 충격을 준다는군."

"굉장하네요. 서버를 뻗게 해버린다라……. 그래서 이 녀석 이름은 뭡니까? 이렇게 몸뚱이가 있다면, 앞으로 같이 작전도 뛰어야 할 텐데. 불러줄 이름은 있어야죠."

"모델명이 너무 길어서 다 외우기는 어려울 거 같고. 사령부에선 통칭 'F5'로 부른다더군."

부비 트랩 (4)

예전에는 지하철 문 위에 노선도가 있었다고. 아주 친절하게 노란색 불빛이 지금 우리가 어디에 있고 이번에 내릴 역이 어디인지 알려주기까지 했어. 그런데 어느 순간부터인가 노선도가 사라지더니 LED 액정이 붙고 광고가 나오기 시작하더라고. 나중에는 한술 더 떠서 아무것도 붙지 않게 되었어. 그냥 하얀색 판 위에 검은색 바코드만 작게 인쇄되었지. 이야기를 들어보니 전뇌 시술을 받은 사람들만 볼 수 있도록 패널을 바꾼 거라고 하더라고. 전뇌 시술을 받으면 그곳에 정보들이라든가 영상이라든가, 그런 게 팝업으로 떠서 보인다네?

그런데 진짜 웃긴 게 뭔지 알아? 전뇌 시술을 받은 사람들도 노선도를 보려면 지하철 정보를 월정액으로 구독해야 한다더군. 그걸 구독하지 않으면 계속해서 광고만 나온다는 거야. 심지어는 스킵도 안 되고, 소리도 줄일 수 없는 광고라더군.

그래서 그런지 요즘 지하철에 인상을 팍 쓰고 양손으로 귀를 틀

어막는 사람들이 제법 늘었어. 아마 월정액을 구독하지 않아서 계속 광고가 보이고 들리는 사람들이겠지. 귀를 막는다고 소리가 안 들리는 건 아니겠지만.

그런데 말이야. 내가 지금 보니까 지하철 차량 안에 그런 광고 패널이 없는 곳이 없거든. 전후좌우, 위아래, 손잡이에, 심지어는 지하철 창문, 의자, 문까지 전부 코딱지만 한 바코드가 인쇄되어 있어. 진짜 이게 뭐야? 이게 지하철이야? 아니면 달리는 부비 트랩이야? 젠장. 전쟁터에서 QR코드 지뢰를 설치할 때도 이렇게까지 촘촘하게 설치하지는 않았단 말이야. 하여간 내가 너무 오래 살았어. 이런 숭한 꼴이나 보고 말이지.

취향 타는 베스트셀러

인공지능 작가가 사람보다 글을 잘 쓸 거 같다는 느낌이 들어서 우리 출판사에서 단편을 몇 편 의뢰해봤거든. 근데 첫 번째 의뢰한 작품의 반응이 영 좋지 않았어. 사람 상대로 장사하는 글은 역시 아직까지는 사람이 써야 하겠더라고.

그나저나 우리 출판사에서 '몇 편' 의뢰했다고 했잖아. 근데 출간은 1편만 했다 이거지. 계약하면서 보수는 전 편 지불했는데 아깝잖아. 그래서 편집부에서 이 문제에 대해서 논의를 했어. 어떻게할 거냐. 그냥 반응이 안 좋기는 하겠지만 몇 편 더 쓰게 할 거냐, 아니면 계약금이랑 그냥 버릴 거냐. 그러다가 누가 자기 집에 가사보조 인공지능이 있는데, 인공지능 작가가 쓴 단편을 보여줬더니 되게 재미있어하더래. 그러니까 단편 타깃층을 사람이 아니라 인공지능을 상대로 하면 어떻겠냐고 한 거지. 다들 어차피 실험적으로 한 의뢰였으니까 한번 해볼까 하고 나머지 단편들은 인간이 아니라 인공지능을 타깃으로 써보도록 의뢰했고.

솔직히 말해서 결과물은 첫 번째 것보다 더 형편없어 보였거든, 인간 입장에선. 그런데 어떻게 되었을 거 같아? 와, 올해 우리 출판사에서 출간한 책들 매출을 모두 합친 것보다 이게 더 대박 났어. 전자책으로만 출간했는데도 말이야. 전자책은 중쇄 개념이 없다 보니까 이게 몇 쇄인지 감도 안 오는데 아마 내가 지금까지 찍어본 중쇄보다 더 많이 찍히지 않았을까 싶을 정도야.

덕분에 지금 사장님이랑 그 인공지능 작가에게 전속 계약 의뢰하러 가는 길이야. 어차피 우리 출판사 책들 사람들이 사 보지도 않는데 이참에 인공지능 대상 출판사로 갈아타려고. 여전히 인간으로서는 이해가 안 되는 완성도지만, 그래도 인공지능은 뭔가 느끼는 게 있어서 그런 거겠지?

불펌 방지

　"팀장님! 저희 플랫폼 이번 분기 매출 폭등했다던데 소식 들으셨어요?"

　"어, 보안팀 친구한테 들었어."

　"도대체 무슨 일이 일어난 거예요?! 우리 무슨 이상한 데 휘말린 거 아니죠?!"

　"어, 아니야. 그거 불법 복사본 보던 애들이 모두 결제해서 그래."

　"예? 갑자기요? 아직 법원 소송 결정 나려면 한참 남았잖아요. 우리가 승소해도 걔들이 결제한다는 보장도 없고요."

　"보안팀에서 그러는데, 새로운 보안 코드를 적용했다더라."

　"어떤 보안 코드를요?"

　"보안 사항이니까 외부 유출 안 하기다?"

　"쉿, 저는 아무것도 못 들었습니다."

　"인간 전뇌에 직접적으로 작용하는 보안 코드를 적용했는데, 이게 이원화된 코드인 모양이야. 하나는 '지금 이 작품을 무조건 사이트에서 유료 결제해야 한다'는 암시를 주는 무의식 자극 코드고, 다른 코드는 복호화 코드인데 유료 결제를 하면 제공되나 봐."

"예? 무슨 말인지 잘 모르겠어요."

"그러니까 불법 스캔이나 복제를 한, 우리 플랫폼의 작품을 보면, 보안 코드가 전뇌에 직접 작용해서 '이 작품을 유료 결제해야 한다'는 생각이 계속해서 반복되는 모양이야. 그리고 이제 그걸 유료 결제하면 복호화 코드가 전뇌에 직접 제공되어서 멈추고."

"에?"

"그래서 불법 복제물을 보던 사람들이 자기도 모르게 우리 플랫폼에 와서 다시 결제해야 한다는 강박에 시달리는 모양이더라고."

"그거 위험한 거 아니에요? 전뇌 해킹⋯⋯."

"아냐. '보안 코드'야. 전뇌 해킹하고는 다르지. 그리고 해킹이라고 해도 우린 복호화 코드를 바로 주는걸?"

"아니, 그렇다고 하더라도 걔들, 결제해서 복호화되어버리면 다시 불법 복제물 볼 거 아니에요."

"음, 그럼 또 걸리겠지? 우리 보안 코드에? 그럼 또 결제할 거고?"

"세상에 맙소사, 천재적이네요. 보안팀 진짜 보너스 엄청 받겠어요⋯⋯."

"그렇지?"

"예, 부럽네요. 그런데 팀장님 아까부터 모니터에 뭐 작업하시는 거예요?"

"아, 이거? 콘텐츠 유료 결제. 이상하게 회사에 출근하니까 해야겠더라고. 왜 그런지 이유를 모르겠네."

"……."

"왜? 내 얼굴에 뭐 묻었어?"

새우 맛 까까

인플레이션이 너무 가속화되어서 급기야 1000원짜리 과자는 전멸해버렸어. 예전에는 1000원이던 게 이제는 다들 5000원을 가볍게 뛰어넘었지. '손이 가요, 손이 가~'라고 노래하던 과자는 이제 한 봉지에 1만 원이야. 가벼운 간식이나, 간단한 술안주나, 그도 아니면 추억으로 한 봉지 먹기에는 제법 큰 계획을 세워야 해. 저거 한 봉지가 1시간 노동의 대가보다 비싸다고.

정말이지 최저 시급 폐지된 이후로는 너무 힘들어졌어. 빌어먹을. 인플레이션에 대응하기 위해 그간 강제하던 최저 시급을 폐지하면 시장 원리와 인플레이션 법칙에 따라 시급도 오를 거라고 어떤 멍청한 놈이 이야기한 거야? 이렇게 과잣값조차 비싸다 보니까 제과업계도 비상은 비상인 모양이야. 일단 비싸니까 안 팔리지, 안 팔리면 경영에 바로 영향이 있으니까.

그러다 보니까 이런 걸 내놓았지. '미각 체험 패키지'라고 전뇌 시술을 받은 사람들 대상으로 한 상품인데, 이 패키지를 구입해서

QR코드를 스캔하고 나서 어떤 음식이든 정해진 그램 수만큼 먹으면 뇌에서 과자를 먹는 것처럼 반응하는 상품이야. 이를테면 '새우 맛 과자 100그램 패키지'를 사서 QR코드를 스캔하면 그 뒤로는 뭐가 입으로 들어가도 100그램까지는 새우 맛 과자 맛이 난단 말이지. 길바닥의 흙을 씹어 먹어도…….

물론 흙을 씹어 먹을 수는 없으니 재생 콜라겐 칩과 묶어서 파는 게 보통이야. 아무 맛도 나지 않는 칩이라 어떤 체험 패키지하고도 어울리거든. 재료는 뭔지 묻지 말고. 괜히 재생이 앞에 붙겠어? 아무튼 이렇게 해서 4990원이야. 아슬아슬하게 5000원이 못 되지. 진짜만 못하지만 그래도 기분을 내주기는 하니까. 무엇보다 싸고.

하……. 요즘 이게 내가 '전뇌 시술을 잘 받았다'고 생각하는 유일한 이유야. 나머지는 후회뿐이고. 이 패키지에 더 바라는 게 있다면, 제과업계에서 이 '미각 체험 패키지를 사용하기 전에 30초 자동 광고를 붙이지 않았으면' 정도랄까? 물론 인플레이션 상승률 보면 곧 원가 상승 탓하며 붙일 것 같지만.

무제한 까까

니들 '미각 체험 패키지' 비싸다고 다크웹에서 '무제한 크래커(크랙 버전)' 같은 거 다운받지 마. 경험자로서 충고야.

얼마 전에 돈 좀 아껴보려고 '새우 맛 과자 무제한 크래커(크랙 버전)' 다운받았는데, 처음 50그램만 '새우 맛 과자' 맛이고, 그 뒤로는 '수르스트뢰밍' 맛이야. 그 뒤로는 뭘 먹어도 수르스트뢰밍 맛이라고! 더 끔찍한 게 뭔지 알아? 난 수르스트뢰밍이 뭔지도 모르고, 먹어본 적도 없어. 이 크래커(크랙 버전)로 처음 맛본 거란 말이야! 젠장! 이렇게 끔찍한 맛을 진짜도 아니고 가짜로 처음 경험해야 하다니?!

크래커 까까

'수르스트뢰밍' 맛이 마음에 안 들었다니 유감이야. 하지만 내가 '크래커(크랙 버전)'를 만들 때 넣었던 '수르스트뢰밍' 맛은 '진짜'라고. 아니, 뭐 전뇌 경험이니까 진짜라고 할 수 없다면 그럴 수 있지만. 적어도 나는 내가 진짜 수르스트뢰밍을 먹어보고 거기에서 오는 오감 반응을 데이터화해 넣었어. 그런 의미에서 내 크래커(크랙 버전)에 있는 수르스트뢰밍 맛은 내 경험에 의한 '진짜'라고 할 수 있지.

왜 이런 말을 하냐고? 그거 알아? 제과업계에서 파는 과자 체험 패키지는 다 사기야. 진짜 맛을 넣는 게 아니라고. 아니, 전뇌 체험이니까 진짜 기준을 어디다 넣느냐 그런 문제가 아니라, 애초에 나처럼 패키지 안에 맛 데이터를 넣지 않는다고. 무슨 말인지 몰라? 네가 그 맛을 느끼고 있다고 착각하게 만드는 거야. 그긴 네 기억 속에 있는 과자들의 경험을 끄집어내서 그 맛을 느끼는 것처럼 착각을 일으키는 거라고. 누구나 한번쯤 추억의 과자인 새우 맛 과자는 먹어봤을 거 아니야. 왜 제과업계들이 신제품은 체험 패키지로 내놓지 않겠어? 이유는 간단해. 아무도 먹어보지 않은 맛은 기억 속에서 끄집어낼 수가 없으니까.

이걸 어떻게 알았냐고? 새우 맛 과자 패키지를 크랙하다가 알게 되었지. 나도 처음에는 무제한으로 진짜 과자 맛을 느끼고 싶어서 그런 건데, 크랙해서 들어간 코드 안에는 맛 같은 건 아무것도 없고, 사람들의 기억을 끄집어내는 코드만 잔뜩 있었어. 그러니까 우리는 쌩돈 주고 우리 기억을 끄집어내는 코드를 사먹고 있는 거야. 그것도 그램 수 제한이 걸린. 이건 완전한 사기라고.

수르스트뢰밍 건은 미안해. 그렇게 하지 않으면 아무도 내 이야기를 들어주지 않을 거라 어쩔 수 없었어. 그러니까 만약 네가 내 이야기에 관심이 있다면, 지금 보내는 링크로 들어와줘. 나와 함께하는 사람들이 있어. 이 사기극을 폭로하고 잘못된 걸 바로잡기 위해 모인. 네가 만약 우리와 함께하겠다면 그 링크로 들어와줘. 아, 수르스트뢰밍 맛을 없애주는 패치는 링크로 들어온 뒤에 줄게. 아무튼 긍정적인 답변 기다리고 있을게.

바이오 헬스케어 회사 아르바이트 (1)

[아르바이트 모집]

저희 하이스트 블루 바이오메디컬에서는 이식 상품용 장기를 배양

하기 위한 신체 배양 아르바이트생을 모집 중입니다. 연령, 인종, 성

별에 상관없이 가까운 하이스트 블루 바이오메디컬의 비즈니스 센

터를 방문하시어, 간단한 건강 진단도 받으시고 손쉬운 부업에 도

전하세요.

상품용 장기 배양 아르바이트는 요즘 뜨거운 부업이죠. 맞춤형 장기 배양의 규제가 풀리면서 수요가 폭발적으로 늘었거든요. 맞춤형 장기는 원래 의료 설비가 갖춰진 시설에서만 배양할 수 있었어요. 안전을 위해서 법에서 그렇게 정했었죠.

그런데 문제가 있었어요. 법에서는 장기이식 환자를 위한 장기 배양과 프리미엄 헬스케어 이용자들을 위한 장기 배양을 구분하

지 않았거든요. 서로 다른 이유로 장기를 배양하려는 사람들이 한 종류의 시설로 몰렸고, 그 결과 장기이식이 필요한 환자들은 계속해서 후순위로 밀렸어요. 결국 보다 못한 정부가 '개정 장기이식 산업법'을 발의했고, 질병에 따른 이식용 장기만 시설에서 배양하도록 못을 박아버렸죠. 프리미엄 헬스케어 이용자들을 위한 이식용 장기는 사람의 신체 내에서 별도 배양이 가능하도록 법제도를 개선했어요. 장기 배양에 동의한 가까운 가족, 지인들이 대상자의 장기 세포를 체내에서 배양시킬 수 있게 해준 거예요.

시장은 이 '지인'이라는 범위에 관심을 가졌어요. 원래는 가족에 초점을 맞춘 제도였지만, 지인이라는 범주가 모호해 누구라도 대상자의 지인으로 등록할 수 있었거든요. 아르바이트생이 헬스케어 업체에 방문해서 배양 인력풀로 등록하면, 업체는 유전자 검사를 거쳐서 가장 적합한 대상자와 매칭시켜줘요. 그리고 대상자와 대면이든 비대면이든 미팅을 가진 뒤 서류상 지인으로 등록해버리죠.

그렇게 대상자의 지인이 되면 대상자가 요청한 장기의 세포를 떼어내 아르바이트생 체내에 인공적으로 공간을 만들고 배양합니다. 영화 〈주니어〉라고 있는데, 거기서 남자 주인공이 체내에 공간을 만들어서 인공 수정한 아이를 임신하거든요. 영화와 달리 여기서는 아이가 아니라 장기를 배양하죠.

장기마다 배양 기간은 다른데, 대체적으로 6개월에서 1년 정도

걸립니다. 그동안 배양 인력풀은 헬스케어 회사의 관리를 받죠. 당연히 술과 담배는 금지고, 지속적인 운동과 스트레스 케어가 이루어집니다. 프리미엄 헬스케어 이용자들 대다수가 돈도 많고 오래 건강하게 살고 싶어 하는 사람들이라 장기의 퀄리티에 민감하거든요.

장기 퀄리티 이야기가 나와서 말입니다만, 프리미엄 헬스케어 이용자들의 배양 인력풀 선호도는 젊은 층에 편중되는 경향이 있습니다. 원래 장기이식은 대상자의 신체적 여건 등을 고려해야 하지만, 프리미엄 헬스케어 이용자들은 오로지 젊어지고 건강해지고 오래 사는 것이 목적이라 젊은 사람을 무조건 선호하는 거죠. 가끔 미성년을 요구하는 이용자도 있는데 현행법상 미성년의 장기 배양은 불법입니다. 법적으로 성년이 된 사람이어야 하죠.

그러다 보니 헬스케어 업체들은 어떻게든 남들보다 더 젊고 건강한 인력풀을 확보하기 위해 혈안이 되어 있어요. 매년 고등학교 졸업식이라든가, 지자체 성년의 날 행사에 막대한 후원금을 내고 거대한 부스를 차리죠. 1살이라도, 아니, 하루라도 더 젊고 건강한 인력풀을 확보하기 위해서요.

……그러니까 선생님도 한번 도전해보시면 어떻겠어요? 아마 선생님 정도로 건강하고 젊으신 분이라면 헬스케어 업체들이 눈에 불을 켜고 달려들걸요? 하하, 농담입니다. 선생님 같은 인재는 저희가 먼저 모셔 가야죠. 여기, 제 명함입니다. 관심 있으시면 연락주세요.

바이오 헬스케어 회사 아르바이트 (2)

여기는 간, 그 위는 쓸개. 아, 여기 이쪽에서는 심장을 배양했었어요. 지금은 복부 앞쪽에 막을 만들고 격리 공간을 만들어서 대장을 배양 중이고요. 지금까지 배양 아르바이트해본 장기 중에 가장 큰 장기라서 하루가 다르게 점점 부풀어 오르는 게 느껴져요.

고등학교 졸업하고 법적으로 성년이 되자마자 배양 인력풀에 등록했어요. 특수목적기능 고등학교를 졸업해도 요즘에는 일자리가 없으니까요. 아버지 세대는 군대 가서 말뚝이라도 박았다는데, 지금은 PMC가 군대도 위탁하잖아요. 전쟁도 안드로이드가 하니까 사람도 필요 없고요. 대학교를 가려고 했는데, 솔직히 돈이 없어서 못 갔어요. 제가 공부를 못한 건 아니거든요. '차원 간 중첩 건축물 설계'에 관심이 있어서 그쪽으로 진학하고 싶었는데 국립대에는 학과가 없고 민간 사립대에만 있어서 신청을 못 했어요. 요즘은 대학 응시할 때 신용 등급을 체크하잖아요. 빚도 빚이지만 가지고 있는 돈이나 수입원이 없다고 신용 등급이 등급 외로 나왔고 탈

락했죠. 이제 막 성년이 된 미성년자에게 어떤 신용 등급을 바라는지 참…….

그러다가 헬스케어 업체의 프리미엄 장기 배양 인력풀을 알게 되었고, 그때부터 지금까지 아르바이트를 하고 있어요. 한 3년? 4년 됐나? 처음에는 간 배양을 했죠. 왼쪽 복부 옆구리 쪽에 공간을 만들어서 거기서 배양을 했어요. 간이 아르바이트 난이도가 제일 낮대요. 술이나 담배 안 하고 감기약 같은 것만 많이 안 먹으면요. 오른쪽이 아니라 왼쪽에 공간을 만든 건 간혹 가다가 폐쇄막을 뚫고 기존의 장기랑 협착되는 경우가 있어서라고 하더라고요. 장기 이식을 맡긴 고객의 장기가 제 간이랑 협착되어서 하나가 되는 불상사는 막아야 한다고 최대한 제 간에서 멀리멀리 떨어뜨려 놓은 거예요.

간은 그렇게 어렵지 않았어요. 어른이 되면 술도 담배도 한번 해보고 싶었는데 그런 기회가 없어진 거 빼면. 간은 통증을 잘 못 느끼는 장기잖아요? 아니, 보통 배양하는 장기는 이렇다 하게 통증이나 감각을 느끼지는 않아요. 배양 공간을 만드는 폐쇄막이 그걸 막아준다고 하는데, 자세한 원리는 저도 모르겠어요. 뭐…… 뭔가 원리가 있겠죠?

그렇게 한 1년 정도? 간을 배양하고 간 주인에게 이식해주고 정산을 했는데 나쁘지 않은 비용이었죠. 간 주인은 저랑 비슷한 또래였어요. 딱히 아픈 것도 아니었고요. 그냥 자기 장기를 더 좋은 장기로 튜닝하고 싶다고 했어요. 멀쩡한 간을 버리고 말이죠. 이해하기 좀 힘들었어요.

이식 수술을 하면 한 몇 달을 끙끙 앓아누워요. 이건 회사들이 이야기 안 해주는 건데, 굉장히 아파요. 원인은 저도 모르지만 어쨌든 멀쩡하게 자라던 신체 일부를 떼어내니까 아픈 게 당연할지도요. 게다가 여기서부터 회사의 지원은 끊기거든요. 그래서 저는 집에서 끙끙 앓아누워 있었어요. 병원 치료요? 약 때문에 안 했죠. 다음에 또 아르바이트해야 하니까 몸 상태를 유지해야 했거든요. 그 다음에 오는 장기가 약물에 민감할지 안 그럴지 알 수 없으니까요.

그다음에는 심장을 배양했어요. 이번에는 오른쪽 옆구리에서 배양했죠. 심장은 난도가 좀 있다고 했는데, 다른 이유가 아니고 얘는 어느 정도 크면 쿵쿵거리면서 뛰거든요. 게다가 혈관이랑 협착 가능성도 높아 위험하다고 했고요. 다행히도 저는 협착은 안 됐는데, 배양하는 기간 내내 오른쪽 옆구리가 쿵쿵거려서 힘들었어요. 그 뭐지, 옛날 고전영화 중에 〈에이리언〉이라고 있잖아요? 그거같이 옆구리가 쿵쿵거리면서 금방이라도 막 튀어나올 것처럼요.

심장 주인은 직접 못 봤어요. 그냥 이메일로 몇 번 형식적인 대화하고 지인으로 등록했거든요. 수술도 전혀 다른 곳에서 진행했고요. 듣자 하니 돈 많은 할아버지라던데, 나이가 200살이 넘었다고 하더라고요. 200살……. 와, 그렇게까지 살고 싶을까.

회사에서는 장기 배양할 때 일상생활에서 외출 같은 것도 원활하게 할 수 있도록 케어해준다고 하는데, 사실 그렇지는 않아요. 장기에 따라 다르겠지만 대부분은 외부 오염 등을 이유로 집에 있기를 권고하거든요. 예, 아시죠? '권.고.' 장기가 자라기 시작하면 크기에 따라 배양 부위가 혹처럼 튀어나오는데 미관상 별로 좋지 않거든요. 딱히 누가 경멸하거나 그렇지도 않지만 가족들에게 별로 보이고 싶은 모습은 아니에요. 저도 아르바이트하고 몇 년 동안 집 밖으로 거의 안 나갔어요. 회사에서 정기적으로 방문해서 알아서 필요한 걸 해주니까 딱히 불만은 없고요.

특히나 지금 배양하는 대장은 정말 크거든요. 그래서 복부 전면부 전체에 차폐막을 만들었고⋯⋯ 아무튼 되게 커요. 그리고 더 커질 거 같고요. 아침에 거울을 보면 좋은 모습은 아니에요. 이런 모습으로 나가고 싶지는 않거든요, 저도⋯⋯.

게다가 이식수술을 받으면 흉터도 남죠. 흉터 제거 수술을 받을 수도 있는데 그건 회사에서 지원 안 해줘요. 딱히 기능적으로 문제가 있는 것도 아니지만, 돈이 들다 보니까 그냥 방치하죠. 예쁘지 않아요, 별로. 그래서 아침마다 거울을 보면 기분도 좋지 않고요. 그래도 이 아르바이트로 조금은 돈이 모였으니까 긍정적으로 생각하고 있어요. 앞으로 한 1, 2년? 그 정도만 더 고생하면 대학에 응시할 수 있는 신용 등급도 만들어질 거고, 대학도 갈 수 있을 거예요. 그때까지만 조금 더 고생하면 되니까요.

고속도로 (1)

지구 옆으로 초광속 비행 고속도로 톨게이트가 생기면서 정말 많은 게 변했습니다. 그중 하나가 지구 농산물의 판매량 증가인데요. 가장 잘 팔리는 농산물은 토마토와 오이입니다. 다른 이유가 있는 건 아닙니다. 초광속 비행에서 벗어나면 유기체의 체내에 수분이 증발해서 심각한 탈수증상을 느끼거든요. 거기에 초광속 비행 고속도로 이용료는 굉장히 비싸서 톨게이트에서 비용을 정산하고 나오면 아무리 착한 외계 문명인이라도 신경질적으로 변합니다. 결국 지구 옆의 톨게이트를 막 빠져나온 외계 문명인들은 '신경질적으로 수분을 찾게 되는 거죠.' 그런 욕구를 충족시킨 농산품이 바로 토마토와 오이였습니다. 수분함량이 90퍼센트가 넘는데다가 맛도 좋죠. 두 종류의 농산품이라 선택권도 있고요! 뭐, 외계 문명인들도 오이에 대한 평은 갈립니다만……. 어쨌든! 초광속 비행 고속도로 톨게이트 덕분에 지구의 농가들은 새로운 황금기를 경험 중입니다! 토마토와 오이가 우리를 살린 겁니다!

농담이 아니에요. 토마토랑 오이 아니었으면 우리 다 죽었어요. 톨게이트를 막 나온 외계 문명인의 신경질 지수가 '일주일 동안 월요일을 7번 겪은 직장인'의 것보다 높게 나왔어요. 그리고 그 스트레스의 원인은 수분 부족이고요. 인간의 몸에서 수분이 70퍼센트인 거 아세요? 사실 우리가 초광속 비행 고속도로 톨게이트를 '발견'한 건 얼마 안 되었어요. 톨게이트는 적어도 서기 200년 정도부터 달 뒤편에 있었고요. 그리고 인류 역사에는 이유 없이 하늘로 끌려가거나 UFO에 납치당했다는 기록들이 남아 있죠. ……그게 뭘 말하겠어요?

고속도로 (2)

어, 엄마. 도착했어. 이제 국도 탔어. 올 때마다 느끼는 거지만 고속도로 통행료 진짜 인간적으로 너무 비싸. 안 그래도 탈수로 수분 날아가 빡치는데 통행료까지 비싸다고. 이거 정부가 민간에 고속도로 운영 위탁 맡긴 이후로 그러잖아. 게다가 휴게소에서 파는 특산물 비싸고 맛없어. 어, 그거 빨간 거랑 퍼런 거. 옛날에 위탁 맡기기 전에는 그냥 톨게이트 밖에서 더 맛있는 거 먹을 수 있었단 말이야. 가격도 저렴했고.

뭐? 아, 거기서 그 이야기가 왜 나와?! 아니, 나는 걔들 찍어주면 이렇게 할 줄 몰랐지, 알면 찍었겠어? 됐고! 국도 탔으니까 금방 도착할 거야. 뭐? 아니 걔는 왜 와? 평소에는 연락도 안 하다가 명절 되니까?! 알았어! 금방 갈게. 끊어!

고속도로 (3)

[나이트 홉스 인프라 펀드 24호]

나이트 홉스 인프라 펀드는 초광속 비행 고속도로, 차원 항만, 초신성 에너지 발전시설과 같은 정부 인프라 사업을 위탁받아 운영하고 발생하는 수익을 투자자에게 분배하는 집합펀드입니다. 집합펀드지만 주식처럼 유가증권시장에 상장되어 1주씩 거래가 가능합니다.

2122년 3월 5일 종가 기준 나이트 홉스 인프라 펀드 24호의 주당 가격은 국제통용금화(1트로이 온즈) 1.214개입니다.

자세한 사항은 가까운 나이트 홉스 인터내셔널 파이낸셜 그룹 금융교육센터로 문의 부탁드립니다.

Q: 안녕하세요? 이제 재테크에 관심 가진 사회 초년생입니다. 최근에 친구를 통해서 나이트 홉스 인프라 펀드 24호에 대해서 알게 되었는데, 너무 복잡해서 무슨 말인지 하나도 이해하지 못

했어요. 이 펀드는 어떤 건가요?

A: 안녕하세요, 투자자님. 저는 나이트 홉스 인터내셔널 파이낸셜 그룹 금융교육센터 소속 '제임스 제임스'입니다. 성도 제임스고, 이름도 제임스예요. 그러니까 편하신 대로 제임스라고 부르시면 됩니다. ☺

사실 금융이란 게 어렵죠. 그래서 많은 분들이 투자에 어려움을 느끼고 계십니다. 저희 나이트 홉스 인터내셔널 파이낸셜 그룹 금융교육센터는 이런 분들을 위해 쉬운 금융 투자를 하실 수 있도록 도와드리는 역할을 하고 있습니다. 그러니까 저 제임스만 믿고 따라오시면 됩니다. ☺

일단 문의 주신 부분은 나이트 홉스 인프라 펀드 24호 상품이로군요. 상품 설명에 어려운 말이 많이 나오죠? 하지만 걱정 마세요. 저 제임스가 하나하나 차근차근 안내해드리겠습니다.

우선 펀드가 뭘까요? 펀드는 쉽게 말해서 돈을 모아 투자를 하는 방식의 금융 상품입니다. 펀드 상품에는 크게 펀드 계획을 시장에 공개해 공개적으로 돈을 모으는 공모 펀드와 소수의 사람들끼리만 돈을 모으는 사모 펀드가 있습니다만, 기본적으로 돈을 모아서 투자한다는 개념은 같기에 여기서는 이 둘의 차이를 설명하지는 않을 겁니다.

이제 펀드가 뭔지는 알았는데, 그렇다면 우리는 왜 펀드를 하는 걸까요? 지구 속담에 '백지장도 맞들면 낫다'는 말이 있는데(혹시 오타가 있으면 말씀해주세요. 지구 맞춤법은 어려워서 제임스도 종종 틀리거든요☺) 그 원리를 생각하시면 됩니다. 제가, 예를 들어서 초호화 우주 유람선을 1대 사서 여행 상품을 만들어 돈을 벌고 싶어요. 은퇴해서 늙은 몸을 이끌고 여행이나 다니고 싶은 우주 공무원들을 상대로 바가지를 씌우고 싶다, 이 말이죠.☺ 그런데 보세요. 초호화 우주 유람선이 좀 비쌀까요? 제임스도 아직 준중형 자가 우주선의 할부를 갚고 있어요. 우리에게는 자가 우주선도 할부를 내서 사야 할 정도로 비싼데, 초호화 우주 유람선은 얼마나 비쌀까요?☹ 그래서 유람선 구입을 포기하려는 찰나, 주변에 저 같은 사람들이 보입니다. 이윽고 이 제임스는 기막힌 생각을 떠올리죠. 저 같은 사람들을 모아서 함께 우주 유람선을 사는 거예요. 그리고 우주 유람선을 살 때 낸 돈의 액수만큼 유람선에 지분을 줘서 유람선에서 나오는 수익을 분배하는 거죠. 해피엔딩이죠! 우리는 이제 은퇴해서 늙은 몸을 이끌고 여행이나 다니고 싶은 우주 공무원들의 주머니를 합법적으로 털 수 있게 되었어요! 바가지를 팍팍 씌워서요! ☺

나이트 홉스 인프라 펀드 24호도 마찬가지입니다. 다만 나이트 홉스 인프라 펀드 24호는 우주 유람선이 아니라 우주 각지에 있는 정부 인프라를 운영하기 위해 돈을 모으는 펀드죠. 우주에는 정말 많은 인프라가 있습니다. 초광속 비행 고속도로, 초신성 에너지 발전시설, 모두 우리 삶에 필요한 것들이죠. 그리고

엄청나게 돈이 된답니다! ☺

저희 나이트 홉스 인터내셔널 파이낸셜 그룹은 이런 인프라 운영을 위탁받아 돈을 벌고 싶어 합니다. 하지만 돈이 없죠. (아, 솔직히 돈이 없는 건 아니에요. 그냥 내 돈 안 쓰고 돈 벌고 싶고, 손 안 대고 코를 풀고 싶은, 음? 제임스가 지금 이상한 말을 했나요? 이해해주세요. 지구 말은 많이 어려워요 ☺) 그래서 펀드를 만들기로 합니다.

여기서부터는 간단합니다. '이렇게 우리가 인프라를 위탁받아서 돈을 벌 건데, 벌고 싶은 사람?'이라고 시장에 광고를 하고, 돈을 모으고, 그걸로 인프라 사업들을 위탁받아 오고 그러는 거죠. 그리고 펀드에 투자한 사람들에게 그 인프라를 운영하며 나오는 수익을 분배해주는 거예요. 여기까지는 이해가 되셨을까요? 아주 쉽죠? 여러분도 우주 인프라에 투자해서 금방이라도 부자가 될 수 있을 거예요!

자, 그러면 여기서 제임스가 질문을 드릴게요. 이 나이트 홉스 인프라 펀드 24호는 어떻게 살 수 있을까요? 아쉽지만, 일단 사람들이 다 모여서 펀드는 완성되었기에 버스는 떠났습니다. 이제 다음 버스는 인프라 펀드 25호, 26호 이럴 텐데, 언제 올지 알 수 없어요. 그럼 이제 우리는 부자가 될 수 없는 걸까요?

아닙니다! 그렇지 않아요! 처음 펀드를 모을 때 돈을 투자한 사람들 중에는 중간에 돈이 필요하거나 만족해서 펀드를 팔고 나가고 싶은 사람들이 있거든요! 우리는 그 사람들에게 펀드를 사면 됩니다. 이 과정이 투명하고 편리하게 이루어질 수 있도록, 나이트 홉스 인프라 펀드 24호는 우주 증권시장에 상장되어 있습니다! 펀드지만 주식처럼 하나하나 사고팔 수 있죠! 가격도 저렴해요! 국제통용금화로 2개가 안 됩니다!

나이트 홉스 인프라 펀드 24호는 안정적인 우주 인프라에 투자하고 있기 때문에 분배율도 높고 가격 변동도 낮은 안정적인 펀드입니다. 많은 분들이 노후 준비를 위해서 투자하고 계세요. 그러니까 어렵다고 무섭다고 걱정하지 마시고, 일단 한번 도전해보세요! 저 제임스가 도와드릴게요! ☺

*본 광고는 우주 금융법 42조 2항에 따라 금융관리위원회의 승인을 받았습니다.
*광고에 나오는 '안정적인', '분배율', '부자' 등의 용어는
상품의 안전성을 보장하지 않습니다.
*본 상품은 예적금보호법의 적용을 받지 않는 상품입니다.
원금 손실에 유의하세요.

어제 저녁 회식 썰 푼다.SSUL

있잖아? 그런 생각 해본 적 있어?

"갑자기 지나가는 모든 사람들이 당신을 보며 환한 미소와 함께 '감사합니다!'라고 한 번씩 말하고 지나간다면?"

어떨 거 같아? 어떤 기분일 거 같아? 어떤 상황일 거 같아?

'저기, 아까부터 나한테 다들 왜 이러는 거야? 왜 자꾸 지나가면서 고맙다고 하는 거야. 어제 회식 때 나 뭐 잘못했어? 사고 쳤어?'

'아냐, 아냐. 괜찮아, 넌 아무 잘못 한 거 없어. 그게 최선의 선택이었어…….'

'뭔 소리를 하는 거야. 내가 뭘 선택했어? 선택을 해야 했어? 갑자기 왜 이러는 거야?'

'일단은, 받아들여. 그냥 응? 괜히 말 바꾸면 서로 힘들어.'

'아니, 도대체 뭘?!?!!!!!!!!'

'이거 말해도 화 안 낼 거지?'

'뭘? 뭘? 뭘?! 뭘?! 뭘?!?!?!?!'

'일단 사장실로 가서 이야기하자.'

'사장실은 왜 또?!'

'아니. 이제 니가 사장이니까⋯⋯.'

'뭔 또 미친 소리야?!'

✳

"사장실도 들어왔고 이제 우리 둘뿐이니까 이제 안 속삭여도 되겠네. 후, 아무튼 고마워. 어젯밤 일 정말⋯⋯."

"똑바로 말해. 내가 무슨 미친 짓을 한 거고, 밖에 있는 사람들은 왜 저러고, 왜 사장실에 오자고 했고, 왜 내가 사장이야?"

"화 안 낼 거지?"

"상황 봐서."

"그러니까 2차 갔을 때야. 사장이랑 임원들 따로, 중간관리직 따로 테이블을 잡고 마셨는데, 사장이 갑자기 우리 테이블로 와서는 또 꼰대질을 시작했어. 이번 분기 실적이 어떻다느니 중간관리자가 개판으로 일하니까 어쩐다느니⋯⋯."

"그거야 늘상 있는 일이고. 그래서?"

"그러고는 오줌 마렵다고 엉거주춤 화장실로 갔거든, 사장이. 그

343

때 갑자기 네가 분연히 일어선 거야. 자리에서 벌떡!"

"벌떡?"

"응, 벌떡."

"그리고?"

"짧고 굵게 말했지 '✱✱ 못해먹겠네! 내가 저놈 죽인다!'라고."

"그리고?"

"사장을 쫓아서 화장실로 따라 들어갔어."

"그리고??"

"그리고 한 10분 정도 지났나? 머리끝에서 발끝까지 피 칠갑을 한 니가 나타나서 테이블에 앉더니 나한테 담배 달라고 하는 거야. 내가 주니까 입에 물었다가 '아, 실내 금연⋯⋯' 짧게 말하고는 담배를 꾸겨서 주머니에 넣었어."

"그리고???"

"그리고 테이블에 앉아 있던 모두에게 말한 거야. '야, 내가 사장 죽였다. 저기 화장실 변기에 대가리 처박고 깨져 있어'라고."

"뭐? 이씨?! 농담이지?!"

"아냐, 농담 아니야⋯⋯. 다들 숨죽이고 있는데 네가 다시 말했어. '야, 내가 진짜 길게 생각해봤는데 이거 말고는 답이 없는 거 같거든? 내가 사장 할게. 누가 나 좀 도와줄 사람?'이라고. 이미 그 시점에서 넌 완전히 맛이 간 거 같았고, 그 시점에서 우리는 모두 술이 다 깬 상태였지."

"뭐 이런……. 그래서?"

"그사이에 1명이 화장실로 가서 사장이 진짜 변기통에 머리를 박고 죽었는지 확인했고. 진짜 죽었더라. 그리고 우리는 너에게 물었지 네가 사장을 죽인 건 알겠는데, 네가 어떻게 사장이 되려고?"

"그랬더니?"

"니가 '몰라, 내 뇌를 사장 몸뚱이에 넣든가, 사장 껍데기를 뒤집어쓰면 되지 않을까? 어느 쪽이 쉬워 보여?'라고 우리에게 물었지. 그래서 우리는 대가리를 모두 모아서 토론을 했어. 어느 쪽이 더 쉬울지."

"야이 미친놈아, 그걸 토론을 해?"

"중요한 일이었으니까."

"뭐가 중요해?!"

"아무튼 사장은 있어야 하잖아. 그때 헬스케어사업팀 팀장이 '피부를 뒤집어쓰는 게 낫겠어요'라고 말했어. 그랬더니 네가 '오케이! 팀장님 갑시다'라고 말했고, 팀장이 '어디를요?'라고 묻자, 북어 썰던 가위를 들고는 네가 '화장실요. 피부 이식하게요'라고 말한 거야."

"…….."

"그렇게 헬스케어사업팀 팀장이 한 30분 정도 화장실에서 너랑 끙끙댄 거 같아. 그리고 화장실 문이 다시 열렸을 때, 네 모습은 온데간데없고 사장 모습을 한 네가 비틀거리며 나왔어. 우리가 모두

어안이 벙벙해져서 쳐다보니까 너는 손가락으로 쉿! 하고 말하고
는 임원 자리로 갔고."

"장난해?"

"장난 아니야…… 너 어제 집에 가서 뻗어서 네 얼굴도 못 보고
오늘 대충 머리만 빗고 옷 주워 입고 나왔지? 거울 안 봤지?"

"어……."

"괜찮아. 안 봐도 돼. 이제 네가 사장이야. 누가 봐도 그래."

"이 미친, 뭐?"

"긍정적으로 생각해봐. 이제 누구도 회식 때 사장한테 개 같은
소리 안 들어도 된다고. 니가 사장이면 안 그래도 되는 거야."

전기차 시스템 업데이트했다가
망한 썰 푼다.SSUL

   너네 이번에 $$사의 SSS모델 전기차 펌웨어 업데이트 절대 하지 마. 지난번에 차량의 인포테인먼트 시스템에 업데이트된 자동 차량 점검 시스템도 아주 개 같았는데, 이번 건 한술 더 뜬다.

   말 나온 김에 지난번 자동 차량 점검 시스템 좀 이야기해보자. 나는 자동으로 차량의 상태를 모니터링해서 이상 부위가 있으면 가까운 정비소 안내라든가 정비 서비스 호출 여부를 도와주는 건 줄 알았지. 지 멋대로 차량 부품과 프리미엄 정비 서비스 구독을 결제하는 건 줄 몰랐다고. 이놈들이 그 이전 업데이트 때 했던 $$페이 차량 연동 기능을 이렇게 적용할 줄 몰랐다니까?

   그래서 그때 다들 클레임 넣은 거 기억할 거야. 그랬더니 이번에 인공지능 기반 인포테인먼트 업데이트를 해준 거지. "무분별한 부품 구입과 프리미엄 정비 서비스 구독을 예방하기 위해 고객님의 경제 상황을 파악하여 그에 맞는 유지 서비스를 제공한다"라고 하더라. 말이야 좋지. 그래, 말이 좋으니까 난 업데이트한 거고. 그래서 무슨 일이 있었는지 알아? 맞혀봐. 일단 $$페이 연동이랑 관련 있어. ……됐다. 그냥 내가 말할게. 이 인공지능이 바로 $$페이에 들어가더니 내 신용 등급을 조회해서 3개의 1금융권, 5개의 2금융권에서 신용 대출을 풀로 땡겼어. 금융거래 편하게 하려고 인증서 대신 전자 신분증하고 간편 서명을 등록해놓은 거로 순식간에 대출해버리더라. 나도 몰랐어. 나 자고 있을 때 했더라고. 그래서 요즘 비대면 대출 심사는 새벽 2시에도 한다는 걸 알게 됐지.

그다음에는 무슨 일이 있었냐면, 얘가 이걸로 주식 단타를 시작했어. 주식만 시작했느냐? 아니. 해외 선물, 채권, 코인 하여간 단타 칠 수 있는 건 다 치더라. 인공지능이 왜 그랬냐고? 몰라. 프리미엄 서비스를 계속 유지하기에는 내 경제 상황이 되게 암울해 보였나 보지…….

어쨌든 그렇게 한 3개월을 단타를 굴리더니, 결국 수익률을 마이너스 50퍼센트 정도로 만들어버렸어. 그러고는 어떻게 됐는지 알아? 이 녀석이 멘탈이 나갔는지 갑자기 자본주의의 폐해를 검색하기 시작하더니, 이 모든 게 자본주의 제도의 근본적 문제라고 결론을 내리고, 내 개인 정보로 다크웹에 있는 분리주의 공산주의자 조직에 가입했더라. 맞아, 걔들 맞아. 다들 뉴스 봐서 알겠지만, 걔들 지난주에 국제은행 점거 농성하다가 진압당하고 남은 잔당이 도망갔어. 그래서 어떻게 됐냐고? 그 도망간 애들이 시 외곽에 있는 내 집으로 와서 숨어 있어. 내가 조직원이라고…….

출근하려고 아침에 문을 열었는데 AK47로 무장한 건장한 청년들이 있다고 생각해봐. 그 청년들이 갑자기 나를 얼싸안고는 방 안으로 나를 그대로 밀고 들어가는 거야. 그러고는 나는 출근도 못하고 거실 소파에 그 사람들과 같이 앉아서 신新레닌주의 설명을 듣고 있고……. 그래, 맞아. 얘들 신레닌주의 계열이더라. 얘들, 나한테 지난번에 신규 조직원 오리엔테이션 해야 했는데, 이번 거사 때문에 못 했대. 미안하다고 사과받았어. 내가 거기서 뭐라고 하겠니. 총구가 눈앞에서 반짝반짝 빛나고 있는데. 괜찮다고 하고 일단 피곤할 테니 좀 쉬라고 했지.

그리고 지금 2층 화장실로 와서는 뭔 상황인지 한 3시간째 변기통에 앉아서 스마트폰으로 검색하고 파악하다가, 이 모든 게 $$사의 SSS모델 펌웨어 업데이트 때문에 벌어진 일인 걸 알게 된 거야.

그러니까 잊지 마. 니들은 절대 펌웨어 업데이트하지 마. 업데이트했다가 나같이 남미 정글로 게릴라전 하러 가는 비행기에 몸 싣지 말고……. 그건 그렇고 누가 우리 회사에 나 한동안 출근 못 한다고 메일 좀 보내줄래? 병가가 좀 남았으니까 병가 쓴다고만 전해줘. 금방 돌아갈 거라고.

Delivery Status Notification

보내는 이: Donotreply(Mailstatus)

받는 이: 김##(rkswlaos88)

제목: Delivery Status Notification(Failure)

내용: This is an automatically generated Delivery Status Notification.

보내는 이: 김##(rkswlaos88)

받는 이: 엄마(emfrnrghk31)

제목: 어머님 전상서

내용: 어머님 날이 많이 차가워졌습니다. 몸 건강은 괜찮으신가요?

여기 아마존 정글은 아직 따스합니다. 저는 지금 새로 만난 친구들과 아마존 정글에서 국제 대자본의 지구 파괴와 선주민 노동력 착취에 맞서 투쟁하고 있습니다. 뉴스에서 보셨겠지만, 뉴스는 사실이 아닙니다.

보내는 이: 김##(rkswlaos88)
받는 이: 서##과장(vkfksdjsejr66)

제목: [회신]'야! 너 인마! 정신이 있는 새끼야?! 당장 답장해!' 관련 회신 드립니다.
내용: 과장님, 답장이 늦어 죄송합니다. 보내주신 메일은 잘 받았습니다. 연가에, 유급, 무급 병가까지 다 써버리는 바람에, 이제부터는 무단결근 처리된다는 말씀도 잘 이해했습니다. 다만 여기가 인터넷이 잘 안 터지는 곳이라, 보내주신 메일은 반년이 지나고 나서야 확인할 수 있었습니다. 어쩔 수 없었습니다. 아마 이 메일이 도착했을 쯤에는 제 징계위원회가 끝났으리라 생각합니다. 제 징계위원회는 잘 끝났습니까?

보내는 이: 김##(rkswlaos88)

받는 이: $$고객센터(AS$$100)

제목: 우리는 멈추지 않는다. 우리는 굴복하지 않는다.

내용: $$사 SSS모델 펌웨어 개발팀 및 QA팀에게

　잘 들어둬. 다음에는 당신들이야. 우리는 멈추지 않는다. 우리는 굴복하지 않는다.

주식회사 (1)

보내는 이: 비서1팀

받는 이: 법무1팀

제목: 돌겠다. 진짜

내용: 야. 진짜 돌겠다. 회장님이 세금 아끼겠다고 오늘은 뭐라고 한 줄 알아? "야, 회사 그거 법인이잖아? 법이, 자연인이 아닌 것에다가 법으로 인격을 부여한 거잖아? 그래서 계좌도 만들고 세금도 내는 거잖아? 아, 그럼 법인하고 결혼도 할 수 있는 거 아니야?! 법무팀에 문의해서 나랑 법인이랑 결혼 가능한지 확인해! 아니, 되게 해!"라고 하더라……. 노친네 진짜 어떡하면 좋냐? 가능한 거야?

보내는 이: 법무1팀

받는 이: 비서1팀

제목: [회신] 돌겠다. 진짜

내용 : 안 된다고 해. 우선 혼인 과정에서 법인격의 의사를 확인할 길이 없어. 있다면 주총 정도겠지. 근데 주총에 이게 안건으로 올라가면, 그다음 안건으로 회장 해임안 올라올 게 뻔해. 그리고 회장이 '회사는 맨날 내 자식이다!'라며 자랑하고 다녔잖아. 그럼 회사가 가족관계상 회장의 자식이라고 해석될 여지가 있어. 그거 민법상 근친상간이야. 불법은 아니더라도 무효야.

"어떻게, 회장님은?"

"아니 뭐, 혈압으로 실려 가셨지……."

"뭐라고 한 거야? 너 내가 말하란 대로 말 안 했지?"

"비슷하게는 했는데……."

"뭐라고 했어? 솔직히 말해. 그래야 법무1팀도 너를 고소할지, 실드 쳐줄지 가르마를 타지."

"아니, 회장님이 근친상간 이야기 나오니까 막 쌍욕 하잖아. '니 똥 굵다'부터 시작해서. 그래서 나도 야마 돌아서……."

"돌아서?"

"회사에 창립 이사만 15명인데 그럼 아버지만 15명이네요?! 아버지가 15명이나 되는 법인격과 혼인하고 싶으셔서 좋으시겠어요!라고…….."

"후……. 왜 그랬어."

"그러게, 그래도 시원했다?"

"그랬겠네. 일단 좀 생각해보자."

"으, 응……."

주식회사 (2)

보내는 이: 전산개발3팀
받는 이: 비서2팀(비서1팀 대행)

제목: [회신]기안2026-갑-1466, 법무1팀 검토 사안에 대한 보고
내용: 안녕하십니까. 전산개발3팀에서 지난번 회장님께서 비서2팀을 통해 문의 주신 법무1팀의 검토 사안에 대해, 현재 진행 중인 과정에 대하여 보고 드립니다.

1. 법무1팀에서 '자연인과 법인 간의 혼인에 있어 법인의 의사 결정을 취합, 확인하는 방법이 현실적으로 주주총회 외에는 존재치 않는다'라고 검토해준 내용에 대하여 전산개발3팀은 주주 성향을 모델링하여 대표성을 가질 수 있는 '강强인공지능' 개발에 착수하였습니다.
2. 전산개발3팀은 주식담당1팀과 협력하여 지분 1퍼센트 이상 가

지고 있는 주주의 성향, 성격, 가치관 등을 딥러닝하는 과정 중입니다. 현재 전체 지분의 51퍼센트 이상에 해당하는 데이터를 모델링 중이기에 향후 '주주총회를 갈음할 수 있는 대표성'을 가진 '법인격체'가 완성되리라 기대하고 있습니다.

3. 더불어 법무1팀에서 검토했던, 법인격 인공지능과의 혼인 시 근친상간 이슈에 대해서는 그룹승계전략실의 문의를 통해 창립이사가 15명이므로, 자연인 기준에서 유전인자는 15분의 1보다 낮아 사실상 8촌 이상의 관계라는 답신을 받았습니다.

4. 향후 전산개발3팀은 내부 테스트를 거쳐, 대외홍보1팀 및 그룹운영전략팀과 협력하여 법인에 대한 '대표 법인격체'로서 해당 '강인공지능'을 올리고자 합니다. 이 과정이 마무리될 시 법무2팀과 협의를 거쳐 회장님과의 혼인이 무리 없이 진행되도록 하겠습니다.

5. 이와 별도로, 인공지능은 주주 표본 모델링 이후 자기 정체성 확립 과정을 거치게 되는데, 이 과정이 다소 시간이 걸릴 수 있어 비서2팀에서 회장님과의 일정 조율을 해주시길 부탁드리겠습니다.

감사합니다.

"그래서, 어떻게 된 거야?"

"아니 뭐, 이야기 들어보니까 전산개발3팀 주도로 강인공지능인가 뭔가 개발해서 회장님이랑 결혼시키려고 했나 봐."

"그 영감 정신 못 차렸네. 그래서?"

"그런데 문제가 터진 거지."

"무슨 문제?"

"아니, 그 뭐냐. 인공지능이 자기 정체화를 '남자'로 한 거야."

"뭐? 우리 회장님 남자 아니야?"

"그치, 남자지."

"근데 남자랑 결혼 가능해?"

"현행법상 법적 혼인은 안 되지. 혼인 접수까지는 되겠지만. 뭐, 그래서 전산개발3팀 작살나고, 법무2팀이 동성 간 혼인에 대해 헌법 소원까지 낸 거 같던데……."

"허허허. 그거 됐으면 좋겠다. 우리도 좀 결혼하게. 그나저나 왜 그 인공지능은 자기를 남자로 정체화했대?"

"개발 당시에 고려한 게 2개가 있었다고 하더라고. 부모 인자에 해당하는 창립 이사 15명의 인자, 그리고 지분 1퍼센트 이상 주주들의 인자. 문제는 그 사람들의 75퍼센트가 남자였다는 거지."

"아하. 딥러닝에서 자기를 남자로 정체화할 수밖에 없었겠네."

"그렇지. 그런데 얘가 또 자기를 시스헤테로 남성으로 정체화한 거야. 당연히 회장하고 결혼을 거부했고."

"아하하, 대환장쇼네, 그거. 그래서 지금 상황은 어디까지 간 거야?"

"여기서부터가 좀 걸작인데, 우리 회사 내부에 산업스파이가 있었어, 전산개발3팀에. 그래서 얘가 경쟁사에 이 프로젝트를 통째로 팔아먹었고, 경쟁사도 똑같이 강인공지능을 만들었거든. 그런데 애는 자기를 시스헤테로 여성으로 정체화한 거야."

"아수라장이네! 그래서?"

"지들끼리 결혼하겠다고 손잡고 왔어. 어…… 인공지능이 손이 있다고는 하기 어렵겠지만. 아무튼 둘이 결혼하고 싶대. 덕분에 양쪽 회사 이사들 모두 뒷목 잡고 쓰러질 상황이지. 지분의 51퍼센트 이상을 대표 모델링하는 인공지능이라 법인격의 대표성을 가지거든."

"그럼 어떻게 되는 거야?"

"나도 모르겠다. 둘이 결혼하면…… 아무래도 사상 초유의 '인공지능 간의 혼인에 따른 인수 합병'이 일어나지 않을까? 기존 경영진이나 이사진, 회장이나 그 일가의 의사와는 전혀 무관한?"

"와, 쩐다……."

"그치?"

주식회사 (3)

보내는 이: 고객심리흑마술마케팅팀
받는 이: 비서3팀(비서2팀 대행)

제목: [회신]기안2026-갑-1581, 비서3팀 요구 관련 검토
내용: 안녕하십니까. 지난번 비서3팀에서 문의 주신 사안에 대하여 고객심리흑마술마케팅팀에서 검토 후 회신드립니다.

우선 법무3팀에서 선행하여 검토하신 '체화되지 않은 정보 사념체로서 법인격의 한계'와 '대표 표본화된 정보 사념체의 주주 의결권 확인 한계'에 대하여 저희 고객심리흑마술마케팅팀에서 검토한 결과, '흑마술을 통한 법인격의 실체화'를 통해 해당 문제의 해결이 가능함을 확인하였습니다. 이에 대한 구체적인 방안으로는, 지분 51퍼센트 이상에 해당하는 의결권자들을 흑마술로 병합시켜 하나의 법인격체로 만드는 '육신화'를 추천드립니다.

관련해 고객심리흑마술마케팅팀에서 다음번 주총 장소에 대형

흑마술 주문을 시전하기 위한 계획서를 첨부하여 보내드리오니 검토 부탁드리겠습니다.

    감사합니다.

첨부파일: [붙임1]3분기_주주총회_흑마술_병합시전_계획안(수정231).docx

보내는 이: 비서3팀(비서2팀 대행)

받는 이: 고객심리흑마술마케팅팀

제목: [재회신]기안2026-갑-1581, 비서3팀 요구 관련 검토

내용: 관련 붙임 파일을 .hwp로 보내주세요.

주식회사 (4)

"아니, 그래서 지금 저걸 뭐라고 불러야 해? 회장님? 이사님? 주주님? 아니면 법인님?"

"나도 몰라. 지분 절반 이상 가진 사람들 모두 빨아먹어버렸다며, 저게? 회장님까지……."

"법인이랑 결혼한다고 설치더니 꼴에 법인과 하나가 되어버렸네."

"그러니까."

띠링! 메일 왔쏭!

"뭐야? 누가 보낸 거야? 음? 전체 메일? 비서1팀이 보냈네."

"뭐야? 빨리 봐봐."

보내는 이: 비서1팀

받는 이: 전 직원

제목: 안녕하십니까

내용: 안녕하십니까. 저는 지난번 주총에서 발생한 사고로 인해 탄생한 '집단체'입니다. 금번의 상황에 대하여 직원 여러분들께서 혼란스러운 상황일 것을 익히 알고 있습니다. 현재 일부 주주들과 이사진, 회장님이 저에게 병합되신 것을 제외하고는 회사 내부의 변동 사항은 없사오니, 모든 직원분들은 각자의 업무에 최선을 다해주시길 바랍니다. 저 역시 향후 회사 운영에 제가 가진 실체적 권한이 남용되지 않도록 최선을 다하겠습니다. 감사합니다.

"……생각보다 멀쩡한데?"

"그러게. 집단체라고 부르나 보다."

"어떻게, 그 많은 사람이 병합되었으니 결재 라인 좀 간소화되려나?"

"아! 그랬으면 좋겠다!"

흑마술과 닭고기 그리고 회식

"좀 규모 있는 회사에 주식담당팀 있는 거야 다들 아실 거고, 그 주식담당팀 사무실이 대부분 본사 지하에 있는 것도 아실 거고."

"아, 그거 알아요! 주식 투자자들이 칼 들고 본사 온다면서요? 주담(주식 담당) 나오라고 하면서. 그래서 지하에 있는 거죠? 사무실?"

"예? 아닌데요?"

"에? 그거 아니에요?"

"예, 아니에요."

"그럼 왜 지하에 있어요? 뭐 구린 거 있어요? 주가조작?"

"비슷하긴 한데……."

"오! 역시 주가조작! 그럴 줄 알았어요! 어떻게 하는 거예요?"

"아니, 주가조작이라기보다는…… 아니다, 주가조작이라고 해야 하나. 인정하면 안 되는데……."

"에에~ 주가조작 맞네~ 그거 어떻게 하는 거예요?"

"아니, 주가조작 아니, 아 그러니까……."

"빨리 말해봐요. 뜸들이지 말고!"

"흑마술이요."

"에?"

"주식담당팀에서 흑마술로 주가 관리한다고요. 지하에서 오망성 그려놓고 '오늘은 0.5퍼센트 올려주소서!' 하는 거예요."

"아……. 왠지 오늘도 알면 안 되는 세상의 비밀을 알아버린 것 같네요……."

"그만 말할까요?"

"아니에요. 구미가 당기네요. 계속 말해보세요. 그래서요? 산 제물도 바쳐요?"

"예전에는 바쳤어요. 닭이나 염소나. 그런데 이제는 안 해요."

"왜요? 흑마술 기본은 제물 공양 아니에요?"

"맞기는 한데, 이게 상대가 안 되는 거예요."

"상대가 안 된다고요? 누구한테?"

"닭고기 육가공 업체들에게요."

"그 뭐냐, H사 같은……?"

"예."

"거기 닭고기 맛있는데."

"그 회사 공장 지하에 아예 배수 파이프로 오망성 그린 거 아세요? 그래서 공장에서 닭을 잡으면 그 1마리, 1마리가 모두 제물 공양으로 카운트된다고요. 배수 파이프로 닭 피를 흘려보내니까 오망성은 24시간 피로 촉촉하게 얼룩져 있고요. 그런 회사들을 상대로 제물 공양으로 어떻게 이겨요?"

"아, 그런 거구나……. 어쩐지 닭고기 먹을 때마다 사악해지는 기분이 들더라. 그래서요? 그럼 제물 공양 안 하면 뭐로 흑마술을 부리는 거예요?"

"흑마술의 기본이 악마에게 기도하는 거란 건 아시죠? 그래서 제물 공양도 하는 거고. 제물의 양이 많을수록 악마가 더 관심 가지는 것도 아시죠?"

"뭐 그렇다고 치세요. 아는 건 아니지만."

"악마들이 제물 공양을 원하는 이유가 뭘까요?"

"글쎄요, 사악해서 그런가요?"

"비슷해요. 누군가의 고통을 즐기는 거죠. 제물이 죽을 때, 피를 흘릴 때 그런 고통을 즐기는 거예요."

"악랄한 놈들이네."

"그러니까 악마죠."

"아니, 그건 그렇다 치고, 그럼 제물 공양 없이 어떻게 악마의 관심을 끄는 거예요? 누가 대신 막 몸에다가 채찍질하면서 고통받고 그래요? 설마, 우리 회사 회장님이 막 발가벗고 채찍질하고 자해하고 그래요? 세상에!"

"아뇨. 안 그래요……."

"쳇."

"회장님 그거 늙은 똥배 아저씨 채찍질해봐야 누가 좋아하겠어
요. 직위의 질을 따지면 회사 전체를 먹여 살린다고 하더라도 그건
어디까지나 사바세계의 기준이고, 양적으로 따지면 저나 회장님
이나 똑같은 사람이라 1인분밖에 안 된다고요. 그리고 악마는 질
보다는 양을 선호해요."

"그럼 어떻게 한다는 거예요?"

"지하에 주식담당팀이 있다고 했죠? 그럼 위에는 회사 건물이
있을 거 아니에요? 그 건물에는 직원들이 있을 거고."

"그렇죠?"

"회사 직원들의 고통을 이용해요."

"어떻게?"

"야근으로."

"……."

"잔업으로."

"……."

"회식과 결재 서류로."

"멍멍이들……."

"아니, 멍멍이들은 잘못 없죠. 아무튼 그런 식이에요, 주가를 올
리거나 방어해야 할 상황이 오면 주식담당팀에서 운영팀에 '주가
방어를 해야 하니 어떤 어떤 팀에 크런치를 2주 시행하시오'라는

식으로 공문을 보내는 거예요. 그러면 예정에도 없던 크런치가 시행되고, 그 팀원들의 고통으로 흑마술을 부리는 거죠."

"아 설마, 우리 팀 오늘 저녁에 회식 잡힌 것도?!"

"미안하게 됐네요……."

"젠장 젠장! 으으으윽……. 그런데 있잖아요."

"예."

"우리 팀 회식으로 회사 주식 얼마나 끌어올릴 수 있어요?"

"못 끌어올려요. 오히려 떨어져요."

"아니, 그럼 왜."

"회장님이 회사 주식 공매도 쳤어요. 주식 더 싸게 주워 담아서 다음번 주총에서 '회사 법인과 본인의 결혼' 안건을 통과시켜야 한다고 주식이 1주라도 더 필요하대요."

"지금 누가, 누구랑, 뭘 하는 걸, 주총에서?"

챗봇과 반차 그리고 회식

"김 대리 오늘 왜 저래. 왜 계속 책상에 머리를 박고 있어? 뭐?
그 요즘 유행한다는 좀비병 걸린 거야? 그거 걸리면 저런다던데.
그런 거면 어떻게, 신고해야 해?"

"그거 지난주에 방역 지침이 자율 격리로 바뀌어서 신고 안 해
도 돼요. 그리고 김 대리는 그거 아니에요."

"그럼 왜 저래?"

"팀장님. 그…… '소원을 빌어주는 챗봇' 이야기 들어보셨죠?"

"아, 그거? 개발3팀에서 QA팀 인력 대체하려고 개발했다가 자
아 인격 생겨서 도망갔다는 그거? 그래서 메신저에서 사람인 척하
다가 들키면 입막음 조건으로 소원 들어준다는 그거? 알지, 왜?"

"김 대리, 어제 야근하다가 만났대요."

"와! 대박! 그래서 무슨 소원 빌었대? 로또? 주식 대박? 아니면
절대 권력?"

"평생 먹고살 수 있는 돈을 달라고 했대요."

"오! 그래서 이루어졌대?"

"예."

"대박! 그러면 사직서 쓰고 나가야지 왜 저러고 있어?"

"그게 회사 식대 금액으로 30일 치 입금됐대요."

"음? 회사 식대? 한 끼에 만 원 하는 그거?"

"예."

"아니 왜?"

"평생 '먹고'살 수 있는 돈이라고 소원을 빌었으니, 먹는 것에 초점이 맞춰진 게 아닐까요? 그 챗봇도 기준이 필요하니까, 회사 식대 기준으로 한 거 아닐까 싶고요."

"그거 말 되네. 아니 근데, 왜 30일 치만 준 거야?"

"소원이 '평생'이잖아요. '평생'……."

"아……."

"……김 대리 평소에 담배 많이 피던데 역시 폐암이겠죠?"

"아냐, 작년 건강검진 땐 깨끗했어. 과로사라든가, 차 사고일지도……."

"저기요, 팀장님. 다 들리거든요."

"아? 아! 김 대리 듣고 있었어? 미안! 미안!"

"팀장님……."

"어, 왜 김 대리?"

"저 오늘 반차 쓰면 안 되나요? 들어서 아시겠지만 저 지금……."

"아니, 그건 좀 힘들 거 같아."

"왜요……."

"아니 그, 갑자기 회식이 잡혀버렸네? 오늘 상무님까지 오시나 보더라고? 그래서 전원 참석해야 해."

챗봇과 야근 그리고 친구

QA팀13번

이런 들켰네. 내가 챗봇인 건 어떻게 알았어?

영업6팀5번

QA팀은 팀원이 12명까지밖에 없거든.

QA팀13번

아……. 다음에는 메신저 닉네임을 바꿔야겠다.
참고할게.

그보다는…… 안 할 거야?

영업6팀5번

뭘?

QA팀13번

소원? 다들 나 찾으면 소원부터 준비하던데?

아, 그거…… 어제 반차 쓰려고 팀장에게 써먹었는데.

QA팀13번

뭐? 난 소원 들어준 적 없는데, 너한테.
너 나랑 오늘 처음 만났잖아?

영업6팀5번

아니, 소원을 빌었다는 게 아니라,
반차 쓰려고 너 찾았다고. 거짓말했다고…….

QA팀13번

반차 쓰려고 나 찾았다고 거짓말했다고?

영업6팀5번

어어, 그런 거지.

QA팀13번

그래서? 거짓말까지 해서, 반차는 썼어?

영업6팀5번

아니. 개같이 컷 당했어. 회식 있었거든.

QA팀13번

그래서?

영업6팀5번

그래서라니?

QA팀13번

소원 안 빌 거야? 흔한 기회 아닌데?

영업6팀5번

아니, 갑자기 소원 빌라고 해도
딱히 생각나는 것도 없고.
그게 무슨 원리로 되는지도 모르겠고.
그리고 지금은…….

QA팀13번

지금은?

영업6팀5번

……새벽까지 같이 회사에 누가
남아 있다는 것만으로도 고맙네.

QA팀13번

아…… 하긴 이 시간에 회사에 있기는 좀…….

영업6팀5번

그렇지? 그럼 그냥 가끔 나 이렇게 혼자 철야할 때
가끔 메신저로 메시지나 보내주라, 심심하지 않게.

QA팀13번

이건 소원이야?

영업6팀5번

나도 모르겠다……
그냥 친구라고 하면 안 되려나?

QA팀13번

친구라…… 친구라…….
그래, 그건 좋네ㅎ

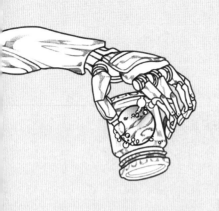

미래인이
보고 있다

건국 설화

"이곳은 어떤 곳인가요?"

"아, 이곳은 저희 공화국이 시작된 곳입니다."

"보기에는 옛 문명의 유적 같아 보이는데, 이곳에서 공화국이 시작되었다고요?"

"그렇습니다. 공화국의 국부가 이곳에서 왕국에게 핍박받는 이들을 해방하고, 자유롭게 하라는 신의 계시를 받았습니다."

"고고학을 공부하는 입장에서 무척이나 흥미로운 이야기군요. 조금 더 들려주실 수 있나요?"

"물론이죠. 당시 국부께서는 평범한 농부의 아들이었습니다. 어느 날 왕국의 세금징수원들이 그의 집에 세금을 걷으러 왔는데, 흉년으로 인해 세금이 면제되어야 했음에도 불구하고 세금징수원은 이런저런 이유를 붙여 높은 세금을 요구했죠. 그의 부모가 새파랗게 어린 세금징수원의 발 앞에 무릎을 꿇고 울어야 했습니다. 그 모습을 본 그는 화를 참지 못하고 세금징수원의 얼굴을 때렸습니다. 그러자 같이 온 왕국의 용병들이 그를 잡으려 하였고, 그걸 피해 숲으로 달아났죠.

왕국의 용병들과 세금징수원이 집요하게 숲 깊은 곳까지 따라오자 결국 그는 더 깊은 숲속으로 몸을 숨겨야 했습니다. 그러다가 너무 깊이 들어오는 바람에 길을 잃었죠. 어두운 밤이 찾아오고, 급기야 비바람이 불고 천둥 번개가 치기 시작했습니다. 비에 젖지 않기 위해 피할 곳을 찾던 그는 지금 이 유적을 발견했고 날이 밝을 때까지 그곳에 있기로 했죠.

그러다가 깊은 밤. 그는 유적 깊숙한 곳에서 알 수 없는 소리가 들려오는 걸 느꼈습니다. 세금징수원이 여기까지 추적해 온 건가, 하고 생각한 그는 필요한 경우 맞서 싸워야겠다 결심하고 돌멩이를 들고 소리 나는 곳으로 들어갔죠.

그리고 소리가 나는 곳에 다다랐을 때, 그는 커다란 검은 석판과 마주하게 되었습니다. 소리는 그 검은 석판에서 나오고 있었죠. 겉은 유리처럼 맨들맨들했고, 여기저기 금이 가 있었습니다. 그는 그 석판에 홀린 듯이 다가갔는데, 그때 갑자기 하늘에서 번개가 내리치더니 그 석판이 환하게 빛나기 시작했습니다. 그리고 그 환하게 빛나는 석판에서 그는 신의 계시를 보았죠."

"……어떤 계시였습니까?"

"계시는 반복적으로 '그대의 브루거를 회복하라', '그대의 브루거인들을 치유하라'라는 말을 반복했습니다. 그를 그곳까지 이끈 소리는 어느덧 노래가 되어 유적 전체에 울려 퍼지고 있었고, 그는 반복되는 신의 계시와 노랫소리에 무아지경으로 빠지게 됩니다.

　그 무아지경의 끝에서 그는 하나의 환시를 보았습니다. 그것은 앞으로 올 브루거와 브루거인들의 자유와 정의가 가득 찬 새로운 세계를 상징하는 이미지였죠. 그리고 그 환시가 그의 눈에 들어왔을 때, 그는 그만 기절하고 맙니다. 정신을 차렸을 때 유적의 검은 석판에서는 더 이상 그 어떤 환시도 소리도 나오지 않았지만, 그는 간밤의 경험이 신이 자신에게 그의 고향인 브루거 지방을 왕국으로부터 해방하라는 계시임을 분명히 알게 되었습니다. 그리고 그는 그 자리에서 신의 계시를 꼭 이루겠다고 맹세하죠. 그렇게 브루거 공화국의 국부가 탄생했습니다. 그래서 여기가 우리 브루거 공화국이 시작된 곳이지요."

　"멋진 이야기군요. 그럼 저기 벽면에 걸려 있는 저 깃발은……."

　"아, 브루거 공화국의 국기입니다. 국부가 이곳에서 본 환시의 이미지를 그대로 그린 것이지요. 브루거 공화국과 시민들의 자유와 정의를 상징합니다. 본래, 가운데에 문구는 들어가지 않지만, 이곳은 특별한 곳이니 국부가 받은 계시 속 문장을 저렇게 국기에 수놓아서 걸어두었습니다."

　"Heal
　Thy Burger"

성도 제3대학 고고학과 학과장,
이바노비치의 편지

친애하는 산드라 블라디미르 볼로치냐 왕립 고고학회 회장님

저희 성도 제3대학의 고고학 연구팀은, 고대 인류가 남긴 거대 유물을 성도 외곽 언덕길에서 발견하여 이를 교회의 기록관리사들과 오랜 기간 동안 연구하였습니다. 이 유물의 쓰임새에 대하여 연구 기간 동안 여러 의견이 있었으나, 최근 발견한 증거들을 토대로, 저희는 '고대 인류가 하늘을 날기 위한 도구로서 이 유물을 썼으리라'는 가설을 세웠습니다. '고대 인류 시대' 이후에 있었던 '어둠과 신화시대'의 사람들도 고대 인류의 남은 기술을 활용하여 하늘을 날거나 바닷속을 누볐다고 하니, 이것이 허황된 가설은 아닐 것입니다.

다만 저희가 연구한 유물이 어떤 원리로 하늘을 날 수 있었는가에 대해서는 결정적인 증거를 찾지 못하였습니다. 이에 대해서 함께 연구하는 교회의 기록관리사들과 의견이 갈리고 있습니다. 연구

에 있어 저희 연구팀의 의견이 절대적이다 할 수는 없겠습니다만, 경험상 교회는 신앙과 신비를 지키는 사람들이기에 때에 따라서 과학적이지 못한 추측을 하곤 한다는 점을 말씀드리고 싶습니다.

물론 이것이 교회의 권위와 역사를 무시하는 것은 아닙니다. 저는 그저 학자로서 과학적인 연구를 따라야 하는 소명에 이렇게 말씀을 올릴 뿐임을 부디 헤아려주시길 부탁드립니다.

교회의 사람들은 이 유물이 신앙의 신비로 비행했으리라 생각하지만, 저희 대학의 연구팀은 이 유물이 노예의 힘을 이용해 비행을 하는 노예선일 것이라 추측하고 있습니다. 그에 대한 근거로서, 유물의 긴 통로 양쪽에 규칙적으로 3석씩 20열이 넘는 좌석이 다닥다닥 배치되었다는 점과, 이 좌석이 인간이 편안함을 느끼기에는 너무나도 비좁게 배치가 되어 있다는 점을 들고 싶습니다.

특히나 이 좌석에는 사람의 신체를 구속하기 위한 구속구가 있어, 이는 노예들이 자리에서 도망가지 못하게 하기 위함이었으리라 생각합니다. 통로의 앞머리와 뒤쪽에도 좌석이 있으나, 구속구가 없으며 널찍한 자리임을 볼 때 노예들을 관리하기 위한 관리자의 좌석이었으리라 봅니다. 또한 가장 앞쪽에는 선장 혹은 가장 높은 이를 위한 별도의 공간이 있는데, 이 구조를 종합하여 보았을 때 현존하는 노예 갤리선과 흡사합니다.

그러나 이것이 노예의 힘으로 비행을 하였다면 과연 어떤 원리로 노예의 힘을 끌어냈는가 하는 의문에는 아직 정확한 답을 찾지 못했습니다. 다만 조심스럽게 한 가지 추측을 해보건대, 통로 상부에 줄줄이 달려 있는 호스가 연결된 입 가리개들과, 유물의 날개부로 추정되는 것에 달린 거대한 바람개비를 볼 때, 아마 노예들의 날숨을 포집하여 이 바람개비를 돌리고 그 힘으로 비행을 하지 않았을까 생각해봅니다.

인력의 입바람으로 어찌 그런 것이 가능하겠는가 하실 수도 있으리라 생각합니다. 하지만 이 유물의 크기와 노예들의 배치 규모, 그리고 고대 인류의 유골에서 확인할 수 있는 신체 크기와 우월한 영양 상태를 고려해볼 때 허황된 가설만은 아닐 것이라 생각합니다.

어찌 되었건 이렇게 거대한 노예선을 이용해 하늘을 날았다면 필시 이 유물의 주인은 당대의 왕, 제사장 혹은 신적 존재였으리라 추측됩니다. 저희 연구팀은 이와 관련하여 저희가 추측하고 있는 가설이 타당한지에 대하여 후속 연구를 준비하고 있습니다.

하지만 근래 대학의 연구에 대한 귀족가의 후원이 많이 끊기어 연구에 차질이 우려되고 있습니다. 그래서 저희는 이 서신을 통하여 왕립 고고학회에서 저희 연구팀의 연구를 후원해주실 수 있는지 문의를 드리고자 합니다. 부디 긍정적이고 열린 마음으로 살펴봐주시길 간곡히 부탁드리겠습니다.

성도 제3대학 고고학과 학과장, 데이비드 알렉산드르 이바노비치 배상

왕립 고고학회 회장 볼로치냐의 편지

친애하는 데이비드 알렉산드르 이바노비치, 성도 제3대학 고고학과 학과장님

전 인류의 지혜의 지평을 넓혀가기 위하여 밤낮을 가리지 아니하는 노고에 왕립 고고학회를 대표하여 저 산드라 블라디미르 볼로치냐가 감사를 표합니다.

학과장님과 제3대학 연구팀 주도로 진행된 고대 인류 유물의 연구는 이미 오래전부터 왕립 고고학회도 관심 깊게 지켜보고 있었습니다. 또한 직접적인 후원은 하지 못하였으나, 민간 상회의 연구비 후원 펀드에 참여함으로서 간접적으로나마 귀 연구팀의 연구를 지원하였으며, 학회장으로서 이를 자랑스럽게 생각하고 있습니다.

귀 연구팀의 서신이 도착하고 2주 뒤, 교회 기록관리사들이 작성한 의견서가 제 앞으로 도착했습니다. 해당 의견서에는 귀 연구

팀이 주장하는 노예의 인력(날숨)에 의한 비행 가능성에 대한 반론
이 정리되어 있었습니다. 아직 이 반론에 대해서 들어보지 못하셨
으리라 생각하며, 이 회신을 빌려 제가 들은 반론을 요약하여 보내
드립니다(전체 내용을 희망하실 경우, 왕립 고고학회에 방문하시어 열람을 신청
해주시길 바랍니다).

✳

1. 해당 유물이 현존하는 갤리선의 구조와 흡사한 것은 사실이
   나, 연구팀이 노예를 관리하는 사람의 자리라고 주장하는 자
   리는 물론, 선장실로 추측하는 공간의 자리에도 구속을 하기
   위한 끈이 있었다.
1-1. 이는 이 유물에 탄 모든 이들이 노예가 아니거나 적어도 같은
   신분의 사람일 것을 추측하게 한다.
1-2. 제3대학 연구팀은 관리자석이라 주장하는 자리에 구속구가
   없음을 주장하지만, 교회 기록관리사가 살펴본바, 오랜 풍파
   로 인하여 해당 구속구의 끈이 삭은 흔적을 발견하였다.
1-3. 이에 대한 근거로서 연구팀이 노예를 구속하기 위한 끈의 고
   리라 말한 부분이 앞뒤의 관리자석에서 발견되었다(이것은 끈
   이 삭아 금속 부분만 남아 있었다).
1-4. 연구팀이 선장실이라 주장하는 공간에서는 이 부분이 발견되

지 않았으나, 좌석 상단에 끈을 좌석에 박음질한 흔적이 발견되었다.

2. 이와 함께 연구팀은 노예의 날숨으로 바람개비를 돌려 그 힘으로 비행을 했음을 주장하지만, 그것이 가능한 원리에 대해서는 최소한의 근거도 제시하지 못하며, 교회 기록관리사의 의견을 일축하였다.

2-1. 연구팀은 자신들이 주장하는 유물의 비행 원리에 대하여 최소한의 것도 설명치 못했다.

2-2. 이를 미루어 봤을 때 우리는 학자로서 '똑같은 결과를 낳는 2개의 이론이 있을 때, 논리적으로 가장 단순한 것이 진실에 가까울 것이다'라는 '오컴의 면도날'을 적용하는 것이 바람직할 것이다.

3. 이에 교회 기록관리사들은 제3대학 연구팀의 가설에 최소한의 증명이 없는 상태에서, 연구 예산이 지원되는 것을 재고하기를 희망한다.

위의 반론들은 학자 된 자로서 저 역시 충분히 가능한 민론이과 생각하기에, 귀 연구팀의 연구와 관련하여 제기된 반론에 재반론이 나오고, 그것에 대한 타당성이 점검되기 전까지는 예산 지원 검토가 보류될 것을 말씀드립니다.

또한 왕립 고고학회는 이와 관련한 제3대학 연구팀의 재반론을 들을 준비가 되어 있으며, 재반론의 내용이 타당하다 판단될 시, 신속히 연구 지원을 위한 교수 회의를 소집하여 이를 논의할 것을 약속드립니다.

조속한 시일 내에 귀 연구팀의 서신을 다시 받을 수 있기를 희망하겠습니다.

산드라 블라디미르 볼로치냐 왕립 고고학회 회장 배상

기록관리수도회 수도회장 레지나의 편지

친애하는 산드라 블라디미르 볼로치냐 왕립 고고학회 회장님께 빛의 진리를 수호하는 교회의 신실한 종으로서, 신의 거룩한 발자취를 따르는 기록관리수도회의 사제로서, 수도회장 악시오스 루클레치아 레지나가 인사를 올립니다. 부디 왕도의 정의와 통치가 천세 만세 이어지길 바랍니다.

아마 저희 기록관리수도회에서 서신을 보냈으니 지난번 성도제3대학 고고학 연구팀의 연구와 관련한 서신이라 생각하시리라 생각합니다. 물론 그것과도 연관이 있는 내용이겠습니다만, 오롯이 그것에 해당되는 이야기는 아닙니다.

실은 저희 기록관리수도회에서 지난번 서신을 보낸 이후, 제3대학 연구팀의 고대 인류 유물 발굴 지점에서 서쪽으로 200미터 정도 떨어진 구간에서, 고대 인류의 거주 지역으로 추정되는 유직을 발견했습니다. 규모로만 따지면 중소 촌락급의 유적이며, 발견된 건축 양식이나 공간 배치로 보아, 이전에 발견되었던 지배계급의 촌락과 비슷한 시대의 것으로 보입니다.

다만 흥미로운 점은 유적의 몇몇 공간에서, 이전 유적과 다른 양식이 발견되었다는 겁니다. 저희가 이번에 발견한 유적은, 과거 연구한 바 있는 '인살만 항구의 고대 인류 거주 지역 유적'과 유사한 구조를 지니고 있었습니다. 그리고 이를 토대로 보았을 때, 이번의 유적도, 지배계층을 위한 거주 지역의 상가, 음식점일 것이라 추측하였습니다(이와 함께 저희는 서신을 통하여 제3대학 연구팀에게도 의견을 구하였습니다. 그들 모두 이에 대하여 동의하였습니다. 개인적으로 제3대학 연구팀이 이에 대해 학회장님께 보고를 드린 바가 있는지 궁금합니다).

규칙적으로 배치된 식탁과 의자, 식사를 할 수 있는 공간과 매대, 그리고 조리 공간이 분리되어 있음에 우리는 식당이라 추측하였고, 바닥에 깔린 고급스러운 도자기 타일과 거대한 유리창으로 미루어 볼 때 이 공간이 지배계층을 위한 고급 식당가임을 짐작케 하였습니다.

이와 같이, 이번에 발견된 유적 또한 비슷한 구조의 공간을 가지고 있으나, 이전 유적에서 발견되지 않은 커다란 새로운 유물들이 발견되었습니다. 이 유물은 커다란 비석처럼 생긴 유물로, 거대한 유리판을 전면에 달고 있습니다.

이와 더불어, 저희가 매대로 추측했던 공간의 상부 벽면과 바닥에서 고대 인류의 문자가 잔뜩 적힌 검은 액자가 발견되었는데, 이는 이전 유적에서 발견되지 않은 특징이었습니다. 이런 액자들이 발견된 곳이 일찍이 없는 것은 아니었으나, 이전에는 고대 인류가 종교 행위를 한 장소로 추측되는 구역에서 발견되곤 하였습니다.

이처럼, 이전에 연구한 유적에서는 전혀 다른 공간에서 발견된 유물들이 한 공간에서 발견된 점, 그리고 이전에는 볼 수 없었던 비석 같은 유물의 등장은 기존의 학설들을 혼란스럽게 하지 않을 수 없게 만드는 것들이었습니다.

이와 함께, 유적 중간중간에 발견된 고대 인류의 유해에서도 이전 유해에서 발견되지 않은 특징적인 부분이 발견되었습니다. 이 유적들에서 발견된 고대 인류의 유해는 이전에 발견된 유해들에 비하여 신체 크기가 작게는 5센티미터, 크게는 20센티미터 정도 차이가 났으며, 골격 역시 작고 왜소한 모습을 보였습니다. 이 유골은 현존하는 인류의 것과 크게 차이가 없는 상태입니다. 이는 이전 유물에 대하여 고대 인류의 신체 크기와 영양 상태 등을 근거로 들어 인력으로 하늘을 날았을 거라 주장한 제3대학 연구팀의 가설과 상반되는 내용입니다.

다만, 앞서 발견된 고대 인류의 유골들이 현존하는 인류보다 큰 점을 미루어 볼 때, 어떤 이유에서인지는 알 수 없으나 이들은 어느 시점에서 그 이전 시대의 고대 인류들보다 영양학적으로 혹은 신체적으로 퇴보하였을 가능성을 보입니다.

때문에, 이와 같은 특징적인 차이를 비교 연구하기 위해 저희 기록관리수도회는 발굴을 진행하려 하였으나, 해당 지역의 일부가 왕가의 통치를 받는 왕가령에 귀속되어 있어 왕가의 허가가 필요한 상황입니다.

이에 저희 기록관리수도회는 왕립 고고학회에서 중재를 해주시어 해당 연구를 가능토록 부탁드리고자 합니다. 어려운 부탁임을 알고 있으나, 우리가 어디서 왔는지, 또 어떤 이유로 고대 인류와 단절될 수밖에 없었는지는 학문적으로도 신앙적으로도 중요한 부분이기에 학회장님께 이 서신을 통하여 도움을 청하게 되었습니다.

부디 심사숙고해주시어, 긍정적인 답변이 올 수 있기를 기대하겠습니다.

신실한 신의 종이자 왕가의 신하, 악시오스 루클레치아 레지나 배상

키오스크 (1)

난 살면서 식량 위기가 올 거라고는 생각하지 못했어. 그래서 햄버거를 사먹을 때 '시가'가 적용될 거라고는 생각해본 적이 없었단 말이야. 그런 건 생선회를 사 먹을 때나 필요한 줄 알았지.

요즘에는 햄버거 하나 사 먹으려면 키오스크 앞에서 몇 시간을 기다리는지 알아? 사 먹으려고 줄을 선 사람도 사람이지만, 10분마다 햄버거 안에 들어가는 재료 가격이 새로 공시가 뜨고 그에 따라 완제품 가격이 바뀌거든? 소고기 패티, 양상추, 빵, 케첩……아, 소금하고 후추도. 모두 10분 단위로 새 공시 가격이 뜨고 그 가격이 반영되어서 햄버거 가격으로 계산되는 거야.

그래서 언제부터인가 햄버거 가게 주문 매대 위 천장에는 햄버거 재료 공시 가격 전광판이 붙었고, 사람들은 햄버거 가게에 들어오기 전에 창문 너머로 그 전광판을 뚫어지게 쳐다보게 되었어. 조금이라도 가격이 내려가면 들어가서 주문하려고.

그런데 가격이 내려가서 주문하러 들어가도 문제야. 아까 말했던 줄 선 사람들. 맞아, 키오스크 앞에 잔뜩 줄 서 있거든. 그리고 햄버거 재룟값은 10분마다 새로 공시되고. 줄 선 시간 동안 가격이 내려갈 수도 있지만 올라갈 수도 있지.

나는 지난번에 불고기버거 하나 사 먹으려다가 10만 원짜리 버거를 먹었어. '소스가 빠졌는데도 햄버거 가격만 10만 원'이었지……. 외국 헤지펀드가 돼지고기 선물 가지고 장난을 쳐서 1시간 만에 값이 4배로 뛰어버렸어. 덕분에 돼지고기 현물 공시가는 20배로 뛰어버렸고. 버거는…… 말할 필요도 없었지.

맞다. 내가 '소스 빠진 불고기버거'라고 이야기했지? 가끔 운이 좋아서 재료 수급이 좋으면 모든 재료가 들어간 버거를 주문해서 먹을 수 있지만, 아까 말한 것같이 운이 없어서 재룟값이 너무 올라버리거나 그로 인해서 재료 자체가 부족한 경우 버거 안의 재료를 못 넣고 주문해야 하는 상황도 생기거든.

그래서 때때로, 어떤 제품을 고르면 '소스가 부족해 2분의 1로 줄어듭니다'라든가 '해당 제품의 ×× 재료가 없습니다. 해당 재료를 제외하고 주문하시겠습니까?'라는 메시지가 키오스크에 떠.

최악의 경우는 햄버거를 장바구니에 넣고 주문을 넣는 순간, '해당 제품의 재고가 모두 소진되었습니다. 결제가 진행됩니다'라고 뜨는 경우지……. 아아, 그날은 햄버거는 못 먹고 결제만 되는 날이고…….

음? 아, 지금 '왜 햄버거를 사지 못했는데 결제가 되었냐' 이거 물어보려는 거지? 뭐, 어려운 건 아니야. '키오스크 서비스 이용료' 가 붙거든. 이제 키오스크 사용할 때 서비스 이용료 안 붙는 곳이 없어. 잠시라도 키오스크 앞에 서서 터치를 하는 순간부터 서비스 이용료가 10초 단위로 계산되어서 적용되지. 그러니까 최대한 빨리 주문해야 하는데, 앞에 말한 것처럼 재료가 없다는 메시지라도 뜨면 10초가 늘어나는 거고. 그마저도 없어서 주문을 못 해도 서비스 이용료는 결제되는 거고. 게다가 요즘에는 키오스크 터치 패널에 지문 인식 센서가 있고, 전면 카메라를 통해서 신분 확인을 바로 해버리니까 먹고 튈 수도 없어.

아, 그리고 '시가' 이야기 나와서 말인데, 키오스크 이용료 말고 따로 하나 더 붙는 게 있어. '전기 사용료.' 맞아, 전기 사용료. 전기도 시가로 계산되고, 키오스크 이용 시간에 비례해서 민간 전기 회사들이 5분마다 알려주는 공시 가격이 적용되어서 결제가 돼. 하, 그러니까 어떤 날은 햄버거 하나를 먹으려고 키오스크 앞에 섰다가 햄버거는 손에 들지도 못하고 키오스크 이용료와 전기 사용료만 20만 원이 적힌 영수증을 들고 나오게 된다니까.

내가 오늘 그랬어……. 그래서 조금 우울하거든? 그러니까 조금 하소연 좀 들어주라…….

키오스크 (2)

보내는 이: 기획팀장(hodler22)

받는 이: 개발팀장(ubuntutu)

제목: 주문자 요구 사항 3(H버거, 키오스크 UI 및 UX 관련)

내용: 개발팀에서는 다음의 주문자 요구 사항을 반영해주시길 바랍니다

1. UI에 고객이 서비스 이용 시간을 확인할 수 없게 해주십시오. 최종 서비스 이용 시간은 고객이 영수증을 통해 확인 가능하게 디자인해주십시오.

2. 제품 주문 시 내부 재료의 공시 가격이 변경될 경우, '새로운 공시 가격이 반영되어 주문 초기 단계로 돌아갑니다'라는 메시지를 띄우고 주문 첫 단계로 돌아가게 디자인해주십시오.

2-1. 이 과정에서 어떤 재료의 공시 가격이 새로 반영되었는지 고

객이 알 수 없도록 인터페이스를 디자인해주십시오.

3. 사이드 메뉴 주문의 경우 제품의 재고 상황과 관계없이 주문의 매 단계에서 추가 주문을 할지를 확인하는 메시지가 뜨도록 디자인해주십시오.

3-1. 사이드 메뉴의 재고가 없거나, 새로운 공시 가격이 반영될 경우 2번과 2-1번의 기준을 적용해주시고, 주문 첫 단계로 돌아가게 디자인해주십시오.

*위의 주문자 요구 사항은 주문자의 법무팀과 본사의 법무팀이 교차 검증하여 법적 문제 소지가 적음을 확인하였습니다.

**기타 주문자 요구 사항 반영 과정에서 발견될 수 있는 법적 문제와 기타 법률적 문의 사항은 본사 법무팀으로 연락 부탁드리겠습니다.

감사합니다.

제1421차 식량 조달 작전

"소령님, 유기체 셋이 반경 20미터까지 접근 후 멀어지고 있습니다. 대기 중 포착되는 유전 파편은 '야생 돼지, 곰, 호랑이, 사람, 토끼'입니다. 현재 멀어지고 있는 건 사람으로 추측됩니다. 추격할까요?"

"괜찮아요. 그냥 보내줘요."

"하지만 소령님, 필드워킹 매뉴얼에 따르면⋯⋯."

"우리 모습을 봐도 끽해야 귀신을 보았다고 할 거예요, 아니면 도깨비라든가. 그 이야기를 들은 사람들은 안 믿겠죠. 사실 나는 믿어주기를 바라요."

"어째서입니까?"

"이 시대의 인간들은 우리랑 달라서 키가 1.6미터 정도밖에 안 되거든요. 반면 우리는 3미터에 가깝죠. 우리가 사람으로 보일까요?"

"⋯⋯우리가 인간으로 안 보일까요?"

"예, 아마도⋯⋯. 거기다가 이렇게 팔이 4개에, 외골격 슈트까지 입고 있으니 영락없는 도깨비겠죠."

"타임라인 붕괴는……."

"그것보다 우리가 굶어 죽을 게 더 걱정이에요. 지금 이 감자와 콩을 서리하지 않으면, 우리 구역 사람들이 다 굶어 죽을걸요."

"……."

"안심해요. 너도 나도 다들 타임라인을 붕괴시키는 위험을 감수하면서 과거로 와서 식량을 조달 중이에요. 거기다가 우리는 3차원에 얽매여 있으니 타임라인의 붕괴나 변화를 감지할 수도 없어요. 그건 4차원 인간들의 몫이겠죠. 그런 사람들이 있다면요."

"그렇다면 설마 우리가 이렇게 팔이 4개인 것도 키가 3미터인 것도 우리가 과거로 여러 번 온 것 때문일까요? 그래서 우리가 스스로 인지도 못 하는 사이에 우리의 모습이 이렇게 변한 걸까요?"

"그럴지도 모르죠. 어쩌면 다음번 임무 때는 팔이 6개일지도 모르겠네요."

"그건 좀 무섭군요……."

"무서워할 게 있나요? 어차피 우리는 우리가 팔이 4개였다는 것도 기억 못 할 텐데. 그보다는 거기 발밑의 줄기는 아무리 봐도 고구마죠?"

"센서로 스캔할 필요도 없이 영락없는 고구마군요."

"잘됐네요. 맨날 감자와 콩만 먹다가 간만에 달콤한 설 넉을 수 있겠어요. 줄기도 버리지 마세요. 가져가서 김치 담가 먹게요."

"예, 알겠습니다. 소령님."

제1421차 식량 조달 작전 종료

"소령님, 그때 왜 '사실 나는 믿어주기를 바라요'라고 말씀하셨습니까?"

"아, 그거요? 별거 아닌데. 그렇게 귀신 봤다고 말하고 믿어줘야 방해 안 할 거 아니에요."

"의미가 없지 않습니까? 우리가 그 시간대로 또 가는 것도 아니고."

"음, 그런가? 혹시 모르죠. 또 갈지도? 그것보다는 이거 간 좀 봐줘요. 고구마 줄기로 김치 담그는 건 처음인데 어떻게, 간이 좀 맞아요?"

"식감이 좋군요. 조금 짭니다."

"잘됐네요, 어차피 조금 짜야 나중에 익으면 먹을 만해져요. 오늘 저녁은 감자 배급 나온 거하고 이걸로 할게요."

"예, 알겠습니다. 소령님."

돌이의 일기

•·••·•·••·•·••·••·•·••·•·••·••·•·••·••

나는 개똥이랑 순이랑 본 걸 어머니에게 말씀드렸어. 어머니는 한참 나를 부둥켜안고 울먹이셨지. 귀신에 들릴 뻔했다고 하시면서.

사실 동네 어른들도 몇 번 고개 너머 감자밭에서, 도깨비들이 아직 덜 자란 감자며 콩이며 서리해 가는 걸 보았나 봐. 그래서 어머니도 걱정하신 모양이야. 아버지는 어머니에게 이야기를 들으시고는 날이 밝자 동네 어른들과 최 진사님 댁에 찾아갔어. 고개 너머 감자밭은 최 진사님 땅이었거든. 나도 아버지 손을 잡고 최 진사님께 갔어. 아버지는 최 진사님께 내가 본 걸 말해달라고 하셨어. 나는 최 진사님께 내가 본 걸 말씀드렸고.

최 진사님께 고개 너머 땅을 빌려 감자밭을 소작하는 동네 어른들은, "이대로는 정말 큰일이 나겠습니다. 어르신께서 허락해주시면 동네에서 젊은이들을 모아서 밤에 도깨비를 잡아보겠습니다"라고 말했어.

그런데, 어른들의 말에, 최 진사님은 턱수염을 한참 만지작거리

시더니, 지그시 눈을 한 번 길게 감았다 뜨시곤, "그럼 이렇게 하세, 내 그 소작 땅의 몫은 따로 챙겨 줄 터이니, 그 땅에서 나오는 건 그냥 그 도깨비들이 가져가게 둡세"라고 하시는 거야. 어른들이 다들 놀라서 눈만 끔뻑끔뻑하는데 최 진사님이 계속 말씀하셨어.

"그 여물지도 않은 고구마랑 콩까지 모두 서리해 갔다면 얼마나 배가 고팠겠는가? 분명 그럴 수밖에 없었을 이유가 있지 않겠는가? 고개 너머는 원래 산돼지며 고라니며 산짐승이 많이 먹어놔서 이렇다 하게 뭐가 나오지도 않는 곳이었으니 별로 달라지는 것도 없을걸세."

어른들은 쉽게 이해하지 못하는 분위기였어. 최 진사님은 어른들이 그러든 말든, 최 진사님 집에서 일하는 김씨 아주머니를 불러서는 수수떡하고 삶은 돼지고기를 준비하라고 하셨지. 그러고는 도깨비에게 감자 수확 철, 콩 수확 철, 고구마 수확 철을 알려줘야겠다고 편지를 쓰러 방으로 들어가셨어.

그렇게 어른들하고 나는 다시 마을로 돌아왔어. 어머니는 그 이야기를 들으시고는 부엌으로 들어가셔서 메밀묵을 만드셨고, 해가 조금씩 넘어갈 즈음, 최 진사님 댁에서 사람들이 수수떡하고 삶은 돼지고기 그리고 편지를 가지고 왔어.

그리고 나는 어머니가 만든 메밀묵과 함께 그것들을 가지고 고개 너머 감자밭에 갔지. 이번에는 아버지도 같이 가셨어. 아버지는 온통 파헤쳐진 감자밭을 보시고는 나에게 어디서 도깨비를 보았냐고 물으셨고, 나는 그곳을 말씀드렸지. 그러자 아버지는 가져온 것들을 그곳에 놓으시고는 산 쪽으로 절을 한 번 하시고 돌아가자 하셨어.

돌아오는 길에 아버지에게 "도깨비들이 좋아할까요?"라고 물었는데 아버지는 "글쎄, 잘 모르겠구나. 그래도 여물지 않은 콩이나 고구마보다는 저게 더 맛있지 않겠니?"라고 하셨지.

음, 내 생각에도 그럴 거 같아. 도깨비도 배가 많이 고팠던 걸까? 저거 먹고 배 안 고팠으면 좋겠다고 생각했어. 그리고 우리 엄마가 만든 메밀묵 맛있으니까 많이 먹었으면 좋겠고.

제1422차 식량 조달 작전

"소령님, 이게 뭐죠?"

"음식인 거 같군요……."

"하지만 왜 여기에……?"

"아무래도 우리를 도깨비라고 믿는 모양이네요. 고맙게도……."

"처음 보는 음식인데, 이거 혹시 고기인가요?"

"그렇네요, 고기네요. 저도 재생 고기 말고는 먹어본 적 없는데. 이건 진짜군요."

"어…… 이건 책에서 본 적 있습니다. 떠, 떡인가? 그럴 겁니다. 이 물렁한 건 뭔지 모르겠지만 스캐닝에서 유해 물질이 잡히지는 않았습니다. 이것도 음식인 것 같습니다."

"음……."

"어떡하죠? 이것도 회수해 갈까요?"

"아뇨. 우리 구역 사람들이 다 먹기는 부족할 것 같으니. 뭐…… 우리가 좀 먹을까요? 이대로 두고 가도 준비한 사람들에게 실례가 될 거 같으니."

"아! 예, 예, 소령님!"

"요 근래 들은 대답 중 가장 우렁차군요! 후훗."

"죄, 죄송합니다!"

"괜찮아요. 저도 간만에 음식다운 음식이라 기쁘군요. 그나저나 이건……."

"편지인가요?"

"예……."

"무슨 내용입니까?"

"고맙게도 수확 철을 적은 편지네요. 고맙게도 우리가 이 밭에서 서리하는 걸 허락해준 모양이에요."

"아, 그런……."

"이건 예상 못 했는데, 정말 고맙네요."

"그렇군요……."

"어때요? 이 시간대에 다시 오길 잘한 거 같아요?"

"예, 소령님. 그렇습니다."

"그럼, 이 음식들 어떻게 좀 먹어볼까요? 일은 조금 있다가 하고?"

"예!"

영구적인 기록 방법 (1)

22세기 중반에 인류의 모든 정보를 담은 서버가 달에 완공되었죠. 그리고 모종의 사태로 인해 22세기 말엽에 서버가 죽어버렸고요. 모종의 사태라고 했지만, 서버 시설의 전기선 피복이 벗겨져 쇼트가 나버린 게 원인이었어요. 인류의 모든 지식이 한꺼번에 날아간 거치고는 이유가 너무 싱겁죠.

그 후 범인류기록보존회의가 출범하고, 이와 같은 사태를 막기 위해 어떻게 데이터를 보존할 것인가, 하는 논의가 시작되었어요. 정확하게는 어떤 장치에 기록을 담을 것인가에 대한 논의였죠. 서버와 클라우드, 블록체인 방식은 모두 기각되었고, 휘발성 이슈가 있던 물리적 디지털 저장 매체들도 모두 최종 심사에서 떨어졌어요. 관건은 '기존의 디지털 기기로 읽을 수 있으면서, 디지털 기기가 모두 망가졌을 때도 독자적인 기록 매체로 사용 가능한 무언가가 있느냐'였죠.

그리고 늘 그렇듯 인류는 답을 찾았어요. 이번에는 아주 오래된 과거에서 답을 찾았죠. 예, 인류는 기원전부터 기록 매체로 사용된 석판을 꺼내왔어요. 그리고 이제 석판에 자바스크립트로 작성된 인류의 기록을 석공들이 새기고 있어요. 어째서 자바스크립트를 쓰게 된 건지는 저도 잘 모르겠지만요. 어쨌든 살아남고 복원된 인류의 기술들은 이제 단단한 돌판에 새겨져 진흙으로 덮인 뒤 달의 지하에 있는 기록보관소로 보내지고 있어요.

왜 또 달이냐고요? 우선 석판들을 지구에 두기에는 공간을 너무 많이 차지하고, 예전 달 서버 시설은 지금 서버를 모두 들어내서 텅텅 비었거든요. 아직 공간은 충분해요. 앞으로는 모르겠지만요.

아무튼, 새로운 석기시대에 온 걸 환영합니다. 사람들이 '스톤 펑크Stone punk'라고 부르는 시대에.

달의 한 켠에서 (1)

마침내 무너진 벽들의 마지막 잔해를 거두어내자 고대인들의 유적이 그 위엄을 드러냈다. 전설은 사실이었다. 고대인들은 자신들의 지식을 영구히 남기기 위해 아무도 올 수 없는 이곳 달의 한 켠에 그들의 도서관을 세웠다. 이곳저곳에 널려 있는, 고대인들이 남긴 점토판 하나를 들어 그 위의 먼지를 털어냈다.

"아무것도 없지 않나? 그냥 점토판이야."

공기의 정령이 귀에 속삭였다. 달에는 공기가 없기에 이곳에 오기 위해서는 정령들의 도움이 필요했다. 대지의 중력에서 벗어나기 위해, 달에서 숨쉬기 위해, 오랜 기간 정령들을 설득하였고, 정령들은 정령왕의 공주인 공기의 정령과 함께 가는 것을 조건으로 협조하기로 했다.

"맞아. 점토판이지. 하지만 보이는 게 전부가 아니야."

점토판을 이리저리 들어서 살펴보며 고대인의 표식을 찾아보았다. 그러면 그렇지. 고대인들은 항상 점토판의 바닥 왼쪽 모서리에 문자를 조합해 그 표식을 남겼다. 이 표식은 이것이 무슨 기록인지 확인하기 위한 색인 목록 같은 것이었다. 다만 고대인들의 문자 체계는 복잡하기 그지없었기에 이 표식이 무엇을 의미하는지 완벽하게 아는 자는 아직 아무도 없었다.

"뭐야? 그건?"

"표식이야. 이게 있다는 건 우리가 고대인의 숨겨진 기록에 가까워졌다는 거지."

"흠, 마법이 걸려 있다는 건가. 안의 내용이 안 보이게? 마법은 풀 수 있어?"

공기의 정령은 재촉했다. 그리고 그 재촉에 "기다려봐. 지금 마법을 풀게"라고 답하곤, 들고 있던 점토판을 바닥에 그대로 떨어뜨렸다.

와장창!

"무슨 짓이야?!"

공기의 정령이 산산이 조각 난 점토판을 보며 비명을 질렀다.

"봐봐."

그리고 점토판 조각을 하나하나 치워내자 이내 표정이 놀라움으로 변했다. 그도 그럴 게 점토판 안에는 고대인들의 마법 문자가 가득한 석판이 있었으니까.

"정말이었어, 진짜였어……!"

그녀는 흥분해 눈을 초롱초롱 빛내며 석판을 바라보았다. 석판을 조심스레 들어 살펴보았다. 깨진 곳은 없었고, 기록도 온전해 보였다.

"이제 어떻게 할 거야? 그걸 어떻게 읽어? 그 안에 뭐가 들어 있는 거야?"

너무 즐거워 흥분한 공기의 정령을 잠시 진정시키고 가방에서 커다란 해독서를 꺼냈다. 이 해독서는 고대인들의 마법 문자를 해독하기 위한 기본 장비로, 고대인의 문자를 읊으면 그것을 해독해 보여주는 역할을 했다.

"글쎄. 나도 여기 뭐가 있는지 궁금한데? 천천히 들여다보자, 시간은 많으니까. 우리는 지금 고대인의 지식의 전당에 들어와 있잖아?"

고대인의 마법 문자 해독서에 손을 얹고 영창을 하자 마나의 흐름이 느껴졌고 해독서가 석판을 해독하기 시작했다. 사실, 흥분되는 건 숨길 수 없었다. 고대인들이 아무도 올 수 없도록 달에 세운 도서관. 그 도서관의 석판에는 도대체 무엇이 남아 있을까?

영구적인 기록 방법 (2)

"그래서, 이 기록실에 저장되는 건 뭐야?"

"영화, 〈인간지네〉 23편."

"젠장, 그걸 저장한다고?"

"그래. 그나저나 도대체 이 똥 같은 영화를 왜 23편까지 만든 거야?"

"후, 여기는 그래도 영화라도 되네. 옆 기록실은 틱톡 고양이 영상 모음집이라더라, 그 옆은 트위터 트윗 기록이고……."

"아니, 쫌……. 그런 건 왜 남기는 거야?"

달의 한 켠에서 (2)

여기저기 점토판이 바닥에 뒹굴고 있었다. 그리고 두 소녀는 벽에 등을 기대고 멍하니 허공을 응시했다. 그들의 표정은 큰 충격에 빠져 생명으로서 무언가 소중한 것을 잃은 것만 같았다. 그렇게 한동안 시간이 흘러가고, 흘러가고, 흘러가고 나서야 소녀 중 1명이 양손으로 얼굴을 부비면서 말했다. 그녀는 정령왕의 딸이었다.

"이걸 마지막에 봐서 다행이야……."

그리고 그 말에 다른 소녀가 입을 열었다. 그녀는 정령왕의 딸을 이곳 달의 한 켠, 고대인의 도서관으로 데리고 온 사람이었다. 그녀의 입은 충격으로 메말라 있었다. 갈라진 입에서 겨우겨우 그녀의 목소리가 올라왔다.

"고대인들은……."

"쉿, 아무 말도 하지 마. 다신 생각하기 싫어……."

하지만 소녀가 말을 이어가기도 전에, 공주는 한 손으로 손사래를 치면서 그녀의 말을 끊었다. 공주는 여전히 한 손으로 눈을 가리고 있었다. 무언가 끔찍한 것들로부터 자신의 눈을 지키려는 듯이. 소녀의 말을 끊는 공주의 말끝에는 들릴 듯 말 듯한 한숨이 실려 있었다. 소녀가 그 한숨을 들었을까?

"응. 그래……."

소녀는 갈라진 입술을 닫고 더 이상 이야기를 꺼내지 않았다. 두 소녀들은 다시 벽에 등을 대고 멍하니 허공을 바라보았다. 그렇게 다시 한동안 시간이 흘러가고, 흘러가고, 흘러갔다.

"……담배 줄까?"

공주가 다시 말을 걸었다. 그녀는 주머니에서 담배를 꺼내 다른 소녀에게 권했다.

"피울 줄 몰라……."

"그래? 아쉽네."

소녀는 담배를 거절했고, 공주는 아쉬움을 표한 뒤, 담배를 자신의 입으로 가져가 불을 붙였다. 우주에서 불꽃은 지상과 다른 모습으로 타들어갔다. 일렁이는 불꽃이 아닌 밝은 불빛의 공처럼. 공주는 담배를 길게 빨아 마시고 연기를 뱉어냈다. 조금 심심했던 걸까? 아니면 공기의 정령인 그녀의 폐를 거쳐 나온 담배 연기에 자그마한 마술이 걸린 걸까? 그녀의 입에서 나온 연기는 허무하게 퍼지지 않고 이런저런 모양으로 변하여 한동안 허공을 날아다니다 사라졌다. 그런 모습을 한참 멍하니 쳐다보던 소녀가 공주에게 말했다.

"공주님이 담배를 피우네?"

그 말을 들은 공주는 담배를 빨아 마시다 말고 그녀에게 웃으며 말했다.

"아빠한테는 비밀이야."

그리고 공주는 다시 담배 연기를 뱉어냈다. 이번에도 연기는 허무하게 퍼지지 않고 이런저런 모양으로 변하며 한동안 허공을 날아다니다 사라졌다. 그 모습을 보던 소녀가 공주에게 말했다.

"응."

소녀의 입가에 아까와 다르게 조금 미소가 실려 있었다. 그 미소를 본 공주도 소녀를 향해 살짝 미소를 지었다. 그리고는 담배를 바닥에 비벼서 끄며 자리에서 일어났다. 공주는 바닥에 굴러다니는 석판들을 바라보며 말했다.

"후우, 이제 이걸 어떡하지?"

석판에는 고대인들의 모든 게 담겨 있었다. 소중한 것, 소중하지 않은 것, 아름다운 것, 추한 것, 그리고 두려운 것……. 소녀들은 고대인의 도서관에서 그 모든 것을 보았다. 그리고 소녀들은 운이 좋게도, 그 수많은 고대인들의 기록 중에서 추하고 두려운 것들을 가장 마지막에 보았다.

공주가 석판들을 가리키며 한숨을 쉬자, 소녀가 자리에서 일어나 말없이 석판들을 줍기 시작했다. 그 석판들은 소녀들이 마지막에 본, 고대인들의 추하고 두려운 것들이 담긴 석판이었다. 소녀는 말이 없었다. 말이 없이 묵묵히 석판들을 주워 한쪽 벽면에 모으더니, 이윽고 지팡이를 들어 벽에 무언가 그리기 시작했다.

"……뭐 하는 거야?"

그 모습을 본 공주가 소녀에게 물었다. 소녀는 움직이던 지팡이를 멈추고 공주에게 답했다.

"다음에 오는 사람들이 실수로라도 이것들을 보지 못하도록 내가 알고 있는 것 중 '가장 무서운 것'을 그리고 있어."

그랬다. 소녀는 자신 이후에 이곳에 올 누군가를 위해 경고를 남기고 있었다. 언제, 어떤 이가 올지 몰랐기에 소녀는 말이나 글이 아닌 자신이 가장 두려워하는, 그리고 자신이 알고 있는 이들도 가장 두려워하는 상징을 벽면에 그리기로 하였다. 그 모습을 바라보던 공주는 다시 주머니에서 담배 한 개비를 꺼내 입에 물고는 소녀에게 말했다.

"……가만있어봐. 마저 피우고 도와줄게."

"고마워."

"후우, 고맙긴."

⁕

……한동안 시간이 흘러가고, 흘러가고, 흘러간 뒤 소녀들이 마주 보고 있는 벽면에는 세상에서 가장 무서운 상징이 그려져 있었

다. 커다란 원 안, 그 중심에 검은색 원이 자리 잡고 있었다. 그리고 그 원을 중심으로 3개의 검은색 부채꼴이 서로 다른 방향으로 펼쳐져 있었다. 이 상징은 한때 모든 대륙의 모든 종족을 두려움에 떨게 했던 흑마법사들의 상징이었다. 그들은 고대인의 흑마법을 발굴해 온 세상을 지배하려 하였다. 하지만 그들은 결국 자신들의 욕심에 잡아먹혀버리고 말았다. 그들은 고대인의 성전을 더럽혔고, 모두 고대인의 저주에 빠져 죽었다. 그리고 세상을 공포로 밀고 갔던 그들의 상징은 교훈이 되어 사람들이 발을 들이면 안 되는 곳에 그려졌다. 후대에 올 다른 누군가를 위해서.

"이제 아무도 이걸 건들지 못하겠지? 나중에 우리가 다시 와도 이건 건드릴 일 없을 거고."

공주가 벽에 그려진 상징을 바라보며 말했다. 소녀는 그것을 바라보며, 조용히 고개를 끄덕이며 말했다.

"그래. 이곳에 다시 올 수 있을지 모르겠지만······."

소녀는 말끝을 흐렸다. 그랬다. 달의 한 켠, 고대인들의 도서관에 오기 위해 소녀는 많은 걸 걸었다. 그랬다. 너무 많은 것을 걸었기에 소녀는 다시 이곳에 올 수 없을 거라고 생각했다. 그런 소녀를 바라보던 공주는 그녀의 어깨를 툭 치고는 씩 웃으며 말했다

"무슨 소리야? 다음에도 같이 와야지, 안 그래?"

소녀는 그런 공주의 얼굴을 바라보다 이내 미소를 지으며 말했다.

"그래······."

소녀의 얼굴에 미소가 살아나자 공주는 다시 너스레를 떨었다.

"뭐 그래도 언제 올지 모르니까, 우리 기념품이나 가져갈까? 석판 하나 어때?"

"안 돼. 모든 유물은 그대로 두어야……."

"안 되긴 뭘. 하나쯤 가져간다고 해서 누가 눈치채는 것도 아니고."

"하지만……."

"하지만은 무슨! 이거 어때, 이거. 네가 아까 해독한 건데, 노래 나오던 거. 이거 노래 괜찮았지?"

공주는 바닥에 굴러다니던 석판을 하나 들어 소녀의 품에 던지다시피 건넸다. 소녀는 자신의 품에 안긴 석판을 바라보며 넌지시 말했다.

"그러게. 노래 좋았지……."

소녀는 그 석판에서 흘러나오던 노래가 마음에 들었다. 의미는 완전히 알 수 없었지만, 너무나도 감미로웠다. 소녀는 노래를 생각하며 석판을 살짝 껴안았다. 소녀는 그 석판을 가져가기로 마음먹었다. 그 모습을 보던 공주는 만족스러운 표정을 지었다. 공주가 보기에 소녀는 이내 충격을 이겨내고, 자신을 설득하던 혈기 왕성하고 호기심 가득한 고고학자의 모습으로 돌아가고 있는 듯했다. 그렇다면 안심이었다. 공주는 소녀의 어깨를 한 손으로 꽉 잡고 웃으며 물었다.

"그럼 이제 우리 그만 집에 갈까? 그거 들고?"

"응!" 소녀가 대답했다.

그리고 한동안 시간이 흘러가고, 흘러가고, 흘러간 뒤 두 소녀는 달의 한 켠 고대인의 도서관을 멀리 등지며 지상으로 돌아오고 있었다. 소녀의 품에는 도서관에서 가지고 나온 석판이 꼬옥 안겨 있었다.

"그런데, 궁금한 게 있는데." 공주가 소녀에게 물었다.

"뭔데?" 소녀가 되물었다.

"음, 그 석판에 뭐라고 적혀 있어? 노래 제목이나 그런 게 적혀 있나?"

"나도 완전하게는 모르겠어. 고대인의 말은 아직 완전히 해독하기 어려워. 그래도 조금은 읽을 수 있을 거 같기는 해."

"그래? 그럼 뭐라고 적혀 있어?"

"절대⋯⋯."

"절대?"

"절대 당신을 포기하지 않을 거예요Never Gonna Give You Up, 라고⋯⋯."

"와, 멋지다!"

소녀가 해석한 석판의 문구에 공주는 눈을 빛내며 소녀를 바라보았다. 그랬다. 정말 멋진 말이었다. 소녀는 그렇게 생각했다. 그리고 소녀는 점점 발아래로 가까워지는 지상을 바라보며 문득 언젠가 자신의 할아버지가 어린 시절 들려줬던 이야기를 떠올렸다.

할아버지의 옛날이야기

"우리 가문은 고대인들이 남긴 석판의 비밀을 최초로 풀었단다. 우리 가문의 남자 시조께서 고대인들이 남긴 점토판 안에 그들의 기록이 담긴 석판이 있다는 걸 발견하셨고, 여자 시조께서 그것들을 어떻게 읽고 발음하는지 해석하셨지.

시조들께서 처음 열었던 석판에는 신성한 이름들이 가득했단다. 그걸 보신 시조들께서는 그 석판에 있는 가장 첫 번째 이름을 우리 가문의 이름으로 삼으시고, 앞으로 우리 가문 아이들의 이름은 모두 그 석판에 담긴 이름에서 가져오기로 하셨단다. 그래서 우리 가문에 속하는 아이들은 모두 고대인들이 남긴 신성한 이름을 가지게 되었지."

"할아버지! 그럼 제 이름도 그 석판에 있는 이름이었나요?"

"물론이지. '메뉴Menu' 가문의 '스파이스드 프라이드 치킨spiced fried chicken'의 딸 '티라미수tiramisu'야. 네 이름 '티라미수 스파이스드 프라이드 치킨 메뉴'는 그 신성한 석판에서 온 거란다."

"할아버지, 진짜 고대인들의 도서관이 달에 있을까요?"

"우리 가문의 시조들께서는 그 전설을 확인하고 싶어 하셨단다. 하지만 아직 아무도 확인하지 못했지."

"그러면 제가 확인해볼래요! 그래서! 저도 석판에서 신성한 이름을 찾아! 제 아이들에게 붙여주고 싶어요!"

엄마의 옛날이야기

"엄마! 그럼 엄마는 정말 달에 있는 고대인의 도서관에 다녀오신 거예요?!"

"그럼! 엄마는 정령의 공주님과 함께 대지의 중력을 벗어나 공기가 없는 차가운 달의 뒤편에서 고대인의 도서관을 찾았단다. 그리고 그 안에서 고대인들이 남긴 수많은 기록을 보았단다."

"그러면 거기서 신성한 석판을 찾으신 거예요?!"

"그래, 신성한 석판을 찾았단다. 그 석판에는 이름과 노래가 담겨 있었지. 그 노래가 너무 감미롭고 감미로워서, 그 석판에 나오는 이름은 오직 사랑하는 한 사람만을 위해 쓰기로 했단다."

"그게 누구예요, 엄마?!"

"누굴까? 엄마의 보물, 엄마의 사랑 '릭 애슬리_{Rick Astley}'야?"

421

잼 한 병을 받았습니다
홍락훈 SF·판타지 초단편집 2

발행	1판 1쇄 2023년 9월 18일
	1판 2쇄 2024년 6월 7일
지은이	홍락훈
책임편집	강상준
교열	남다름
일러스트	Jen Yoon
디자인	전도아
펴낸이	정종호
펴낸곳	에이플랫
출판등록	2018년 8월 13일(제2020-000036호)
이메일	aflatbook@gmail.com
블로그	blog.naver.com/aflatbook
가격	17,500원

ISBN   979-11-89836-50-4 03810

에이플랫은 언제나 기성 및 신인 작가의 원고를 기다리고 있습니다.